OEUVRES
DE FLORIAN,

DE L'ACADÉMIE FRANÇAISE.

Nouvelle Édition,

ORNÉE D'UN PORTRAIT ET DE VINGT-QUATRE GRAVURES.

TOME DEUXIÈME.

—

NUMA POMPILIUS.

PARIS,
CHEZ MÉNARD, LIBRAIRE-ÉDITEUR,
PLACE SORBONNE, 3.

1838

ŒUVRES

DE FLORIAN.

IMPRIMERIE DE MOQUET ET COMP.,
Rue de la Harpe, 90.

OEUVRES
DE FLORIAN,

DE L'ACADÉMIE FRANÇAISE.

Nouvelle Édition,

ORNÉE D'UN PORTRAIT ET DE VINGT-QUATRE GRAVURES.

TOME DEUXIÈME.

—

NUMA POMPILIUS.

PARIS,

CHEZ MÉNARD, LIBRAIRE-ÉDITEUR,

PLACE SORBONNE, 3.

1838

NUMA POMPILIUS,

SECOND

ROI DE ROME.

A LA REINE.

Numa fut le meilleur des rois ;
Époux toujours amant de la belle Égérie,
Près de cette nymphe chérie
Il méditait ses justes lois.

De leur tendresse mutuelle
Naissait le bonheur des Romains;
Et dans leurs cœurs unis ils trouvaient le modèle
Des vertus qu'ils voulaient enseigner aux humains.
De ces tendres époux je célèbre la gloire :
REINE, votre nom seul assure mon succès;
De Louis, de vous, des Français,
On croira que j'écris l'histoire.

A MADAME DE ***,

EN LUI ENVOYANT UN EXEMPLAIRE DE NUMA.

J'AI voulu, dans ce faible ouvrage,
Présenter la vertu sous les traits les plus doux :
    J'aurais dû peindre votre image ;
Et je sens qu'Anaïs est encore loin de vous.
    Aussi modeste et plus habile,
Mieux qu'elle vous savez régler tous vos désirs :
Ce qui coûte à son cœur pour le vôtre est facile,
    Et ses devoirs sont vos plaisirs.

NUMA POMPILIUS.

LIVRE PREMIER.

Tullus, grand-prêtre de Cérès, élève Numa, qui passe pour son fils. Fête de Cérès. Tullus apprend à Numa qu'il est le fils de Pompilius, prince du sang des rois sabins. Il lui raconte l'histoire de sa mère Pompilia, l'enlèvement des Sabines, la mort de ses parens, la guerre des Romains et des Sabins, l'alliance des deux peuples, l'éducation de Numa dans le temple de Cérès, et l'ordre de cette déesse de l'envoyer à Rome. Numa descend au tombeau de sa mère. Il se prépare à partir. Conseils du pontife. Adieux de Tullus et de Numa.

Non loin de la ville de Curès, dans le pays des Sabins, au milieu d'une antique forêt, s'élève un temple consacré à Cérès. Des ormes, des peupliers aussi anciens que la terre, ombragent le faîte de l'édifice; le fleuve Curèse, après en avoir baigné les murs, va serpenter dans les jardins de plusieurs maisons isolées, bâties autour de ce temple. Dans ces retraites sacrées, chaque prêtre de la déesse, avec sa femme et ses enfans, passe ses jours à la prière, au travail, ou dans le sein de la tendresse. Protégés par la divinité qu'ils honorent,

nourris par la terre qu'ils cultivent, aimés de l'é-
pouse qu'ils rendent heureuse, bénis de leurs enfans, en paix avec eux-mêmes, ils jouissent doucement de la vie, sans craindre ni souhaiter la
mort.

Le vénérable Tullus commandait à ces prêtres.
A l'âge de quatre-vingts ans, il exerçait la souveraine sacrificature avec tout le zèle d'un jeune
homme et toute l'indulgence d'un vieillard. Adoré
de ceux qui vivaient avec lui, respecté de tous les
autres, il n'était craint que des méchans. Favori
des dieux, ami des hommes, rarèment il priait
pour lui; c'était toujours pour la veuve ou pour
l'orphelin. Dès qu'un citoyen de Cures, dès qu'un
habitant de la campagne éprouvait quelque infortune, qu'un ménage était désuni, ou que la concorde n'était plus dans une famille, le père, l'époux,
l'enfant malheureux, prenait le chemin de la
forêt sacrée; il venait trouver Tullus : pour peu
qu'il eût tardé, Tullus serait allé le chercher.
Tullus écoutait ses longues plaintes, ne se lassait
jamais de les entendre, l'encourageait, le conso-
lait, lui prodiguait des secours, des conseils.
L'infortuné s'en retournait, ou moins triste, ou
moins à plaindre. Tullus, qui pensait n'avoir rien
fait, allait se prosterner devant la déesse et l'implorer pour ce malheureux.

Tullus n'avait plus d'épouse; il rassemblait toute sa tendresse sur son fils Numa. Le ciel semblait vouloir récompenser les vertus du vieillard par les dons qu'il avait prodigués au jeune homme. Numa touchait à peine à sa seizième année, et n'avait de son âge que les grâces et la douceur. Soumis à son père, qu'il respectait presque à l'égal de Cérès, enflammé du désir de lui ressembler, il étudiait la morale en regardant les actions de Tullus. Méditant sans cesse les préceptes de sa religion, il voulait s'instruire encore des cérémonies du culte. Les sacrifices, la prière, occupaient tous ses loisirs; sa tendresse pour Tullus, son amour pour l'étude, étaient ses seules passions; son âme, pure comme l'azur du ciel, ne distinguait pas ses plaisirs de ses devoirs.

Le jour de la fête de Cérès était arrivé. Chez les Sabins, cette fête ne se célèbre point comme à Éleusis : Tullus avait supprimé tous ces mystères cachés avec tant de soin, et si peu utiles au bonheur des hommes. La divinité, disait-il, qui se montre partout à nous, qui se manifeste à chaque instant dans les merveilles éclatantes de la nature, peut-elle exiger tant de secrets, tant d'épreuves, pour se communiquer aux mortels? Doit-il être plus difficile de la remercier que de recevoir ses présens? Non : Cérès aime tous les hommes, puis-

qu'elle les nourrit tous. Le champ qu'elle couvre
d'épis devient un temple pour le laboureur ; et l'on
doit adorer partout l'univers celle dont les bienfaits
couvrent la terre.

D'après cette idée, Tullus, de concert avec son
roi, a ordonné la fête de Cérès. Chaque année,
avant de commencer la moisson, tous les laboureurs, parés de leurs plus beaux habits, se rassemblent dans la ville de Cures. C'est de là qu'ils
partent pour aller au temple. Les joueurs de flûtes
ouvrent la marche ; ensuite viennent de jeunes
vierges, portant sur leurs têtes, dans des corbeilles
ornées de fleurs, des offrandes pures pour la
déesse. Les enfans des laboureurs marchent après
elles, vêtus de robes blanches, couronnés de
bluets, conduisant le vorace animal qui se nourrit
des fruits du chêne. Cette troupe nombreuse, fière
de garder la victime, veut affecter une gravité toujours dérangée par leur joie bruyante. Leurs pères
les suivent d'un pas tardif, en recommandant le
silence, et pardonnant d'être mal obéis. Chacun
d'eux porte dans ses mains une gerbe, prémices
de sa moisson. Les princes, les guerriers, les
magistrats, n'ont plus de rang dans ce grand jour,
et cèdent le pas avec respect à ceux qui les ont
nourris.

Tullus et ses prêtres étaient venus les attendre à

l'entrée du bois sacré. Le jeune Numa, couronné
de narcisses, vêtu d'une robe de lin, marche à côté
de Tullus. Il le regarde, il aperçoit des pleurs que
le vieillard voulait cacher. Plus affligé du chagrin
de son père que s'il l'avait ressenti lui-même, il
n'ose, devant tant de témoins, et dans une cérémonie si auguste, se jeter dans ses bras pour lui
demander le sujet de ses larmes ; mais son silence,
son air tendre et inquiet, expriment assez son agitation. Numa, toujours si attentif, si recueilli dans
les cérémonies religieuses, Numa ne voit plus que
son père, ne songe qu'à lui, oublie toutes ses fonctions ; ses yeux, qui cherchent à pénétrer la cause
des pleurs de Tullus, sont eux-mêmes obscurcis
de larmes.

On arrive au temple. Tullus se prosterne devant
la déesse ; et lui présentant les prémices : Mère
des humains, s'écrie-t-il, c'est toi qui fais croître
ces gerbes, c'est ton père Jupiter qui nous rend
pieux et reconnaissans. Dieux immortels, nous
vous offrons vos propres bienfaits. Ne rejetez pas
nos offrandes ; et que votre bonté suprême donne
à nos champs l'abondance, à nos corps la force, à
nos âmes la vertu !

Après cette prière, Tullus répand l'orge sacrée
sur la victime ; il lui tourne la tête vers le ciel,
l'immole, et la fait consumer tout entière.

Le sacrifice achevé, les laboureurs vont déposer
leurs gerbes. Mes frères, leur dit Tullus, car vous
êtes aussi prêtres de Cérès, ces dons appartiennent
à la déesse, c'est-à-dire aux indigens. Les prêtres
des dieux ne sont que les trésoriers des pauvres ;
vous en êtes les bienfaiteurs. Nommez donc le
vieillard d'entre vous qui doit veiller avec moi,
pendant le cours de cette année, au soulagement
des infortunés ; il est juste que je vous rende
compte des biens que vous me remettez pour eux.
Les laboureurs, qui connaissent tous la vertu de
Tullus, refusent de lui donner un collègue ; mais
Tullus l'exige, et ce choix finit la cérémonie.

Numa brûlait d'impatience de se voir seul avec
son père. A peine Tullus est sorti du temple, que
son tendre fils le serre dans ses bras : Mon père,
lui dit-il, vous avez des peines, et je les ignore !
Ah ! je sens trop qu'à mon âge je ne puis espérer
de les soulager ; mais je peux du moins m'affliger
avec vous ; et j'ai besoin de pleurer dès que je vois
couler vos larmes. Mon cher fils, lui répond Tullus, car je ne renoncerai jamais à ce doux nom,
je n'ai que trop de sujets d'en répandre. Je vais
me séparer de celui que j'aime plus que ma vie. —
Vous voulez m'abandonner ? s'écria Numa tout
tremblant. — Non, mon fils ; non, mon cher fils :
c'est toi, au contraire... Il ne peut achever, les

sanglots lui coupèrent la voix. Il prit Numa par la main ; il l'entraîna dans l'endroit le plus retiré de la forêt : là ils s'assirent sur le gazon, et le vieillard lui dit ces paroles :

Numa, vous n'êtes point mon fils... A ces mots, une pâleur mortelle se répand sur le visage du jeune homme ; sa main tremble dans celle de Tullus. Le grand-prêtre s'en aperçoit ; et, le serrant contre son sein, il se hâte d'ajouter : Va, je serai toujours ton père ; ce nom m'est aussi cher qu'à toi. Mais apprends l'histoire de ta naissance, connais à quelles hautes destinées tu es appelé par le ciel.

Numa l'embrasse et ne répond rien ; il écoute dans un profond silence ; il baisse les yeux ; son air semble dire à Tullus : Rien ne pourra remplacer le bonheur d'être votre enfant !

Mon fils, reprend le grand-prêtre, vous devez le jour à Pompilius, prince du sang de nos rois, et que ses rares vertus rendaient cher aux dieux et aux hommes. La belle Pompilia, de l'antique race des Héraclides, était son épouse depuis dix ans. Rien ne manquait à ce couple heureux que de voir naître un gage de leur tendre union : Pompilius le désirait avec ardeur ; la sensible Pompilia, qui ne formait jamais de vœux dont son époux ne fût 'objet, Pompilia venait tous les jours dans le tem-

ple se prosterner devant Cérès, baigner de larmes
les marches de son autel, en demandant pour unique grâce le bonheur d'avoir un fils.

Je la surpris dans le sanctuaire; elle priait avec
tant de ferveur qu'elle ne m'aperçut pas. Je l'entendis prononcer ces paroles : Bienfaisante Cérès,
si ton père Jupiter m'a destiné une longue vie,
obtiens plutôt de lui que je périsse à la fleur de
mon âge, mais que je laisse à mon époux un fruit
de notre chaste amour. Oui, puissante immortelle,
reprends tous les bienfaits que j'ai reçus ; prive-
moi de tous ceux que tu me destines , et donne-
moi à leur place un enfant. Que j'entende ses va-
gissemens, que je puisse le voir, le tenir dans mes
bras, le presser contre mon cœur, le couvrir de
mes baisers, le présenter à mon époux tout baigné
des larmes du bonheur ! que j'expire alors : j'expi-
rerai mère ; j'aurai assez vécu. O Cérès ! si tu entends mes vœux, si tu m'accordes un fils , je jure
sur cet autel de te le consacrer, de lui apprendre à
bénir ton nom aussitôt que sa langue pourra le
prononcer, de le faire élever dans ce temple, où
il te servira toute sa vie, où tu daigneras être sa
mère quand Pompilia ne sera plus.

Mes pleurs coulaient en entendant cette prière.
Je tombai à genoux auprès de Pompilia ; et , joignant mes vœux aux siens, je suppliai la déesse de

nous exaucer tous deux. Hélas ! que ce bienfait fut payé cher !

Peu de temps après, Pompilia vint m'annoncer qu'elle était enceinte. Qui pourrait exprimer les transports de sa joie ? Ils approchaient du délire. Huit lunes devaient encore se renouveler avant l'heureux instant qu'elle attendait, et tout était déjà prêt pour parer l'enfant qu'elle devait avoir. Jalouse et glorieuse du titre de mère, elle eût voulu que tout ce qui devait servir à son fils fût l'ouvrage de ses seules mains : elle défendait à ses esclaves de partager avec elle le bonheur de travailler pour son fils. L'espérance de le nourrir doublait sa joie de le voir naître, et la tendre Pompilia, ivre d'amour maternel, venait plus souvent au temple pour remercier la déesse, qu'elle n'y était venue pour en obtenir l'objet de ses vœux.

Elle touchait enfin à ce neuvième mois, désiré depuis si long-temps, lorsque ce Romulus, dont le nom ne vous est pas inconnu, fit répandre dans la Sabinie, que, pour consacrer sa ville de Rome, qui à peine était achevée, il voulait célébrer des jeux en l'honneur du dieu Consus. Vous savez, mon fils, combien ce dieu est en vénération parmi nous. Votre pieuse mère n'aurait pas laissé échapper une occasion d'honorer les immortels ; elle voulut aller à ces jeux : le trop complaisant Pompilius l'y conduisit.

La plupart de nos Sabins suivirent Pompilius. Nos femmes, nos filles, coururent à Rome en habits de fête. Hélas ! nos braves citoyens étaient loin de soupçonner le piége; ils n'avaient point d'armes. Ils entrent sans défiance dans le cirque, où Romulus présidait sur un magnifique tribunal. Leurs épouses, leurs filles, prennent place à côté d'eux. Impatientes de voir le sacrifice, elles cherchent des yeux les victimes : c'étaient elles qui en devaient servir.

A un signal de leur roi, les Romains tirent leurs épées et ferment toutes les issues. Les Sabines alarmées se jettent dans les bras de leurs pères, de leurs frères, de leurs époux; mais les farouches soldats de Romulus s'élancent au milieu de l'arène; et, le glaive à la main, les yeux ardens, menaçant les hommes, flattant les femmes, ils enlèvent les Sabines, comme des loups affamés emportent des brebis tremblantes. Vainement ces infortunées jettent des cris perçans et demandent la mort; vainement nos citoyens furieux, oubliant qu'ils sont sans défense, se précipitent sur les ravisseurs, les saisissent, luttent avec eux, leur arrachent leurs épées, et rougissent la terre du sang romain : les Romains, plus nombreux, immolent ceux qui résistent, mettent en fuite tout le reste, vont cacher dans Rome leur proie; tandis que nos Sabins, désolés. sanglans, couverts de blessures, accablés de douleur et de honte, reviennent à Cures annoncer cette affreuse nouvelle et préparer la vengeance.

Dès le premier instant du tumulte, ton père Pompilius, portant sa femme dans ses bras, avait tenté de s'ouvrir un passage à travers les ravisseurs. Il touchait à la porte du cirque, quand une cohorte romaine le poursuit, l'arrête, lui arrache son épouse. Pompilius jette un cri de rage et de désespoir. Il s'est bientôt saisi d'une épée, et les Romains qui l'entourent sont déjà tombés sous ses coups : il court, il frappe, il est frappé. Mais il rejoint Pompilia; il immole son ravisseur; il reprend sa bien-aimée, la presse dans ses bras sanglans, la rassure, la console, et, malgré les Romains furieux, malgré les traits dont on l'accable, il fuit au-delà du cirque, en embrassant ta malheureuse mère, en la rappelant à la vie, en se félicitant de l'avoir sauvée. Ainsi la lionne de Numidie, lorsqu'elle aperçoit de loin l'imprudent chasseur qui lui emporte ses petits, furieuse, rugissante, l'œil plein de sang et de feu, s'élance sur l'infortuné qui abandonne en vain· sa proie; elle l'atteint et le déchire, fait voler autour d'elle ses

membres palpitans : mais, son courroux faisant
aussitôt place à sa tendresse, elle court à ses lion-
ceaux, les caresse, pousse des cris de joie, passe
et repasse sur eux sa langue encore sanglante, et,
se couchant pour en être plus près, elle leur tend
ses mamelles, tandis que ses muscles tremblent
encore de la fureur qu'elle vient d'assouvir.

Tel était Pompilius. Malgré ses larges blessures,
malgré son sang qui coule à gros bouillons, il arrive
enfin dans ce temple. Il pose son doux fardeau au
pied de l'autel de la déesse ; il supplie Cérès de
sauver, de défendre celle qu'il met sous sa garde :
sa prière achevée, épuisé de sang, de fatigue, de
douleur, il tombe sur le marbre et expire.

Je fis aussitôt enlever ta mère. On la porta dans
ma maison, où elle reprit ses sens. Sa première
parole fut le nom de Pompilius : elle demande son
époux, elle veut le voir, elle veut aller le chercher.
En vain j'espère la calmer, et lui cacher la mort
de ton père, en l'assurant qu'il est prisonnier des
Romains : les pleurs que je versais, ses pressenti-
mens, tout lui dit que je la trompe. Elle pousse
des cris douloureux ; elle rejette tout secours ; et,
s'échappant de nos bras, elle veut aller expirer
sur le corps de Pompilius.

Tant de secousses, tant d'émotions, précipitent
l'instant où tu devais voir le jour. Les douleurs de

l'enfantement la surprennent ; les cruelles Ilithyes l'accablent de tous leurs maux : elle y succombe ; et le moment où tu reçus la vie fut celui de la mort de ta mère.

A ces mots, Numa se jette dans le sein de Tullus. Le bon vieillard, qui sent ses cheveux blancs tout mouillés des larmes du jeune homme, s'interrompt pour pleurer avec lui.

Bientôt il reprend son récit : Je fis chercher une nourrice qui pût ranimer ta frêle existence, car tu semblais, en naissant, ne vouloir pas survivre à tes malheurs : tu poussais des cris lamentables, et ton visage livide semblait annoncer ton trépas. La femme d'un laboureur, la bonne Amyclée, vint s'offrir ; ses tendres soins, encore plus que son lait, te conservèrent la vie.

Alors je m'occupai des funérailles de ta mère et de son époux. Je préparai un bûcher ; je rassemblai les habitans de Cures et de nos campagnes : notre bon roi Tatius, vêtu de deuil, les conduisait. Soldats, citoyens, laboureurs, tous pleuraient ton digne père, tous faisaient des vœux pour son fils. Le corps de Pompilius fut brûlé à côté de celui de son épouse. Je recueillis leurs cendres dans une urne d'argent ; cette urne fut déposée sur un tombeau, dans l'endroit le plus secret du temple...

Je le verrai, mon père ! s'écria Numa ; je le verrai,

ce tombeau ! il me sera permis d'y pleurer, et de toucher cette urne si chère. Oui, mon fils, lui dit le grand-prêtre, nous y descendrons aujourd'hui.

La mort de tes parens fut vengée. Nos braves Sabins, indignés de l'outrage, prennent les armes, et, guidés par Tatius, ils marchent vers la ville parjure. Les lâches ravisseurs n'osent venir au-devant de notre armée ; ils se renferment dans leurs murs. Tatius les assiége ; bientôt, par un heureux hasard, il se rend maître de la citadelle. Romulus, forcé de combattre ou d'abandonner sa ville, vient présenter la bataille au pied de ce Capitole qui doit, dit-on, régner sur l'univers. Tatius l'accepte ; et nos Sabins, brûlant de se baigner dans le sang de ces perfides, chargent les troupes romaines avec toute la force que la fureur peut ajouter au courage. Les ennemis sont rompus : mais Romulus les rallie, Romulus résiste seul aux Sabins. Il invoque à grand cris Jupiter Stator ; et ce nom sacré et son exemple arrêtent ses guerriers mis en fuite. Les Romains chargent à leur tour ; la honte enflamme leur courage ; les lances se croisent, les boucliers se heurtent, l'horreur et le carnage augmentent, les combattans pressés ne peuvent avancer un pas qu'en marchant sur un ennemi.

La victoire long-temps incertaine, penche enfin du côté de la justice. Notre vaillant roi Tatius et son intrépide général Metius percent une seconde fois le centre de l'armée romaine. La terre est jonchée de morts, les Sabins vont être vainqueurs ; c'en est fait, dans un moment, de Rome et de Romulus, quand l'événement le plus imprévu vient nous arracher la victoire.

Les Sabines, ces mêmes femmes que les Romains avaient enlevées pendant les jeux consuels ; les Sabines, les cheveux épars, les yeux noyés de larmes, les bras tendus, poussent des cris lamentables, se précipitent au milieu des combattans. Les épées, les javelots teints de sang, le tumulte, le carnage, rien ne les effraie : Arrêtez ! s'écrient-elles ; arrêtez ! cessez une guerre plus impie que la guerre civile : vous combattez pour nous, et chacun de vos coups nous rend veuves ou orphelines. Si vous nous aimez, vous qui nous donnâtes la vie, n'immolez pas nos époux ; et vous, qui nous avez juré une tendresse éternelle, épargnez ceux qui donnèrent le jour à vos épouses. Songez que nous portons dans notre sein les gages de votre réunion. Romains, vos femmes sont Sabines ; Sabins, vos petits-fils seront Romains. Cessez donc de vous égorger, vous qui n'êtes plus deux peuples, vous qui ne formez plus qu'une seule famille ; ou, si la

soif du sang vous dévore, commencez par rompre,
par détruire tous les liens qui doivent vous réunir :
immolez vos filles et vos femmes, et sur leurs corps
expirans achevez de vous égorger.

Ce spectacle, ces paroles, les pleurs, les cris
des Sabines, chassent la colère de tous les cœurs.
Les combattans s'arrêtent, se regardent et sont surpris de ne plus se haïr. L'épée demeure levée sur
celui qu'elle menaçait ; le javelot reste suspendu ;
la flèche tombe de l'arc, qui se détend sans la lancer. Les Sabines se jettent sur ces armes, et les
enlèvent sans effort à leurs pères, à leurs époux,
qu'elles couvrent de baisers et de larmes ; elles la-
vent avec ces pleurs le sang dont ces mains sont
souillées, elles parviennent à les joindre ensemble;
alors chaque Sabine, embrassant à la fois un Romain
et un Sabin, elles rapprochent ainsi les visages des
deux ennemis, et les forcent enfin à s'embrasser
eux-mêmes.

Dès ce moment, plus de guerre, plus de vengeance. Les rois se parlent ; ils conviennent que les
deux peuples réunis n'en formeront désormais
qu'un seul ; que Tatius et Romulus, assis ensemble sur le même trône, partageront le souverain
pouvoir. On jure la paix, on immole des victimes
à Jupiter, au Soleil, à la Terre : les deux armées
confondues se laissent conduire par les Sabines,

entrent dans Rome au milieu des acclamations, et
paraissent plus fières, plus glorieuses d'avoir été
vaincues par la tendresse, que si elles avaient triomphé par la fureur.

Cependant tu croissais sous mes yeux, et tu passais pour mon fils : je confirmais moi-même une
erreur qui s'accordait avec mes sentimens comme
avec le vœu de ta mère. Dès l'âge de quatre ans,
tu me suivais dans le temple, revêtu de la robe
d'initié ; tu portais dans tes faibles mains le vase
d'or où l'on met l'encens. Ta douceur, tes grâces
enchantaient nos prêtres, qui m'enviaient tous le
bonheur de t'avoir donné le jour. Combien je l'ai
désiré ce bonheur ! Depuis quinze ans, Numa, je
ne tiens à la vie que pour te chérir ; et quel que
soit mon amour pour la vertu, si tu me vois la pra-
tiquer avec zèle, c'est dans l'espoir, mon cher fils,
que les dieux t'en récompenseront.

Je recueillis bientôt le fruit des soins que j'avais
pris de toi. Dès ta plus tendre enfance, tes qualités
s'annoncèrent. Jamais je n'eus besoin de t'inspirer
un sentiment honnête : tous étaient nés dans ton
cœur. Les principes de la morale se trouvaient
gravés dans ton âme avant que je t'en eusse instruit, et la raison t'enseignait tout ce que m'avait
appris l'expérience. S'il m'arrivait, pour t'éprouver, de te faire une question que j'imaginais diffi-

cile, ta réponse était toujours plus claire, plus
précise que celle que j'avais préparée. Souvent,
après avoir cru te donner une longue leçon de
morale, tes courtes réflexions m'éclairaient; en
finissant l'entretien, c'était ton maître qui s'était
instruit. Tu connus toutes les sciences de nos philosophes étrusques, et tu me disais : O mon père!
que tout cela est peu de chose! et ce peu laisse
encore des doutes! la vertu seule est certaine; le
livre en est avec nous; c'est notre cœur : consul-
tons-le à chaque action de notre vie, suivons toujours ce qu'il nous dit; nous ne pouvons jamais
nous égarer.

Je t'embrassais avec transport, et je n'osais te
louer. Je craignais pour toi le vice qui dépare toutes les qualités, qui commence par les ternir, et
finit presque toujours par les détruire, la vanité.
O mon fils, prends-y garde pendant tout le cours
de ta vie; souviens-toi bien que c'est elle qui fait
le plus de mal aux vertus, puisqu'elle les empé-
che d'être aimables.

Je te voyais avec complaisance échapper à ce
péril. Chaque jour tu devenais meilleur, et chaque
jour plus modeste. Trompé par la voix publique,
surtout par mon propre cœur, je me croyais ton
père, et je comptais abdiquer en ta faveur la souveraine sacrificature : tous nos prêtres, tous nos

citoyens, le prévoyaient avec joie. Depuis trois
jours, mon fils, un oracle céleste m'interdit cette
espérance. Cérès, Cérès elle-même m'apparaît toutes les nuits, et m'ordonne d'une voix sévère de
t'envoyer à Rome et de déclarer ta naissance. Vainement à genoux devant la déesse, j'ai osé lui
parler de mes craintes et rappeler le vœu de ta
mère. Je n'ai point accepté ce vœu, m'a répondu
la fille de Jupiter ; Numa ne sera point mon prêtre : ses destins l'appellent plus haut. Numa me
servira mieux sur un trône qu'à l'ombre de mes
autels : qu'il marche à Rome ; que ta tendresse
pour lui ne s'oppose plus aux décrets du ciel.

Voilà, mon fils, le sujet de ces larmes que vous
m'avez vu verser pendant le sacrifice. Il faut se
soumettre, il faut nous séparer, Numa : Cérès l'ordonne ; nous devons obéir.

Le tendre Numa, sans répondre à Tullus, le
regarde en pleurant, lève les yeux au ciel, et paraît hésiter entre son père et les dieux : mais le
vieillard l'encourage ; Numa se décide à partir. Il
prend la main de Tullus, qu'il serre doucement
dans les siennes : O mon père ! lui dit-il, vous
m'avez promis de me faire descendre au tombeau
de Pompilius, de me laisser baiser avec respect
l'urne qui contient les cendres de ma mère. Suis-

moi, lui répond le grand-prêtre ; dès ce moment je veux t'y conduire.

Alors ils marchent vers le temple. Derrière l'autel de la déesse était une porte d'airain dont Tullus seul avait la clef ; il l'ouvre, il descend quelques degrés : Numa le suit en soupirant. Ils arrivent dans un souterrain éclairé par une seule lampe. Là, sur un tombeau de marbre noir, d'une sculpture simple et sans inscription, on voyait une urne d'argent couverte d'un voile funèbre. A côté de l'urne étaient un billet, une épée et des cheveux blonds. Numa s'était mis à genoux en entrant dans le souterrain. Tullus soulève doucement l'urne, et la présentant au jeune homme : Mon fils, lui dit-il à voix basse, baisez ces restes sacrés ; touchez cette urne qui renferme les cendres de la meilleure des mères et du plus tendre des époux. Ils ont les yeux sur vous dans cet instant ; ils vous contemplent des Champs-Élysées, et préfèrent à tous les plaisirs immortels qui les environnent le spectacle de la piété de leur fils.

Numa tenait dans ses bras l'urne qu'il baignait de ses larmes. Il l'approchait de son cœur, et il lui semblait que ces cendres si chères se ranimaient. Oh ! qu'il eut de peine à les rendre au pontife ! et comme ses mains suivaient l'urne, quand l'urne s'éloigna de lui !

Tullus la remet sous le voile. Alors prenant l'é-
pée, le billet et les cheveux : Voici, dit-il à Numa,
le glaive qui défendit votre mère et la patrie, qui
jamais ne fut tiré par la colère, et n'immola que
les ennemis de l'État. Je vous le remets, mon fils :
faites-en le même usage. Que la puissante Cérès,
à qui je l'avais consacré, fasse tomber sous ce fer
tous ceux qui menaceront vos jours ! Ce billet fut
tracé par votre mère à l'instant de son trépas : il
est adressé au roi Tatius, et vous sera nécessaire
pour occuper à sa cour le rang dû à votre naissance. Ces cheveux blonds, ai-je besoin de vous
dire que ce sont ceux de votre mère ? Elle vint les
offrir à Cérès le jour où elle obtint un fils. Numa,
portez-les toujours avec vous : les cœurs sensibles
ont besoin de ces gages d'amour et de piété.

Après ces paroles, ils sortent du souterrain.
Numa retourne à la maison du grand-prêtre, où
il prépare tout pour son départ. Il quitte la robe
de lin, prend la toge, et paraît plus beau sous ce
vêtement. Le pontife le regarde et soupire : ce nouvel habit semble lui annoncer des dangers. Il éloigne cette idée, pour s'occuper de pourvoir à ce que
rien ne manque à son fils. Sa tendre prévoyance
le fait penser à des besoins qu'il n'aura pas : il se
dépouille pour l'enrichir ; et, dans la crainte d'un
refus, il va cacher parmi les habits de Numa le

peu d'or qu'il a épargné : Loin de lui, je n'ai besoin de rien, disait-il ; quand il sera loin de moi, tout lui deviendra nécessaire.

Cependant l'instant cruel approche ; le char qui doit conduire Numa est préparé. Tullus monte dans ce char avec son fils ; il veut l'accompagner jusqu'au delà du bois sacré ; c'est alors que sa tendresse lui donne ces derniers conseils :

Pardonne-moi, mon cher fils, pardonne-moi de trembler en te voyant, si jeune encore, abandonner nos paisibles campagnes et l'asile où ton innocence n'eût jamais couru de péril, pour aller habiter une ville redoutable même à l'homme le plus sage. Te voilà, sans expérience, sans guide, sans conseil, sans ami, car à ton âge on n'a point d'ami ; on croit en avoir, et c'est un danger de plus ; te voilà jeté au milieu de deux peuples qui, réunis par politique, sont divisés par caractère, et se regardent toujours comme deux nations distinctes. La haine n'est point éteinte entre les Romains et les Sabins ; elle ne l'est point entre leurs monarques, encore plus opposés que leurs peuples. Tatius, le meilleur des rois, ton parent, ton souverain, Tatius, qui fut notre idole tant qu'il régna parmi nous, bon, sensible, ami de la paix, possède des vertus plus utiles que brillantes ; il rend la justice, et il fait du bien : voilà sa vie. Romulus, au contraire, qui, pour acquérir des sujets, ouvrit un asile aux brigands, Romulus a conservé les mœurs féroces du premier peuple qu'il commanda : passionné pour la guerre, dévoré d'ambition, tourmenté de la soif des conquêtes, il attaque et soumet tour à tour toutes les nations voisines de Rome ; il n'estime, il ne chérit que ses soldats, ne sait que vaincre, et ne connaît pas d'autre grandeur.

Hélas ! par une fatalité déplorable, un conqué-rant est plus admiré qu'un bon roi ; la véritable vertu éblouit moins que la fausse gloire. Tu ne les confondras point, Numa ; tu sentiras combien Tatius est au-dessus de son collègue ; tu n'aban-donneras pas le plus juste des rois, le parent, l'ami de ton père, le vengeur de Pompilia, pour suivre un conquérant farouche, encore teint du sang de son frère, et dont l'affreuse trahison causa la ruine de ton pays et le trépas de ceux à qui tu dois le jour.

Mais la cour même de Tatius est un séjour dan-gereux pour toi. Tu seras dans Rome, dont les belliqueux citoyens pardonnent tout à la jeunesse, hors le manque de courage ; et le courage des com-bats n'est plus que férocité, quand il n'est pas joint à d'autres vertus. Tu seras valeureux sans doute : le fils de Pompilius pourrait-il ne l'être pas ? Mais

tes mœurs, ces mœurs si pures, qui t'ont mérité
la protection de la déesse, les conserveras-tu,
Numa? Crois-moi, je n'ai point d'intérêt à te défendre le plaisir; je ne veux pas te parler le langage
austère de mon âge, te peindre la volupté sous des
couleurs fausses et effrayantes; non, mon fils : la
volupté a des charmes, la nature nous entraîne
vers elle; il faut combattre sans cesse pour lui résister; et plus notre cœur est sensible, hélas! plus
il est faible. Mais tu n'auras pas plus tôt cédé, que
le remords s'emparera de ton âme : tu perdras cette
douce paix, cette estime, ce respect pour toi-même,
qui font le charme de la vie; ton cœur humilié,
flétri, n'aura plus la même énergie, le même
amour pour le bien; tu souffriras enfin le plus
grand des supplices, celui de connaître la vertu et
d'avoir pu l'abandonner.

Je n'ai jamais vu la cour, je ne puis te donner
d'avis sur la manière de s'y conduire : mais je connais les devoirs d'un homme, et il faut être homme
partout. Rends aux places éminentes le respect
qu'on est convenu de leur accorder; rends à la
vertu, dans tous les états, le culte que la vertu
mérite. Fuis les méchans sans paraître les craindre;
sois réservé, même avec les bons. Ne profane pas
l'amitié, en prodiguant le nom d'ami. Pèse tes paroles, et réfléchis avant d'agir. Sois toujours en

garde contre ton premier mouvement, excepté lorsqu'il te porte à secourir un malheureux. Respecte les vieillards et les femmes, plains les faibles, et sois le soutien de tous les infortunés.

Si la déesse, comme je l'espère, te comble de prospérités, tu m'en instruiras : ces nouvelles prolongeront ma vie. Si le ciel voulait t'éprouver par des malheurs, reviens me trouver.

En parlant ainsi, ils étaient arrivés à la sortie du bois sacré : c'était là que Tullus devait se séparer de Numa. Le char s'arrête; les yeux du jeune homme se remplissent de larmes : Du courage! lui dit le vieillard, du courage! Numa; nous nous reverrons, nous nous reverrons bientôt : le trajet d'ici à Rome est court; tu reviendras au temple : moi-même... Ah, mon père! s'écria Numa fondant en larmes, sans doute je vous reverrai; mais je ne vivrai plus avec vous; mais je ne vous verrai plus à tous les instans de ma vie : les longues matinées s'écouleront sans que mon père m'ait embrassé; le jour finira sans que Numa vous ait entendu. De quel bonheur je jouissais auprès de vous! Je ne l'ai pas assez senti, je n'en ai pas assez remercié les dieux! C'est à présent.

Allons, mon fils, interrompit Tullus d'une voix qu'il voulait rendre sévère, obéissons à Cérès, et ne murmurons pas contre elle. Eh quoi! je suis le plus vieux, je suis le plus faible, et c'est moi qui vous encourage! Crois-tu que je ne souffre pas autant que toi? Penses-tu que mon triste cœur...?

A ces mots, sa voix s'éteint, sa force l'abandonne, il tombe dans les bras de Numa et l'arrose de ses pleurs. Mais reprenant sa gravité : Adieu, mon fils, lui dit-il, vous reviendrez me voir dans peu de temps, ou j'irai moi-même vous chercher à Rome. Adieu, n'oubliez pas Tullus. En disant ces paroles, il s'éloigne, et rentre à pas précipités dans la forêt.

Numa, désolé, reste les bras tendus, lui crie trois fois, adieu, le suit de l'œil plus long-temps qu'il ne peut le voir; et, laissant flotter les rênes de ses coursiers, il prend le chemin de Rome.

FIN DU PREMIER LIVRE.

LIVRE SECOND.

Numa, parti pour Rome, s'arrête et s'endort dans un bois ;
il a un songe mystérieux. Il continue sa route. Description de
la campagne de Rome et de cette ville guerrière. Accueil que
fait Tatius à Numa. Caractère de ce bon roi, de sa fille Tatia,
de Romulus, et d'Hersilie, fille de Romulus. Numa rencontre
Hersile ; il s'enflamme pour elle. Premiers effets de sa passion.
Retour et triomphe de Romulus.

Numa s'éloignait à regret du lieu qui l'avait vu
naître ; mille pensées douloureuses l'agitaient. J'a-
bandonne mon père, disait-il, dans l'âge où il
avait besoin de ma tendresse : je renonce à des
devoirs, à des loisirs doux à mon cœur ; je quitte
les compagnons, les amis de mon enfance, pour
aller habiter un pays où personne ne m'aimera.
Ah ! je sens bien que je n'y pourrai vivre ; je lan-
guirai comme un jeune olivier transplanté dans un
terrain qui ne lui convient pas : le soleil et la rosée
lui sont inutiles, ses feuilles flétries tombent le
long de ses branches, ses racines ne prennent plus
de nourriture ; il a commencé de mourir en quittant la terre qu'il aimait.

Le jeune voyageur, accablé de ces idées, n'avait
encore fait que deux milles, lorsqu'il entra dans
un bois dont la fraîcheur invitait au repos. Attiré
par le murmure d'un ruisseau qui serpentait sous
l'ombrage, il arrête ses coursiers, les abandonne
à deux esclaves, et, remontant jusqu'à la source
du ruisseau, il arrive à une fontaine consacrée à
Pan. Il fléchit un genou devant la statue de ce dieu,
lui demande la permission de se désaltérer dans
sa fontaine : après avoir rafraîchi ses lèvres brûlantes, il s'assied sur le gazon, et s'endort au bord
de l'eau.

Pendant son sommeil il eut un songe. Il lui sembla voir un char attelé de deux dragons, qui volait
vers lui du haut de la nue. Dans ce char était la
déesse Cérès, couronnée d'épis, portant une gerbe
et une faucille. Elle vint se placer sur la tête de
Numa ; et le regardant avec des yeux pleins de
bonté :

Fils de Pompilia, lui dit-elle, j'aimai ta mère,
et je veille sur toi. Quel que soit le vœu que tu vas
former, j'ai résolu de l'accomplir : parle, dis-moi
ce que tu désires le plus ; tu l'obtiendras à l'instant
même. Ah ! s'écria Numa sans hésiter, que Tullus
soit rajeuni, qu'il recommence une nouvelle vie,
et que jamais... Ta demande, interrompt la déesse,
est au-dessus de mon pouvoir. Jupiter, Jupiter

lui-même, ne peut prolonger d'un instant les jours
d'un simple mortel. Les cruelles Parques ne lui
sont point soumises : elles ont tranché le fil de
Persée, d'Hercule, des enfans les plus chéris du
maître des dieux, quand le Destin, plus fort que
mon père, a voulu qu'ils cessassent de vivre. Forme
des vœux pour toi-même : en demandant ton bonheur, c'est demander celui de Tullus.

Eh bien ! favorable déesse, rendez-moi digne
de lui ; faites germer dans mon cœur les leçons de
ce vénérable vieillard ; donnez-moi la sagesse :
Tullus dit que c'est le bonheur.

J'avais prévu ta demande, répond Cérès, et j'ai
prié ma sœur Minerve de te combler de ses dons.
Ne t'attends pas cependant à devenir son favori ;
comme le fut le fils d'Ulysse. Non, mon cher Numa,
aucun mortel ne doit se flatter d'approcher du divin
Télémaque : c'est le chef-d'œuvre de Minerve ;
elle-même n'oserait tenter d'égaler son propre ouvrage. Mais heureux encore celui qui marchera de
loin sur ses traces ! heureux le jeune héros sur
qui la déesse laissera tomber quelques regards, et
qui occupera le second rang, quoique si éloigné de
son modèle !

A ces mots, Numa se croit transporté dans le
temple de Minerve. Il veut pénétrer jusqu'à la
déesse ; mais un nuage d'or lui ferme le sanctuaire,

et lui dérobe la vue de la divinité. C'est en vain
qu'il fait des efforts pour percer ce nuage ; c'est en
vain qu'il implore les secours de Cérès : Cérès rejette ses prières , et lui fait signe d'écouter. Alors
Minerve parle du milieu de la nue. Numa tombe
à genoux , le visage prosterné sur la terre ; il croit
entendre la Sagesse qui l'instruit de tous ses devoirs ; il éprouve à la fois un saint respect et la
douce persuasion : mais quand il relève les yeux
pour rendre grâce à la déesse, le temple, le nuage,
ont disparu. Numa se trouve au milieu d'un bois ;
il ne voit plus qu'un berceau de verdure , sous lequel une jeune nymphe vêtue de blanc, assise sur
le gazon , lisait attentivement. La paix , la candeur , reposaient sur son visage ; la modestie , la
douceur, la majesté , l'environnaient : telle on re-
présenterait Astrée méditant le bonheur des humains. Numa, qui se sent attiré vers cette nymphe
par un charme irrésistible , demande à Cérès quel
est cet objet si beau : Cérès lui nomme Égérie, et
tout disparaît à ce nom.

La surprise, l'émotion que ressentit Numa le
réveillèrent. Encore tout agité du songe mystérieux, il a peine à retrouver ses sens : il regarde
autour de lui ; il ne voit que la fontaine de Pan ,
les arbres, le gazon , le ruisseau au bord duquel
il s'est endormi. Ne doutant pas cependant que le

songe qu'il a fait ne lui ait été envoyé par Jupiter,
il adresse ses vœux au maître du tonnerre, promet
un sacrifice à Minerve, à Cérès, sort du bois, et
remonte sur son char.

Il marche, il traverse le pays des Fidénates, et
arrive bientôt sur le territoire de **Rome**. Il le distingue aisément de celui de ses voisins : les campagnes y sont désertes ; les terres incultes n'y pro-
duisent que de l'ivraie ; les troupeaux, faibles,
dispersés, y trouvent à peine leur nourriture :
point de moissonneurs qui recueillent les présens
de Cérès ; point de glaneuses qui suivent en chantant la famille du laboureur ; point de berger qui,
sur le penchant d'un côteau, tranquille sur ses
brebis, que son chien fidèle empêche de s'écarter,
chante sur sa flûte la beauté d'Amaryllis, ou les
douceurs de la vie champêtre. Tout est triste,
morne, silencieux. Les villages dépeuplés n'offrent
que des femmes et des vieillards. Celle-ci pleure
son époux, celle-là, son frère, tués dans les combats. Ici, c'est un père accablé par les années, qui
va mourir sans consolation et sans secours : il n'a
plus d'enfans ; le dernier vient de lui être enlevé
pour servir dans l'armée de Romulus. Ce vieillard,
au désespoir, jette des cris plaintifs, se meurtrit
le visage, arrache ses cheveux blancs, et maudit
les armes de son roi. Là, c'est une mère qui fuit

avec le seul fils qui lui reste : elle est sûre qu'on
viendrait l'arracher de ses bras ; elle aime mieux
quitter son pays, sa maison, le champ qui la nourrissait, pour aller mendier du pain chez un peuple
qui lui laissera du moins son fils. Partout la tristesse, la pauvreté, la désolation, étalent leur affreuse image ; et les sujets de Romulus, depuis que
leur maître connaît la gloire, ne connaissaient plus
ni le repos ni le bonheur.

O dieux immortels ! s'écria Numa, voilà donc
ce peuple si fier, si envié de ses voisins, et que ses
victoires rendent déjà si célèbre, si redoutable !
le voilà malheureux, pauvre, cent fois plus à plaindre que ceux qu'il a vaincus ! Tel est donc le prix
de la gloire ! ou plutôt telle est la justice céleste !
les dieux ont voulu que les conquérans souffrissent
eux-mêmes des maux qu'ils font, et qu'ils ache-
tassent de leur infortune celle dont ils accablent
leurs voisins.

Numa comparait alors en lui-même le bonheur
dont jouissaient les paisibles Sabins, l'abondance,
la gaieté, qui régnaient dans leurs campagnes, avec
le spectacle qui frappait ses yeux. Il se rappelait
tout ce que Tullus lui avait dit de la guerre ; il
adressait des vœux aux immortels, pour qu'ils
fissent naître des rois pacifiques, quand tout à coup
l'aspect de Rome vient frapper et étonner ses re-

gards. Ce mont Palatin, l'ancien asile des pâtres et des troupeaux, maintenant bordé de murailles, hérissé de tours menaçantes; ces fossés larges et profonds qui en défendent l'approche; ces remparts inaccessibles; ce fameux Capitole qui domine toute la ville, et sur le haut duquel on distingue le temple de Jupiter, tout en impose à Numa : il regarde, admire, et s'avance.

Les portes sont occupées par une foule de jeunes guerriers couverts d'armes étincelantes, appuyés sur leurs lances, la tête haute, et rejetant en arrière le panache qui ombrage leurs casques. Ils semblent déjà savoir qu'ils doivent soumettre le monde; et leur air belliqueux glace d'effroi ceux même qu'ils ne menacent pas. Numa pénètre dans la ville : partout il voit l'image de la guerre; partout il entend le bruit des armes. Ici, c'est une garde qu'on relève; là, de jeunes soldats qu'on exerce; plus loin, l'on accoutume des coursiers au son aigu de la trompette. Les métaux coulent dans les fournaises; les boucliers, les cuirasses résonnent sur l'enclume; l'airain gémit sous les marteaux. Il semble que tous les feux de l'Etna soient allumés dans Rome, et que les Cyclopes y travaillent à forger des chaînes pour l'univers.

Numa, peu accoutumé à ce bruit, éprouve une surprise mêlée d'effroi. Il est impatient de voir

Tatius ; il demande son palais ; on le lui indique :
il était dans le quartier de la ville le moins bruyant.
Le bon Tatius éloignait de lui les soldats ; il voulait être aimé et non gardé : en tout temps on
pouvait arriver jusqu'à lui , et l'on trouvait à sa
porte plus de pauvres que des courtisans.

Numa est admis devant le bon roi ; il prononce
le nom de Tullus , et présente le billet de la malheureuse Pompilia. A peine Tatius l'a-t-il lu, que,
jetant un cri de joie, il se précipite au cou du jeune
homme. O jour heureux pour moi! s'écrie-t-il ;
que ne dois-je pas au pontife qui me rend le fils
de mon plus tendre ami ! Oui, je reconnais bien
les traits du brave Pompilius : voilà ses yeux, voilà
son air doux et caressant. Tu m'aimeras comme il
m'aimait ; je l'espère, j'en suis certain. Ma vieillesse
est réjouie de ta vue : je me plaignais aux dieux de
n'avoir qu'une fille, les dieux m'envoient un fils.

En disant ces paroles , il embrasse de nouveau
Numa, et fait appeler Tatia sa fille ; Tatia, moins
remarquable par sa beauté que par sa douceur,
par sa modestie, par sa tendresse pour son père.
Elle vient ; Tatius lui présente Numa : Voilà ton
frère, dit-il ; voilà celui que tu dois aimer comme
le soutien et l'appui de ma vieillesse ; voilà le fils
de Pompilius dont je t'ai si souvent parlé. O jours
de mon bonheur ! avec quelle rapidité vous vous

êtes écoulés! Numa, tu me le rappelles, ce temps
où, tranquille dans la Sabinie, roi chéri d'un peuple que j'adorais, père, époux, ami heureux, je
voyais couler les années entre la mère de Tatia,
Pompilius et le sage pontife. Ma famille, j'appelais
ainsi mes sujets, n'était point assez nombreuse
pour que je ne pusse pas veiller moi-même sur
chacun de mes enfans. Je les connaissais tous, j'allais souvent les visiter; et quand, avec Pompilius,
j'avais parcouru mon petit état, je remerciais Jupiter d'avoir borné mon royaume, et de ne m'avoir
pas donné plus de sujets que je ne pouvais faire
d'heureux. Aujourd'hui, quel changement! exilé
loin de ma patrie, enchaîné sur un trône étranger,
je gémis tous les jours... Mais je te vois, je ne dois
plus me plaindre. Tu resteras avec moi, Numa;
tu me rendras tout ce que j'ai perdu; et peut-être
que les plus doux nœuds, en t'assurant ma couronne, assureront ma félicité. J'aurai, j'aurai le
temps de t'expliquer mes projets; je ne veux songer dans ce moment qu'à jouir de ta présence.

Ainsi parle le bon roi; sa joie rend plus vif
encore le plaisir qu'il trouve naturellement à dé-
ployer dans de longs discours son âme franche et
sensible.

Sa fille, qui a compris ses derniers mots, baisse
les yeux, et les relève bientôt sur Numa. Frappée

de sa beauté , elle observe avec complaisance la
douceur peinte dans ses traits, sa timidité, son air
caressant , et cette grâce si touchante que donne
toujours la candeur. C'était la première fois que
Tatia regardait un jeune homme; elle s'en aperçoit,
rougit, et reporte ses yeux sur son père.

Numa, occupé du bon roi, baisait ses mains, en
lui promettant une aveugle obéissance. Ne parle
point d'obéir, lui dit Tatius : j'ai été roi toute ma
vie; je n'ai jamais été sensible au plaisir de commander. J'ai senti de bonne heure qu'il fallait renoncer à être aimé, si l'on voulait être craint ; et
j'ai préféré les amis aux esclaves. Romulus m'a
aidé dans mes projets; nous avons partagé la souveraine puissance. Romulus a gardé pour lui le
commandement de l'armée, la disposition des tri-
buts et la punition des criminels : moi, plus heureux, je suis chargé de rendre la justice, de dimi-
nuer les impôts, de récompenser les bonnes actions,
enfin, mon ami , de tout ce qui approche les rois
des immortels. Je crains toujours que mon collègue
n'ouvre les yeux sur l'inégalité de ce partage, et
qu'il ne voie à la fin que tout le bien me regarde,
tandis qu'il est chargé de tout le mal. Mais, grâces
au ciel, jusqu'à présent Romulus ne s'en est point
aperçu ; et, dans son aveuglement, il a l'air aussi
content que moi.

Je te présenterai à ce prince dès qu'il sera revenu d'une expédition où il est engagé contre les Antemnates. Il les vaincra, je n'en doute point; car jamais guerrier ne posséda comme Romulus le courage d'un soldat avec les talens d'un capitaine. Sa taille majestueuse, son air audacieux et menaçant, sa force plus qu'humaine, et cette valeur indomptable qui lui fait tout hasarder, ne sont rien auprès de son activité. Dans une marche, dans un siége, dans une bataille, il voit tout, il est partout : il dispose, ordonne, attaque et défend à la fois. Sa tête et son bras n'ont pas un moment d'inaction : l'un exécute toujours ce que l'autre a déterminé.

Sa fille unique, Hersilie, l'accompagne dans ses expéditions. Jamais beauté n'égala celle d'Hersilie. Tous les rois du Latium ont brûlé pour elle; tous sont venus mettre leurs diadèmes à ses pieds : mais la fière princesse les a dédaignés. Accoutumée aux armes dès l'enfance, digne fille de Romulus, elle s'est vouée aux exercices de Pallas. Le casque en tête, la lance à la main, elle suit son père dans les combats : sa main délicate sait guider un puissant coursier qui blanchit le frein de son écume, et s'étonne d'obéir à un maître dont le poids lui semble si léger. Désarmée, elle est encore plus redoutable : ces mêmes mains, qui savent se servir d'une épée,

savent aussi bien tenir une lyre ; et, mêlant des
accords mélodieux aux sons touchans de sa voix,
elle chante les exploits de son père après avoir partagé ses périls.

Tels sont Romulus et sa fille. Je ne t'ai point
affaibli leurs brillantes qualités…. Que ne puis-je
ajouter encore un long éloge de leurs vertus ! mais
les conquérans les méprisent, et Romulus ne sait
estimer que la valeur. Sa fille élevée par lui dans
le tumulte des camps, sa fille, n'a pu se défendre
d'un peu de rudesse. Elle a l'orgueil de Junon,
comme elle en a la beauté ; et, en acquérant le
courage et la force de notre sexe, elle semble avoir
perdu de la douceur, de la bonté, qui sont le partage du sien.

A présent que tu connais Romulus et Hersilie,
tu seras le maître de te fixer auprès d'eux ou auprès de nous, dans leur camp ou dans mon palais.
Je veux être ton ami, ton père, si tu me permets
ce doux nom ; mais tu seras toujours ton maître :
pourvu que tu m'aimes et que tu sois heureux,
Tatius sera content.

Numa renouvelle au bon roi l'assurance de sa
tendresse. Son choix est fait, son parti pris irrévo-
cablement : il ne veut jamais quitter l'ami de son
père, le roi de sa nation, celui que Tullus lui a
donné pour modèle. Il lui répète cent fois que rien

ne le fera changer, qu'il verra d'un œil d'indifférence et les appas d'Hersilie et la gloire de Romulus : il le jure par tous les dieux. La modeste Tatia
entend avec joie ces sermens.

Après quelques jours donnés à la tendresse de
Tatius, Numa, qui n'a pas oublié le songe qu'il a
fait, apprend que le temple de Minerve est au milieu d'un bois sacré, appelé le bois d'Égérie. Surpris de cette conformité avec ce qu'il a vu pendant
son sommeil, il court à ce bois peu distant de Rome;
son cœur palpite en marchant sous les voûtes sombres de verdure. Un silence religieux y règne, le
zéphyr agite à peine ces hêtres touffus, ces anti-
ques peupliers qui élèvent leurs têtes dans les
nues; et l'on n'entend que le murmure lointain de
leurs rameaux pressés mollement l'un contre l'autre.

Numa s'avance vers le temple où il doit porter
ses vœux. Son esprit inquiet lui rappelle la nymphe :
il n'ose espérer de la retrouver; cependant ses yeux
la cherchent, quand, sous un berceau de verdure
semblable à celui qu'il a vu en songe, Numa découvre une guerrière couchée sur le gazon et profondément endormie. Sa tête désarmée avait pour
appui son bouclier; son casque était auprès d'elle;
de longues boucles de cheveux noirs retombaient
sur sa cuirasse, et rendaient plus éblouissante sa

beauté majestueuse. Deux javelots reposaient sous
sa main ; une riche épée pendait à son côté ; sa robe,
retroussée jusqu'au genou, laissait voir son co-
thurne de pourpre attaché avec une agrafe d'or.
Ainsi la sœur d'Apollon, après avoir vidé son carquois dans la forêt d'Érimanthe, vient se reposer
sur le sommet du Ménale ; les nymphes, les dryades
veillent autour d'elle ; le zéphyr craint d'agiter les
feuilles ; et le visage de la déesse conserve, même
pendant son sommeil, cet air sévère et belliqueux
qui, loin d'altérer sa beauté, semble en relever
l'éclat.

Telle, et plus belle encore, était la guerrière.
Numa la prend pour Pallas : il tombe à genoux devant elle, veut prononcer des vœux, et ne peut retrouver l'usage de la parole. Sa langue est attachée
à son palais ; sa bouche reste à demi ouverte ; ses
bras demeurent étendus vers celle qu'il contemple ;
ses yeux fixes et éblouis la regardent sans mouvement.

Dans cet instant la guerrière se réveille ; elle
aperçoit Numa : aussitôt elle est debout. Déjà son
casque terrible couvre sa tête, déjà elle agite ses javelots, et sa voix haute et menaçante fait entendre
ces paroles : Qui que tu sois, jeune téméraire qui
viens troubler mon sommeil, rends grâce au Destin

qui t'offre à moi désarmé. Si tu pouvais te défendre, ce bras punirait ton audace.

O déesse ! lui répond Numa, apaisez votre courroux ; j'allais dans votre temple vous offrir mon
cœur et mes vœux : je vous ai vue, mes genoux
tremblans se sont dérobés sous moi. La présence
d'une divinité terrasse un malheureux mortel ; et
si c'est un crime de contempler une déesse , songez que mes yeux éblouis n'ont pu soutenir votre
vue.

Ces paroles firent évanouir la colère de l'amazone. Elle baisse la pointe de ses javelots, et regarde Numa en souriant : Rassurez-vous , lui dit-
elle, je ne suis point une divinité. Le grand Romulus
est mon père ; je vais annoncer à Rome la victoire
qu'il vient de remporter. Continuez votre chemin
vers le temple : allez, jeune homme, allez demander pardon à Minerve d'avoir cru la voir en me
voyant.

A ces mots, elle frappe sur son bouclier : ce
bruit fait venir sa suite. On lui amène son superbe
coursier ; elle s'élance sur son dos, lui fait sentir
l'aiguillon, et fuit plus vite que le vent.

Numa demeure immobile, interdit, frappé d'une
surprise, d'une admiration qu'il n'a jamais éprou-
vées. Ses regards suivent Hersilie aussi long-temps
qu'ils peuvent la distinguer ; elle a disparu, qu'ils

la suivent encore. Mille pensées confuses remplissent son âme ; toutes ses idées se présentent à la fois à son esprit. Il cherche à sortir de ce trouble; plus il fait d'efforts, plus son trouble augmente. Ses yeux reviennent sur cette place qu'Hersilie a occupée; ils ne peuvent s'en détourner : Numa croit l'y voir encore ; il croit encore l'entendre. Chaque mot qu'elle a dit retentit à son oreille ; chaque geste qu'elle a fait lui est retracé par son imagination. Cet air grand et majestueux, cette taille si haute et si noble, et ces longs cheveux noirs et ces traits si fiers et si beaux, tout est présent à Numa. Leur image , plus belle encore, s'est gravée au fond de son cœur ; elle se réfléchit dans tout ce qu'il voit.

Ah ! le voilà expliqué, s'écria-t-il, ce songe qui m'avait frappé ! Je suis dans le bois d'Égérie : voilà le berceau que j'ai vu ; et cette beauté céleste dont les attraits m'ont ébloui, c'est Hersilie : n'en doutons point. O Hersilie ! Hersilie ! Que j'aime à prononcer ce nom ! Dans le trouble affreux qui m'agite, mon âme ne sent un peu de calme qu'à l'instant où je nomme Hersilie. Eh ! qui suis-je, hélas ! pour oser l'aimer ? pour prétendre à celle que les dieux me disputeraient sans doute? Mais du moins je pourrai la suivre, je pourrai m'attacher à ses pas, brûler en silence, lui adres-

ser des vœux comme à une divinité : mon sort
sera trop doux encore. Oui, belle Hersilie, je vais
devenir soldat dans l'armée de votre père ; je con-
duirai vos coursiers ; je porterai vos javelots ; je
vous servirai de bouclier dans les combats ; et, si
mon cœur est percé de la flèche qui devait vous
atteindre, j'oserai vous dire en mourant : Je meurs
trop heureux, j'expire pour vous.

Ainsi s'exprime Numa ; et son âme jeune et ar-
dente s'ouvre toute entière à l'amour. Semblable
à ces bois résineux qu'une étincelle enflamme et
consume, Numa sent naître sa passion, et dans le
même instant elle est à son comble. Il ne songe
plus à Minerve ; il retourne à Rome d'un pas rapide, en suivant sur la poussière la trace du coursier d'Hersilie. Il rentre dans la ville d'un air
égaré ; il la parcourt sans trouver celle qu'il cherche, et il n'ose demander son palais : il craint de
prononcer à quelqu'un le nom qu'il a tant de plaisir à se répéter.

Enfin il revient chez Tatius : le premier objet
qu'il voit, c'est Hersilie ; elle rendait compte au
bon roi de la victoire de son père. Numa, surpris
et ravi, s'arrête, tremble, baisse les yeux. Hersilie, qui le reconnaît, demande à Tatius si ce
jeune homme est de sa cour. Ce jeune homme, s'é-

crie le roi, c'est mon fils ! du moins il doit m'en tenir lieu. Son père fut le plus juste et le plus grand des Sabins. Il est de mon sang ; il est le fils de mon ami. En disant ces mots, il court à Numa, et paraît inquiet de l'émotion où il le trouve, de la pâleur qui couvre son front. Numa le rassure en balbutiant. Hersilie le regarde ; cette pâleur disparaît ; une vive rougeur la remplace ; il ne peut prononcer un seul mot ; et ses yeux, qui s'é-lèvent doucement jusqu'au visage de la princesse, retombent toujours vers la terre avant d'y être arrivés.

Le bon roi, trop vieux pour se souvenir encore des premiers effets de l'amour, sourit de tant de timidité ; il s'efforce de l'excuser auprès d'Her-silie, en lui apprenant l'âge de Numa, l'éduca-tion qu'il a reçue. Il saisit cette occasion de parler des vertus de Tullus, de celle de son aimable élève ; il se plaît à faire un long éloge du fils de Pompilius.

La princesse l'écoute avec plaisir ; elle regarde Numa, que sa rougeur embellit encore ; elle pé-nètre mieux que Tatius la cause du trouble qui l'agite : pour la première fois, elle est flattée d'avoir inspiré de l'amour. Cependant elle quitte Tatius, et, dans ce moment, ses yeux se ren-contrent avec ceux du tendre Numa. O combien ce regard pénétra leurs âmes ! combien il fut éloquent pour tous deux ! Numa y puisa l'espérance ; Hersilie y puisa l'amour.

Dès ce moment, le fils de Pompilius n'est plus à lui. Uniquement occupé d'Hersilie, ou il la voit, ou il la cherche : pendant le jour il suit ses pas ; pendant la nuit il songe à elle. Il ne pense plus au bon roi ; il oublie Tullus et ses leçons ; la vertu, la gloire, tout ce qui transportait son âme, n'a plus de charme pour lui. Hersilie, Hersilie, il ne voit qu'elle dans l'univers ; Hersilie est le seul objet de ses pensées, l'unique but de ses actions : son cœur, son esprit, sa mémoire, toutes ses facultés lui suffisent à peine pour Hersilie ; son cœur ne peu tplus produire d'autre sentiment que l'amour.

O malheureux jeune homme, il n'est donc plus d'espérance ! Un seul jour, un seul moment a détruit le fruit de tant d'années de leçons. Le voilà, ce favori de Cérès, ce fils de Pompilia, cet élève du vénérable Tullus, cet exemple de sagesse réservé à de si hautes destinées ; le voilà devenu le jouet d'une passion effrénée, l'esclave de désirs insensés ! Il rejette tous les dons que lui prodiguait le ciel, pour courir après une vaine apparence de bonheur qui fera le tourment de sa vie. Son courage est abattu, son esprit aliéné ; son corps a

perdu sa force : il n'a ni vertu ni raison ; il va périr
comme un frénétique , sans connaître le mal qui
le fait expirer.

Cependant Romulus, vainqueur des Antemnates, ramenait à Rome son armée ; il avait tué
de sa main le roi Acron, son ennemi. Le peuple
romain lui préparait un triomphe qui devait servir
de modèle à ceux que l'on accorda depuis aux
vainqueurs de l'univers.

Le roi Tatius, à la tête de tous les citoyens
vêtus de blanc, vient au-devant de son collègue.
Le feu brûle déjà sur l'autel de Jupiter Férétrien ;
les pontifes, les aruspices, attendent le triomphateur avec des palmes dans les mains. Le chemin
qui mène au Capitole est partout jonché de fleurs ;
les portes des maisons sont ornées de couronnes ;
les femmes romaines, en habits de fête, portant
leurs enfans dans leurs bras, les pressent contre
leurs visages, excitent leur joie par de tendres
caresses, et leur répètent cent fois qu'ils vont revoir leurs pères vainqueurs.

Bientôt on découvre de loin les brillantes aigles ;
on entend déjà les trompettes ; mille acclamations
leur répondent. L'armée s'avance, et l'on distingue le grand Romulus debout sur un char
magnifique. Quatre coursiers, blancs comme la
neige, sont attelés de front à ce char : à leur air

fier, à leur hennissement, on dirait qu'ils s'enor-
gueillissent des exploits de leur maître. Revêtu de
la robe triomphale, ceint d'une couronne de laurier, Romulus porte dans ses bras un chêne qu'il
a taillé, et auquel sont appendues les armes du
roi Acron : ce poids énorme ne fatigue pas le
triomphateur. Devant lui marche la famille du roi
vaincu, vêtue de deuil, portant des fers, baissant
des yeux noyés de larmes. Une foule d'esclaves,
courbés sous le poids du butin, entoure le char
du vainqueur ; ses braves légions le suivent en
poussant des cris de joie, et les échos d'a-
lentour répètent en longs accens la gloire de Romulus.

Il s'avance : il monte au Capitole, au travers
d'un peuple enivré de ses succès. Arrivé au temple
de Jupiter, il s'élance de son char, sans avoir
quitté le chêne : la terre gémit de son poids ; les
armes d'Acron se choquent et retentissent au loin.
Romulus marche à l'autel ; il dépose son trophée
devant la statue du dieu. O Jupiter, s'écrie-t-il,
reçois les premières dépouilles opimes que les
Romains te consacrent ! Fais que ce beau jour soit
à jamais marqué dans les fastes de mon peuple ;
qu'il se renouvelle souvent, et que mes descendans, à mon exemple, appendent à ces voûtes sacrées les dépouilles de l'univers !

Après ces paroles, il saisit un taureau furieux, que vingt sacrificateurs pouvaient à peine contenir : le roi, d'une main, l'entraîne à l'autel, le fait tomber sur les genoux, arrache quelques poils de son large front, l'immole ; et les prêtres achevèrent le sacrifice.

Quand la victime est consumée, Romulus sort du temple ; et, s'adressant à ses soldats : Romains, leur dit-il, qu'est-ce qu'une victoire, tant qu'il reste des ennemis ? Les Antemnates sont défaits ; mais les Volsques, mais les Herniques, et ces braves Marses, seuls dignes de vous combattre, n'ont pas encore reçu le joug. Tenez-vous prêts à marcher contre eux. Nous triomphons aujourd'hui, demain nous irons mériter un triomphe. Demain je vous mène contre les Marses, au secours des Campaniens, mes alliés. Romains, je vous donne ce jour tout entier pour embrasser vos femmes et vos enfans : mais, dès que la brillante aurore paraîtra sur son char vermeil, soyez en armes au Champ-de-Mars ; votre roi s'y rendra le premier, et nous irons apprendre à l'Italie que des vainqueurs n'ont jamais besoin de repos.

Toute l'armée répond par des cris de joie. Les légions portent leurs aigles dans le palais de Romulus ; une garde choisie veille sur ce dépôt sacré, tandis que les soldats, rendus à leurs familles, reçoivent les embrassemens de leurs mères, de leurs épouses, et que la tendresse et l'amour se félicitent d'arracher un jour à la gloire.

FIN DU SECOND LIVRE.

LIVRE TROISIÈME.

Numa, brûlant d'amour pour Hersilie, veut la suivre dans les combats. Tatius lui donne des armes, et va le présenter à l'armée. Transport des vieux soldats sabins en voyant le fils de Pompilius. Tatius veut le suivre à la guerre; mais le peuple, conduit par Tatia, fait changer cette résolution. Départ et marche de l'armée. Romulus joint son allié le roi de Campanie. Description du camp de ce prince. Romulus se sépare de lui. Arrivée et discours des ambassadeurs des Marses.

Le triomphe de Romulus acheva d'enivrer Numa. Son âme, déjà en proie à tous les feux de l'amour, s'enflamme encore au nouveau spectacle qui la ravit. La gloire, avec tout son éclat, vient se présenter à lui comme le plus sûr moyen de mériter Hersilie. A peine a-t-il conçu cet espoir, que Numa brûle d'être un héros ; et deux passions, dont l'une suffit pour transporter une grande âme, se réunissent et embrasent son jeune cœur.

Tatius rentre dans son palais. Numa le suit en soupirant. Il voudrait tout lui révéler ; mais il craint les reproches du bon roi ; il le regarde et se tait. Comme on voit un enfant timide suivre sa

mère à pas inégaux, la retenir doucement par son
voile, fixer sur elle des yeux noyés de pleurs, et
lui demander, sans rien dire, de le porter dans ses
bras ; ainsi Numa suivait Tatius.

Le bon roi s'arrête, et lui ouvre son sein : Parle,
mon fils, que puis-je faire pour toi? Tes désirs
seront satisfaits, pour peu que ce soit en ma puissance.

O mon père, lui répond Numa, le ciel m'est témoin que je parlais d'après mon cœur quand je
formais le projet de consacrer ma vie entière à
prendre soin de votre vieillesse, à m'efforcer d'acquérir vos vertus ; mais j'ai vu triompher Romulus, et j'ai senti naître dans mon âme un sentiment qui m'était inconnu. L'amour de la gloire
m'enflamme, la soif des combats me dévore. Oui,
je suis de votre sang, je suis le fils de Pompilius. A
mon âge, vous et mon père aviez déjà gagné des
batailles ; à mon âge, vous aviez ceint vos têtes de
ce laurier dont je suis affamé ; et moi, fils inconnu
du brave Pompilius, moi, le parent, l'ami du vaillant roi des Sabins, je n'ai encore immolé que des
victimes ! O mon père ! j'embrasse vos genoux,
permettez que je vous imite ; souffrez que je suive
Romulus, que je devienne un héros comme vous
et comme mon père.

En prononçant ces paroles, il se jette aux pieds

du vieillard, et baisse la tête pour cacher sa rougeur.

Rassure-toi, lui dit Tatius; je te pardonnerais même une faute, comment pourrais-je te punir d'un sentiment que j'estime? Hélas! ma tendresse pour toi m'aurait fait préférer sans doute de te voir couler une vie paisible à l'abri de mon trône et dans mon sein paternel : mais je suis Sabin; comme toi, je sais combien la gloire a de charmes. Numa, ton courage me plaît : je verse pourtant des pleurs en te voyant, si jeune encore, vouloir affronter les hasards de la guerre la plus dangereuse que Romulus ait entreprise ; car, je ne veux pas te le cacher, les ennemis qu'il a vaincus ne sont rien auprès de ceux qu'il va combattre. Les terribles Marses, indomptés jusqu'à ce jour, sont des sauvages d'une taille gigantesque et d'une force prodigieuse ; ils sont armés de massues semblables à celle du grand Alcide ; et l'on dit qu'ils trempent leurs flèches dans les herbes vénéneuses nées sur les bords de l'Averne. Chaque blessure donne la mort : et quelle douleur pour moi...!

Quelle gloire, interrompit Numa en se relevant, quel bonheur pour votre fils d'apprendre ce noble métier contre de si dignes adversaires ! Vous voyez à présent que je suis le favori des dieux, puisqu'ils m'inspirent de suivre Romulus au moment où Romulus va courir les plus grands périls. O mon père ! c'en est fait : ce que vous venez de m'apprendre me détermine ; et l'honneur vous fait une loi de me laisser voler aux combats.

En achevant ces mots, une flamme céleste brille dans ses yeux ; l'accent de sa voix devient plus fort, plus énergique ; sa taille, tous ses mouvemens, prennent un air de noblesse et d'audace : tel Achille, déguisé en femme parmi les filles de Lycomède, s'élança sur l'épée qu'Ulysse fit briller à ses yeux, et découvrit son sexe et son courage par un transport involontaire.

A ce mouvement de Numa, Tatius éprouve lui-même une émotion dont il n'est pas maître. Oui, mon fils, s'écrie-t-il, pleurant de joie, tu iras combattre les Marses, et ton père t'accompagnera. Oui, je te guiderai dans les batailles ; je te donnerai les premières leçons de l'art des héros. Ne pense pas que la vieillesse ait épuisé toutes mes forces : cette main peut encore lancer un javelot ; ce bras peut soutenir un bouclier. Nestor, plus vieux que moi, apprenait à vaincre à son cher Antiloque : je ne vaux pas Nestor ; mais il n'aimait pas mieux son fils.

Il dit. Numa se jette dans ses bras ; il est prêt à lui découvrir sa passion pour Hersilie ; mais, dans la crainte d'affaiblir l'estime du bon roi, en

lui avouant que la gloire ne règne pas seule en
son cœur, il remet à un autre temps un aveu
si difficile.

Tatius, occupé de son nouveau projet, court
redemander aux prêtres de Jupiter ses vieilles
armes, qu'il avait consacrées au dieu. Il les revoit
avec les mêmes transports qu'il éprouvait dans sa
jeunesse. O Jupiter! s'écrie-t-il, si le sang de mes
nombreuses victimes a ruisselé sur tes autels, si
mon cœur ne t'a jamais offensé, même par des
pensées criminelles, rends-moi, rends-moi pour
quelques instans la force que j'avais autrefois,
quand le farouche Rhamnès vint attaquer les Sabins à la tête de ses Herniques. Il méprisa ma
jeunesse, il me défia au combat; et, me lançant
un énorme javelot, qu'aucun homme d'aujour-
d'hui ne pourrait lancer, il crut fixer mon corps
à la terre : mais j'évitai ce coup terrible; je me
précipitai sur Rhamnès, et trois fois j'enfonçai
dans son flanc mon épée toute fumante. O Jupiter! encore quelques jours de gloire, je descendrai
content dans le tombeau!

Tels sont les vœux de Tatius. Sa fille est à peine
instruite de son dessein, qu'elle vient le supplier
d'y renoncer. Ses prières, ses larmes sont vaines :
l'infortunée Tatia voit détruire dans un moment
toutes les illusions de bonheur qu'elle s'était for-

mées. Elle ne s'est que trop aperçue de la passion
de Numa : sans se plaindre, sans s'avouer à elle-
même ses chagrins, en pleurant le départ d'un
père, elle pleure encore d'autres douleurs.

Numa ne songe qu'à Hersilie, et aux apprêts de
son départ. Il n'a point d'armes ; l'épée de Pompilius est la seule qu'il possède. Tatius va choisir
lui-même, dans les arsenaux de Romulus, une
cuirasse étincelante, dont le métal est incrusté
d'or. Le casque, encore plus magnifique, est sur-
monté d'un sphinx d'un admirable travail; deux
panaches couleur de pourpre flottent au-dessus de
ce sphinx. Le bouclier, composé de sept cuirs de
bœuf, revêtus de quatre feuilles d'or, d'argent,
de cuivre et d'étain, fut fait jadis pour le roi Pro-
cas, par l'habile Égéon, qui représenta sur ce
bouclier l'histoire du pieux Énée.

Content de ces armes, Tatius le fait porter
devant Numa : elles rendent un son terrible qui
glace d'effroi ceux qui l'entendent, et redouble
l'ardeur du jeune héros. Numa les contemple, les
touche : il se plaît à les faire retentir ; il en est
bientôt couvert ; sa beauté naturelle en reçoit un
nouvel éclat. Son cœur palpite sous l'airain, ses
yeux brillent du feu du courage : tel un jeune
coursier, qui, du milieu des prairies, entend pour
la première fois la trompette, lève sa tête orgueil-

leuse, ouvre ses naseaux fumans, dresse sa crinière ondoyante, et répond par des hennissemens aux sons belliqueux qui frappent son oreille.

La nuit, trop lente au gré de Numa, vient enfin répandre ses voiles, et le sommeil ne peut fermer les yeux du jeune amant. Il s'agite, roule cent projets divers, prépare ce qu'il doit dire à Hersilie, brûle d'être auprès d'elle; et, imaginant d'avance les occasions qui vont s'offrir à son courage, il invente les exploits qu'il fera.

Le jour était loin encore, qu'il se rend en armes au palais de Tatius. Le bon roi sourit de son impatience; il se lève, couvre sa chevelure blanche d'un casque qu'il trouve pesant : il revêt cette cuirasse quittée depuis tant d'années; et, ne voulant pas dire à sa fille un adieu trop douloureux, il sort en silence de son palais, s'appuie sur l'impatient Numa, et marche vers le Champ-de-Mars.

Romulus, Hersilie et l'armée y étaient déjà. Tatius présente à son collègue le jeune guerrier, qu'il veut accompagner. Hersilie rougit en le regardant. Numa, qui a préparé ce qu'il doit dire à Romulus, l'oublie, et reste muet dès qu'il aperçoit Hersilie.

Le roi de Rome applaudit au zèle qu'il fait paraître. Dès qu'il est instruit de sa naissance, il le conduit aux légions sabines, qui formaient l'aile

gauche de son armée : Sabins, leur dit-il, voici
un héros de plus qui veut combattre sous vos
enseignes. Ce jeune guerrier a des droits à votre
amour ; il est du sang de vos princes ; c'est le fils
de Pompilius.

Au nom de Pompilius, un cri s'élance dans les
airs ; tous les Sabins quittent leurs rangs, et
courent au jeune Numa. Metius, Valerius, Vols-
cens, Murrex, tous vieux guerriers couverts de
rides et de blessures, serrent dans leurs bras le
fils de l'ancien général. Je dois tout à votre père,
disait l'un : Il m'a sauvé la vie, disait l'autre : Il fut
notre bienfaiteur, s'écriaient-ils tous à la fois. Ah !
venez, venez dans nos rangs, fils du plus juste et
du plus brave des hommes ; venez combattre sous
nos boucliers : nos bras, nos cœurs sont à vous.
Roi de Rome, ajoutent-ils en s'adressant à Romulus, nous le demandons pour chef ; nous serons
invincibles sous lui, comme nous l'étions sous son
père ; qu'il nous commande, et qu'il s'appelle
Pompilius, nous te répondons de la victoire.

Oui, mes braves amis, s'écrie le vieux Tatius,
qui arrive dans cet instant, il vous commandera
sans doute, et je serai témoin de ses exploits. Je
viens combattre avec lui, avec vous, mes vieux
compagnons, qui me reconnaissez peut-être encore.
Nous allons nous revoir au champ d'honneur ;

votre roi vient faire avec vous sa dernière campagne ; si la force lui manque, vous le porterez
dans vos bras.

A ces mots, des cris de joie se font entendre de
tous ces braves Sabins. Ils entourent, ils pressent
leur vieux monarque ; ils baisent ses habits et ses
mains. O le meilleur des rois ! disent-ils, oui, nous
défendrons vos jours, nous vous couvrirons de
nos corps. Eh ! qui rendrait heureux nos enfans,
si vous nous étiez enlevé ? Venez, venez apprendre
au fils de Pompilius à imiter son digne père :
nous nous chargeons d'apprendre à tous les peuples comment on aime les bons rois.

Tatius leur répond par ses larmes : il tend les
bras à ses vieux amis, il les serre contre son sein,
en leur rappelant leurs exploits, en leur demandant pour Numa le même amour qu'ils ont montré
pour lui. Romulus, Romulus lui-même est ému
de ce spectacle ; il proclame sur-le-champ Numa
Pompilius commandant des légions sabines. Mille
acclamations se mêlent aux trompettes ; et la fière
Hersilie, qui combat toujours avec les Sabins, se
félicite en secret d'avoir choisi cette place.

L'armée était prête à se mettre en marche, Romulus allait donner le signal, Tatius chargeait le
prudent Messala de rendre la justice pendant son
absence, lorsqu'une foule de femmes, d'enfans,

de vieillards désolés, poussant des cris plaintifs, élevant leurs bras vers le ciel, vient se précipiter aux pieds de Tatius.

Eh quoi ! vous nous abandonnez ! Quoi ! nous avons deux rois qui devraient être nos pères, et tous deux nous laissent orphelins ! Que Romulus s'éloigne de nos murs, nous sommes accoutumés à son absence ; mais vous, vous, notre bon Tatius, qui nous aimez, qui restez toujours parmi nous, pourquoi nous quitter aujourd'hui ? Et qui nous rendra la justice ? qui nous consolera dans nos peines ? qui nous soulagera dans nos maux ? Vous le savez ; quand nos victoires sont achetées avec le sang des citoyens, les pères, les enfans malheureux, les tristes veuves viennent se réfugier près de vous ; elles pleurent dans votre sein : vous pleurez avec elles, leur deuil est moins douloureux. Que deviendront ces infortunés, quand, loin de vous avoir pour consolateur, il leur faudra craindre pour vos propres jours ? Eh ! qu'allez-vous chercher dans les combats ? Que manque-t-il à votre gloire ? Nous vous vénérons comme un dieu, nous vous chérissons comme un père : que vous faut-il de plus ? quel bien plus grand peut vous procurer là victoire ? Pour aller faire des esclaves, vous abandonnez vos enfans !

Ainsi parlait un vieillard. Tatius fondait en lar-

mes : il regarde Numa, il regarde ses vieux guerriers. Numa et les vieux guerriers tombent à ses
genoux, en joignant leurs prières aux instances du
peuple. Tatius n'hésite plus : il jette son casque,
sa lance ; et embrassant le vieillard qui lui avait
parlé : C'en est fait, s'écrie-t-il, il n'est de gloire
pour moi que celle de vous être utile. Je ne vous
quitterai que pour le tombeau.

A ces paroles, mille cris s'élancent vers le ciel ;
tous remercient les dieux, tous bénissent le bon
roi ; et la tendre Tatia, qui jusqu'alors s'était cachée dans la foule, Tatia vient se jeter dans les
bras de son père. Vous n'aviez pas cédé à mes larmes, lui dit-elle, mais j'étais sûre que vous céde-
riez à celles de votre peuple. C'est moi qui l'ai
rassemblé, c'est moi qui l'ai averti du malheur
qui le menaçait, et je suis loin d'être jalouse de la
préférence qu'il obtient sur moi.

Tatius serre sa fille contre son sein, embrasse
en pleurant le jeune Numa, lui dit adieu, et recommande à ses vieux Sabins de conserver, de
défendre le trésor qu'il leur confie. Tatia, les yeux
baissés, s'efforce de prendre une voix assurée pour
souhaiter à Numa la gloire et le bonheur qu'il
désire.

Enfin le signal se donne ; le bon Tatius soupire
en voyant défiler l'armée. Numa lui tend les mains

de loin ; le peuple, transporté de joie, prend dans
ses bras et reporte dans Rome ce roi dont la présence le console de tous ses maux.

L'armée est en marche sur trois colonnes. La
première, composée des légions romaines, ne reconnaît de chef que Romulus ; mais ce prince n'a
point de poste fixe : monté sur un coursier de
Thrace qui semble jeter du feu par les yeux et par
les naseaux, il va, vient, vole ; il est partout, et
laisse le commandement des légions romaines au
vieux Hostilius, dont le fils fut depuis roi de Rome.
A côté de ce guerrier marche le brave Horace,
dont les trois enfans soumirent, cinquante ans
après, la ville d'Albe par leur victoire sur les Cu-
riaces. Massicus, Abas, Servius, le jeune Misène,
qui descendait du fameux trompette d'Énée, et le
vaillant Talassius, sont au premier rang. Chacun
d'eux s'est déjà signalé par plus d'un exploit ; chacun porte la dépouille d'un fameux ennemi. Ces
braves Romains forment toujours l'avant-garde
dans les marches, l'aile droite dans les combats.

La seconde colonne est composée des légions
latines. Là se trouvent les Laurentins, les Fidénates, ceux de Tellène, d'Aricie, de l'antique
Politore, de l'agréable Lavinie. Tous ces peuples,
soumis par Romulus, combattent à présent pour
lui ; ils sont glorieux d'une défaite qui leur a valu

le nom de Romains. Leurs vaillans chefs sont Azilas, Orimanthe, Féraltin, Ladon, fils de la nymphe Pérenna; et le beau Niphée, né dans la fertile Canente; et Cynire, prêtre d'Apollon, qui porte sur son casque le laurier sacré avec les bandelettes de son dieu. Cette troupe, toute d'infanterie, occupe le centre de l'armée dans les marches et dans les batailles.

Ce sont les braves Sabins qui marchent à la troisième colonne. Cette arrière-garde terrible forme toujours l'aile gauche de Romulus. Le vieux Métius en a cédé le commandement au jeune Numa. Ce vénérable guerrier est redevenu soldat à la fin de sa carrière; mais son âge, mais sa gloire, ses cheveux blancs, ses cicatrices, lui attirent toujours ce respect indépendant des dignités. Métius est dans le rang, et Métius commande toujours. Auprès de lui se distinguent le sage Catille, le redoutable Coras, et Tanaïs, et Talos, le vaillant Gallus, petit-fils du fleuve Abaris; l'aimable Astur, élevé sur les bords de la fontaine Blandusie, et que toute l'armée croyait l'amant de cette naïade; et le féroce Ufens, à qui une barbe épaisse, peinte de diverses couleurs, cachait la moitié du visage. Tous ces guerriers suivent Numa.

Couvert de ses armes éclatantes, ivre d'amour et de joie, Numa s'avance à leur tête sur un cour-

sier plus blanc que la neige, dont Tatius lui a
fait présent. L'impatient animal bondit sous son
jeune maître, frappe du pied l'air et la terre ; et
blanchissant de son écume le frein qui retient son
ardeur, il s'indigne d'entendre hennir les chevaux
de l'avant-garde.

A ses côtés, sur un char magnifique s'avance
la fière Hersilie, armée comme Pallas, belle comme
l'épouse de Vulcain. Son casque étincelant porte
pour cimier l'aigle romaine ; un carquois d'or brille
sur son épaule ; dans ses mains est l'arc de Pan-
dare, qu'Énée apporta en Italie, et qui fut trans-
mis à son petit-fils Romulus. Le sage Brutus, ce
chef d'une maison de héros, conduit le char de la
princesse ; et l'amoureux Numa lui envie cette
place. Numa, toujours les yeux sur Hersilie, marche à côté de son char. Sa beauté ne le cède point
à celle de l'amazone ; mais l'habitude des armes
donne à l'amazone un air plus guerrier. Tels Apollon et sa sœur Diane parcourent en armes les montagnes de Cynthe ; tous deux sont également redoutables ; tous deux éblouissent les yeux ; mais la
fille de Latone conserve un air d'audace et de
fierté qui n'est point empreint sur le doux visage
de son frère.

L'armée s'avance d'un pas rapide vers les bords
du Liris et les campagnes d'Auxence. C'était là

qu'elle devait se joindre avec les troupes du roi de
Capoue ; mais il fallait traverser le pays des Herniques. Romulus envoie des hérauts leur demander
le passage. Le roi des Herniques le refuse.

Je ne suis l'allié, dit-il, ni des Marses ni des
Romains. Si l'armée de vos ennemis marchait vers
Rome, je ne souffrirais pas que son chemin fût
abrégé en passant par mes états ; je dois de même
vous interdire cette route. Je crois garder la justice
en gardant la neutralité.

Romulus frémit de colère en entendant cette
réponse. Imprudent roi, sécrie-t-il, tu connaîtras
combien il est dangereux de ne pas se déclarer entre deux ennemis puissans. Dès aujourd'hui tu
deviens celui du vainqueur.

Forcé cependant de différer sa vengeance, et de
prendre un long détour pour gagner les frontières
des Marses, il va franchir les montagnes des Sim-
bruins, où l'Anio prend sa source.

Cette longue et pénible marche fatigue l'armée,
mais elle est utile aux nouveaux guerriers dont
Romulus l'a grossie. Numa surtout, le jeune Numa,
fait un dur apprentissage du noble métier qu'il
commence. Instruit par des maîtres aussi habiles
que les Sabins, enflammé par son amour et par la
présence d'Hersilie, Numa, aux dernières journées,
a déjà l'expérience d'un vieux guerrier. Sans avoir

encore combattu, il sait comment il faut combattre;
et son courage bouillant, qui brûle de se signaler
aux yeux d'Hersilie, attend avec transport la vue
des ennemis.

Enfin l'on arrive sur les bords du Liris, fleuve
qui sépare les Marses des Èques et des Herniques.
Le roi de Capoue, à la tête de trente mille hommes,
y était campé depuis trois jours. A peine aperçoit-
il l'avant-garde romaine, qu'il fait sortir toute son
armée, la met en bataille, et, au son de mille instrumens, attend l'arrivée de ses alliés.

Le roi de Rome fait sonner ses trompettes, et
vient ranger ses guerriers vis-à-vis des Campaniens.
Alors il s'avance vers le roi de Capoue : les deux
monarques s'embrassent, se jurent une éternelle
amitié. Mais l'impatient Romulus, qui brûle déjà
de connaître les soldats qui combattront avec lui,
Romulus va parcourir leurs rangs.

A peine a-t-il fait quelques pas, que ses oreilles
sont blessées du bruit que partout il entend : les
Campaniens osent sourire en sa présence, osent
parler sous les armes, et affecter une indiscipline
qui excite le courroux de Romulus. Il les regarde
d'un œil sévère, écoute en pitié une foule de généraux qui font parade de leur vain savoir, ne daigne
pas leur répondre, s'arrête, en fronçant le sourcil,
lorsqu'il aperçoit de vieux soldats commandés par

de jeunes capitaines, lorsqu'il voit l'or et l'argent briller sur toutes les cuirasses. Il saisit un riche bouclier dont le poids semblait fatiguer un jeune guerrier campanien : le roi de Rome le tient de l'extrémité de ses doigts, et lit, en rougissant de colère, une devise amoureuse. Il arrache les lances de quelques soldats, les brise en les serrant dans sa main, et demande avec un souris ironique à quoi peuvent servir de telles armes.

Parvenu jusqu'au camp des Campaniens, il y pénètre. Quelle est son indignation en entrant sous des tentes magnifiques, où brûlent les plus doux parfums, où se trouvent des bains et des lits, où l'on a rassemblé toutes les inventions, tous les raffinemens de la mollesse des villes ! Il voit ici des jeux publics où les chefs campaniens vont s'arracher leur or, perdre leur fortune, leur repos, souvent l'honneur ; là, des lieux plus infâmes encore, où une troupe de courtisanes, presque aussi nombreuse que l'armée, tient école ouverte de vices, attire, retient les jeunes guerriers dans des liens flétrissans, endort leur courage, éteint leur vigueur, et les livre à l'ennemi, sans force, sans vertu, sans gloire ; partout enfin l'indigne mollesse, la pernicieuse oisiveté et la débauche.

Le roi de Rome sort précipitamment de ce camp. Il prend le roi de Campanie par la main : sans lui

dire un seul mot, il le conduit dans les rangs de
l'armée romaine. Un silence profond y règne : l'attention, le respect, sont imprimés sur tous les visages. Chaque guerrier, ferme dans son poste, a
les yeux sur son chef, et voudrait, pour obéir plus
vite, deviner l'ordre qu'il va donner. Le fer, l'airain, brillent partout. Si l'or et l'argent ornent
quelques armes, ce sont celles des princes ou des
généraux; la naissance ou la valeur a mérité cette
distinction. A la suite de l'armée, on ne voit ni
femmes ni richesses, mais des chevaux pour remplacer ceux qui périront, des armes pour suppléer
à celles qui seront brisées, des secours pour les blessés. Chaque soldat porte avec lui sa tente, ses vivres,
ses armes; aucun n'est fatigué ni de ce poids ni de
la route.

Leur vaillant roi se promène lentement au milieu de sa superbe armée. Il observe, sans lui parler, le souverain de Capoue; et, prenant la javeline
du dernier de ses soldats, il la met dans les mains
de ce roi. Ce poids était trop fort pour le monarque; il la laissa tomber en rougissant. Romulus
rompit alors le silence.

Roi de Capoue, je vous laisse juger si vos troupes et les miennes peuvent combattre sous le même
étendard : les fiers lions et les agneaux timides
n'ont pas coutume de s'unir. Votre armée m'affai-

blirait. Mes Romains, dont l'habitude est d'attaquer toujours l'ennemi, perdraient la moitié de
leurs forces à défendre leurs alliés. D'ailleurs, un
danger plus certain me menace : l'air infecté qui
règne dans votre camp pénétrerait dans le mien;
l'indigne mollesse, plus redoutable que tous les
fléaux, viendrait énerver mes soldats. Alors, nous
aurions beau remporter la victoire, ce serait moi
qui resterais vaincu. Roi de Capoue, votre alliance
m'est chère; mais la gloire de mon peuple me l'est
davantage. Si vous voulez que nous restions amis,
séparons-nous; éloignez de moi ce dangereux camp;
et si vous ne pouvez forcer vos sujets à devenir des
hommes, empêchez du moins qu'ils ne corrompent
ceux qui le sont.

Ainsi parla Romulus. Le jeune Capis, fils du
roi de Campanie, prince digne d'être Romain,
baissait les yeux en rougissant de honte. Son père,
terrassé par cet ascendant qu'a toujours un grand
homme sur un roi ordinaire, demande à Romulus
de lui tracer sa conduite, et promet de suivre ses
conseils.

Je sais, lui répond Romulus, que les Samnites sont en marche pour venir au secours des
Marses; mais la ville d'Auxence est sur leur
route, et Auxence est en votre pouvoir. Allez
vous enfermer dans ses murs, pour les défendre

en cas d'attaque. Ne gardez avec vous que le tiers de vos troupes ; envoyez le reste au devant des Samnites, sous la conduite du meilleur de vos généraux. Défendez-lui surtout d'en venir aux mains avec ce peuple redoutable ; vos soldats ne pourraient leur résister ; mais que votre armée harcèle la leur ; qu'en évitant le combat, elle fatigue les Samnites, et empêche leur jonction avec les Marses. Moi, pendant ce temps, je vais attaquer ces derniers ; avec le secours de mon père, je ne doute pas de la victoire. Alors votre général laissera le chemin libre aux Samnites, qui s'avanceront sur Auxence, et se trouveront enfermés entre cette ville, votre armée et la mienne. Leur défaite inévitable terminera la guerre dans un jour.

Il dit. Le jeune Capis se jette aux pieds de Romulus : O roi que j'admire, et que je respecte à l'égal de Mars votre père, souffrez que le fils du roi de Capoue combatte sous vos enseignes. Je veux apprendre le dur métier des héros : eh ! quel meilleur maître puis-je choisir ! Songez, fils d'un dieu, que, formé par vous, je pourrai former à mon tour les sujets de mon père ; et la gloire d'en faire des Romains ne sera due qu'à vous seul.

Le roi de Rome, touché de ces paroles, relève

Capis, et lui donne sur-le-champ une cohorte à commander. Capis, plus fier d'être officier de Romulus que d'être prince de Capoue, baise la main e son général, fait ses adieux à son père, et court occuper son poste. Le roi de Campanie part au moment même pour aller s'enfermer dans Auxence avec dix mille guerriers. Le reste de son armée, sous la conduite d'un Grec qui servait le roi de Capoue, marche à la rencontre des Samnites.

Romulus, impatient de commencer la guerre, veut aller, avant la nuit, asseoir son camp au-delà du Liris. Il trouve un gué ; il se prépare à le passer, lorsque trois ambassadeurs des Marses se présentent devant lui. Leur aspect est vénérable : une longue barbe descend sur leur poitrine ; leur tête chauve n'a plus que quelques cheveux blancs ; un vase de bois est dans une de leurs mains, dans l'autre une flèche brillante. Ils s'avancent d'un air grave et fier.

Roi de Rome, dit le plus âgé, qu'y a-t-il entre toi et nous? avons-nous désolé tes terres ? avons-nous menacé ta ville? Qui es-tu? que veux-tu? que demandes-tu? Le roi de Campanie nous attaque en revendiquant des droits chimériques sur nos états ; il en sera puni. Mais toi, tu n'as pas même ce vain prétexte. Nous ne te connaissons

pas ; tu n'as jamais entendu parler de nous, et
nous ne possédons rien qui puisse exciter ta cu-
pidité. Sais-tu à quoi se réduisent les présens que
les dieux ont fait aux Marses? des bœufs, une
charrue, et cette coupe ; des flèches et des massues. Voilà ce dont nous nous servons avec nos
amis, ou contre nos ennemis. Nous donnons aux
uns les fruits que notre charrue et nos bœufs nous
procurent ; cette coupe sert à faire avec eux des
libations à Jupiter ; nous lançons aux autres nos
flèches, du plus loin que nous les voyons ; nos
massues les écrasent, s'ils ont la témérité d'approcher. Roi de Rome, c'est à toi de choisir de cette
coupe ou de cette flèche. On dit que tu es fils
d'un dieu ; si cela est, fais du bien aux humains ;
si tu n'es qu'un homme, tremble d'attaquer des
hommes aussi forts que toi, et plus justes.

Je n'ai jamais tremblé, leur répond Romulus
avec des yeux pleins de fureur ; je viens secourir
mon allié, sans m'embarrasser de la justice de sa
cause. Je suis fils de Mars, et non pas de Thémis.
Vieillard, retourne vers ton peuple ; annonce-lui
la guerre et le joug ; et laisse-moi cette flèche, le
plus beau présent que j'aie reçu, puisqu'elle me
promet des ennemis dignes de mon courage.

A ces mots, il arrache la flèche des mains du
vieillard. Celui-ci le regarde long-temps en silence,

lève les yeux au ciel, comme pour le prendre à témoin de la justice de sa cause, et se retire sans
répondre un seul mot.

Aussitôt Romulus passe le Liris et vient asseoir
son camp sur les terres des Marses.

FIN DU LIVRE TROISIÈME.

LIVRE QUATRIÈME.

LES Marses assemblés veulent nommer un général. La discorde se met parmi eux. On décide que celui des prétendans qui rompra un peuplier sera élu. Le jeune Léo demeure vainqueur, et cède le commandement à un vieillard. L'armée se met en marche : elle rencontre les Romains. Disposition de Romulus. Humanité de Numa : il offre un sacrifice à Cérès, et délivre ses prisonniers. Cérès fait tomber à ses pieds le bouclier ANCILE. Léo attaque pendant la nuit le camp des Romains ; il l'embrase, l'inonde de sang, et renverse Romulus.

CEPENDANT les Marses, assemblés dans la forêt sacrée de Marrubie, espéraient encore la paix, mais se préparaient à la guerre. Le sénat de vieillards qui gouverne ce peuple libre a déjà député vers ses alliés, pour demander du secours : déjà la jeunesse a pris les armes; vingt mille guerriers, l'arc ou la massue à la main, attendent impatiemment le retour des ambassadeurs.

Bientôt on les voit arriver, la tête baissée, l'air sombre, s'avançant lentement au milieu de l'assemblée. On les entoure, on les interroge, on les presse de répondre. Préparez vos massues! s'écrient-ils; Romulus a choisi la flèche : il campe

déjà sur nos terre; il a osé nous parler du joug. A
ce mot, un cri d'indignation se fait entendre;
l'armée en fureur demande à marcher à l'instant
même. Les vieillards répriment ce transport; ils
veulent attendre l'arrivée des alliés, et nommer
un général digne d'être opposé au roi de Rome.

Plusieurs guerriers se présentent pour obtenir
cet honneur. Parmi eux se distinguent le vaillant
Aulon, qui descendait de Cacus, et qui, au lieu
d'épée et de javelot, portait une hache énorme
qu'aucun Marse ne pouvait soulever; Penthée,
également adroit de l'une et de l'autre main, et qui
comptait parmi ses aïeux l'infortuné Marsias, le
père du peuple marse; Liger, dont la vitesse sur-
passait celle des cerfs, et qui n'avait d'autres armes
que des disques de fer tranchant qu'il lançait avec
tant d'adresse, que leur coup était toujours mortel;
et le jeune Astor, l'aimable disciple d'Apollon,
dont l'immense bouclier, terminé par trois longues
pointes, se plantait dans la terre; et, derrière ce
rempart de fer, l'adroit Astor tirait des flèches que
le dieu de Délos lui apprit à lancer. Ces fiers prétendans se lèvent en demandant à commander. Les
soldats, qui les estiment et les chérissent également,
poussent de grands cris, les uns en faveur de Liger, les autres pour Penthée; la cavalerie veut
Aulon, les archers demandent Astor.

Les quatre héros se regardent d'un œil farouche : déjà l'aigreur se met dans leurs discours,
déjà la colère enflamme leurs visages. D'abord
chacun vante sa naissance et ses exploits; il ra-
baisse bientôt ceux de ses rivaux. L'injure à la tête
altière vient se placer au milieu d'eux; ils se menacent, ils se défient : Astor saisit une flèche, Penthée balance son javelot, Liger prépare son disque,
le féroce Aulon lève sa terrible hache.

Aussitôt le prudent Sophanor, le plus âgé des
sénateurs, se jette au milieu d'eux, et les arrête :
Qu'allez-vous faire ? s'écrie-t-il ; voulez-vous donc
assurer la victoire aux Romains, en ôtant aux
Marses leurs défenseurs? Quoi ! le vain désir de
commander l'emporte dans vos cœurs sur l'amour
sacré de la patrie ? Eh ! que deviendra-t-elle cette
malheureuse patrie, si ses plus dignes enfans tournent leurs armes contre eux-mêmes? Gardez-vous
de penser qu'aucun intérêt personnel m'anime ; je
ne me plains pas de vous voir prétendre à un rang
qui était dû peut-être à mes services, et siérait bien
à ma vieillesse. La gloire n'est pas à commander
ses égaux; elle est à vaincre les ennemis : chaque
goutte de sang perdue dans toute autre querelle
est un vol fait à l'état. Ah ! si la soif de ce sang
vous dévore, en attendant les Romains, tournez
vos javelots contre moi. J'ai trop vécu, puisque je

vois des héros, des frères, prêts à s'égorger. Frappez, Marses; mais auparavant écoutez mes conseils. Votre valeur est égale, votre naissance, vos exploits, vous illustrent également : ce sont ces bienfaits du ciel qui causent aujourd'hui vos querelles. Vous manquez de chef, chacun de vous mérite de l'être : c'est donc à la force du corps à décider ce que l'égalité des courages ne déciderait jamais. Qu'on attache une chaîne de fer au haut de ce peuplier antique : celui de vous qui, tenant cette chaîne, rompra l'arbre ou le fera plier jusqu'à la terre, celui-là sera notre général.

Il dit; l'armée et le peuple applaudissent. Les prétendans déposent leurs armes, et jurent entre les mains de Sophanor d'obéir à celui qui restera vainqueur. A l'instant même quatre Marses montent à la cime du haut peuplier; ils y attachent avec de forts liens une longue et pesante chaîne, dont les larges anneaux déployés descendent jusqu'à la terre en rendant un horrible son.

Les vieillards se placent pour juger ; les trompettes vont donner le signal ; mais une voix se fait entendre, et l'on voit s'avancer un jeune Marse d'une taille haute et majestueuse, d'un visage noble et doux. Il est couvert d'une superbe peau de lion, dont les griffes d'or se croisent sur sa poitrine. La tête de l'animal, où sont encore attachées ses dents blanches et luisantes, forme le casque de ce guerrier. Des brodequins défendent ses jambes demi-nues ; son bras nerveux porte une massue armée de nœuds et de pointes de fer. Jeune et beau comme Apollon, fier et grand comme le dieu Mars, il marche d'un pas léger jusqu'au milieu de l'assemblée. Là, il s'arrête, s'appuie sur sa massue, regarde les vieillards avec respect, et leur adresse ces paroles :

Tant que j'ai cru, sages sénateurs, que la prudence et les talens guerriers devaient être les premières qualités d'un général, je me suis gardé de prétendre à un honneur dont mon âge me rendait indigne. Vous décidez aujourd'hui que la force seule doit donner ce rang, je me présente pour le disputer. Je ne puis, comme mes nobles rivaux, me prévaloir de ma naissance : Marses, je n'ai point d'aïeux. Mais cette peau de lion, dont vous me voyez revêtu, a couvert le grand Alcide ; cette massue terrassa l'hydre de Lerne ; voilà mes titres de noblesse : mon courage et ma force, voilà mes droits pour tenter l'épreuve. Les Romains jugeront de l'un ; vous, Marses, vous jugerez de l'autre.

Ainsi parla le magnanime Léo : toute l'armée pousse des cris de joie. On tire au sort le rang que garderont entre eux les cinq prétendans. Le nom de Penthée est le premier, ensuite celui d'Astor ;

Liger le suit, Aulon vient après, Léo sera le dernier.

Les trompettes sonnent : le vaillant Penthée saisit la chaîne ; il la secoue fortement, mais le tronc du peuplier reste immobile, sa tête en est à peine ébranlée. Penthée, indigné, s'épuise en vains efforts : couvert de sueur, plein de dépit, il quitte la chaîne, et va se cacher dans son bataillon.

Astor, l'aimable Astor s'avance, et le désir brûlant de commander lui fait oublier d'invoquer son maître Apollon. Le dieu mécontent abandonne l'ingrat disciple : sur-le-champ le bel Astor perd la moitié de ses forces. C'est en vain qu'il se raidit en tirant à lui la chaîne ; les feuilles du haut peuplier n'en sont pas même agitées.

Liger, plein de joie, s'élance vers l'arbre ; il passe une main dans un des anneaux de la chaîne, tandis que de l'autre il la saisit au-dessus de sa tête ; il rassemble toute sa vigueur, et donne une secousse épouvantable. Toutes les branches de l'arbre en sont émues ; elles se choquent entre elles, comme battues par un grand vent : mais Liger, épuisé de l'effort, ne peut pas le redoubler. Les branches, en se balançant, reprennent doucement leur place : le brave Liger se retire plus lentement qu'il n'était venu.

Aulon se lève : tous les yeux se tournent vers lui. Il quitte son bouclier, dépouille sa cuirasse, et se plaît à montrer ses larges épaules, ses bras nerveux : il les élève sur sa tête, en les raidissant ; il fait deux fois le tour de l'arbre, en souriant d'un air farouche ; puis tout à coup il s'élance, saisit la chaîne aussi haut que ses deux mains peuvent l'atteindre, et retombe de tout son poids et de toute sa vigueur. Le peuplier cède, sa tête se courbe : déjà l'armée applaudit ; mais aussitôt l'arbre reprend son ressort ; il se relève avec plus de force qu'il n'avait été plié, et enlève le terrible Aulon, qui reste suspendu à la chaîne, balançant avec elle au gré du peuplier. Forcé d'abandonner l'entreprise, il s'élance à terre en écumant de rage, reprend précipitamment ses armes, et va les revêtir derrière son char.

Léo reste seul. Il s'avance ; et adressant ses vœux à Hercule : Fils de Jupiter, lui dit-il, souviens-toi de l'hospitalité que te donna l'aïeul de ma chère Camille ; regarde-moi du haut de l'Olympe : ce coup d'œil me remplira de force. Vainqueur ou vaincu, je te voue un sacrifice.

A peine a-t-il achevé sa prière, qu'il sent couler dans tous ses membres une nouvelle vigueur. Il passe un de ses pieds dans le dernier anneau de la chaîne, la saisit avec ses deux mains

à la hauteur de son front ; réunissant ainsi toutes
ses forces, il fait courber la tête du peuplier, plus
lentement, mais plus près de la terre qu'elle
n'avait courbé sous la main d'Aulon. A peine est-
il sûr de cet avantage, qu'il redouble son effort,
invoque de nouveau Hercule ; et, s'abandonnant
à son impulsion, il fait crier l'arbre, le rompt,
tombe à terre avec la chaîne ; et la tête immense du peuplier vient l'ensevelir sous ses
branches.

Le peuple et l'armée poussent de grands cris :
le sénat déclare Léo vainqueur. Léo se relève,
franchit d'un saut léger cet amas de branches brisées ; et s'adressant aux soldats : Compagnons,
leur dit-il, je suis votre général. Vous avez juré
d'obéir à la force ; mais la force doit obéir à la sagesse. Je vous commanderai sans doute, mais Sophanor me commandera. Sophanor a fait plus de
campagnes qu'aucun de vous n'a vu de combats ;
c'est à son expérience à guider nos jeunes courages. Sophanor, sois notre tête, que Léo soit ton
bras. En disant ces mots, il fléchit un genou devant Sophanor.

Les Marses surpris croient voir un dieu dans
Léo. Sophanor verse des larmes d'admiration :
Non, mon fils, s'écria-t-il, c'est à toi d'être notre
chef. Eh ! que ne feront pas les Marses, conduits

par un autre Alcide ? Mon fils, tu n'as pas méprisé
ma vieillesse, les dieux t'en récompenseront par
des victoires. Je te le prédis d'avance ; et je rends
grâce aux immortels de ce qu'ils m'ont laissé encore un peu de sang pour le répandre à tes côtés,
et un peu de voix pour célébrer tes louanges.

Mon père, lui répond Léo, c'est pour toi que
j'ai tenté l'épreuve ; c'est pour te faire triompher
que les dieux m'ont accordé la victoire. Marche à
notre tête ; je te le demande, je t'en conjure : si
mes prières ne suffisent pas, souviens-toi que tu
as juré de m'obéir, et je t'ordonne de me conduire.

Ces paroles décident le vieillard. Il accepte le
commandement, mais il exige que Léo soit son
collègue. L'armée les proclame tous deux. Le vieux
Sophanor paraît bientôt couvert d'une antique ar-
mure. Son âge, son air vénérable, sa longue barbe
blanche, inspirent le respect ; son jeune collègue
imprime la terreur. Tous deux rangent les troupes, disposent la marche, et n'attendent plus que
les alliés.

Ils arrivent : les Péligniens, les Amiternes, les
peuples de Frantanie et de Caracène, descendent
des Apennins, et viennent se joindre aux Marses.
Sophanor, pour donner le signal du départ, fait
élever dans l'air l'image du dragon que les Marses
suivent aux combats.

Mais un horrible prodige arrête et glace d'effroi toute l'armée. Un aigle paraît au milieu des cieux tenant dans ses serres cruelles un épouvantable dragon, qui, tout sanglant, respirant à peine, se replie, se débat encore, lance son triple dard, et cherche à blesser l'oiseau de Jupiter. Tous les soldats immobiles attendent dans le silence quelle sera la fin de ce combat : mais, au bout de quelques instants, l'aigle victorieux perce de son bec terrible les écailles verdâtres de son ennemi, et le rejette sans vie au milieu des bataillons marses.

Quel présage pour ces guerriers ! Léo, qui les voit tous pâlir, saisit le premier arc qu'il rencontre ; il fixe l'aigle vainqueur, le suit de l'œil dans la nue, lui décoche une flèche acérée, et le fait tomber à ses pieds. Ainsi j'abattrai l'aigle romaine, s'écrie-t-il ; ainsi je vengerai les peuples qu'elle voudrait asservir. Marses, ne redoutez plus rien : le meilleur des augures, c'est la justice de sa cause. Vous combattez pour la patrie, et Romulus pour l'ambition : marchez, les dieux sont pour vous.

Ces paroles, son action, chassent la crainte de tous les cœurs. Les Marses ranimés font retentir les airs de mille cris : tous se croient invincibles avec Léo. L'armée, pleine d'espoir et de joie, s'avance à grandes journées.

Elle rencontre les Romains dans la plaine de

Lucence, bornée au nord, à l'orient, par des collines ; au midi, à l'occident, par des forêts. Romulus, maître des bois, avait dressé son camp sur leur lisière ; Sophanor et Léo viennent asseoir le leur au pied des montagnes : le fleuve Fucin sépare les deux armées.

Aussitôt Romulus s'avance jusque sur la rive, et reconnaît la position des ennemis. Il examine le terrain qu'ils occupent, le compare avec le sien, mesure des yeux la plaine, remarque jusqu'au moindre buisson, fait sonder le Fucin, s'assure d'un endroit où il est guéable. Certain de toutes ces observations, il revient dans sa tente, assemble ses chefs, et leur annonce que le lendemain, au lever de l'aurore, il tentera le passage du fleuve. Ses capitaines paraissent surpris : mais Romulus, en peu de mots, leur explique l'ordre de l'attaque, la place où chacun combattra, celle où il attirera l'ennemi, ce qu'il doit faire s'il est vainqueur, ses ressources s'il est repoussé ; il leur prouve enfin qu'il a tout disposé pour une victoire, et tout prévu pour une défaite.

Ses vieux généraux l'admirent : Numa, ivre de joie, ne peut contenir ses transports. Le voilà donc venu, ce jour qu'il désire depuis si long-temps ! cet heureux jour où il pourra se montrer digne d'aimer Hersilie ! Le fougueux amant vole au quar-

tier des Sabins ; il parcourt leurs tentes, en appelant chaque chef, chaque soldat, par son nom ; il
leur annonce la bataille, les embrasse, les caresse,
compte en soupirant les heures qui doivent s'écou-
ler avant le combat ; et, dans l'ardeur qui l'enflamme, il murmure contre Romulus de ce
qu'il ne tente pas à l'instant même le passage du
fleuve.

Tandis que Numa se livre sans réserve aux sentimens qui l'agitent, il voit rentrer dans le camp
un détachement romain qu'on avait envoyé surprendre un village. Hélas ! cette cruelle commis-
sion n'avait été que trop bien exécutée. Les Romains ramenaient avec eux des femmes, des enfans,
des vieillards éplorés. Les mains de ces malheureux
étaient attachées derrière leur dos ; ils marchaient
la tête baissée, l'œil morne et noyé de pleurs. La
mère, la fille, l'époux, levaient l'un sur l'autre des
regards timides ; ils n'osaient se parler : ils faisaient de vains efforts pour se rapprocher et mêler
leurs larmes ; mais les farouches soldats leur re-
fusaient cette faible joie : ils pressaient leurs pas
tardifs avec des menaces, avec le bois de leurs lances, quelquefois avec le fer ensanglanté. Les barbares ! ils étaient moins inhumains pour les animaux qu'ils conduisaient pêle-mêle avec leurs
captifs : ils maltraitaient des vieillards et des fem-

mes, ou ménageaient avec soin les bœufs et les moutons qu'ils leur avaient enlevés.

Numa ne peut soutenir ce spectacle. Il quitte tout, il oublie tout, pour voler au secours de ces malheureux. Ils étaient déjà devant le pavillon royal, où, confondus avec leurs troupeaux, ils attendaient qu'on ordonnât de leur sort. Numa va se jeter aux pieds de Romulus : O mon roi ! s'écrie-t-il, regarde les horreurs que l'on commet en ton nom ; regarde ces infortunés arrachés de leurs asiles, chargés de fers et d'outrages. Eh ! qu'ont-ils fait ? quel est leur crime ? Ah ! terrassons tes ennemis, immolons ceux qui te résistent ; que le sang coule dans les combats : les périls excusent la cruauté. Mais attaquer des malheureux qui ne se défendent pas, mais vaincre des vieillards, des femmes, et leur insulter quand ils sont vaincus, c'est une lâcheté, c'est une barbarie que les immortels doivent punir. Fils d'un dieu, c'est à toi d'en faire justice : délivre ces captifs, renvoie-les dans leurs maisons, rends-leur...

Jeune homme, interrompt Romulus, j'ai pitié de ton ignorance. Ces esclaves, ces troupeaux ne sont point à moi ; ils appartiennent à mes guerriers ; c'est le prix de leur valeur, de leur travaux et de leur sang. Avant d'être humain pour mes ennemis, il faut que je sois juste envers mes compagnons. Je dois partager ces esclaves entre les chefs de mon armée ; ils en disposeront ensuite, et, pour qu'aucun n'ait à se plaindre, le sort règlera les portions.

Eh bien ! reprend Numa en se relevant, je suis un de vos chefs, je dois être admis au partage.

Romulus reconnaît ses droits. On apporte l'urne des sorts, et l'on voit s'avancer, pour avoir part au butin, les différens chefs de l'armée, semblables à une meute courageuse qui vient de forcer un jeune cerf : elle respecte sa victime tant que son maître est auprès d'elle ; mais, l'œil ardent, la gueule béante, elle attend qu'on la lui livre, en haletant de fatigue et de joie.

Cérès, qui veillait sur Numa, et qui applaudissait du haut du ciel à son humanité, Cérès dirigea les sorts, et lui fit tomber en partage la plus nombreuse portion.

Numa s'empare de ses prisonniers, se fait suivre de ses troupeaux, et marche vers l'épaisse forêt qui environne le camp. Là, il élève un autel de gazon, le couvre de bois pour consumer la victime, choisit une génisse blanche, répand du lait entre ses cornes, l'immole, et, la mettant toute entière sur le bûcher, avant d'en approcher le feu, il adresse cette prière à Cérès : Fille de Jupiter, je vous offre cette victime ; mais malheur à Numa

s'il pensait que le sang d'une génisse suffit pour
lui attirer votre appui ! Non, ce n'est point en
égorgeant les animaux que l'on se rend les dieux
favorables : un malheureux soulagé leur est plus
agréable qu'une hécatombe. Recevez donc, ô Cérès, une offrande plus digne de vous. Alors il se
retourne vers ses captifs : Infortunés, leur dit-il,
je vous rends la liberté. On vous a dépouillés de
vos biens, prenez du moins ceux que je possède.
Je vous donne tous ces troupeaux ; partagez-les
entre vous, retournez dans vos maisons, et bénis-
sez le nom de Cérès, c'est elle qui vous délivre.

Il dit. Ces malheureux ne savent si c'est un
songe : ils restent le cou tendu, les mains jointes,
la bouche ouverte. Numa parlait encore, qu'une
flamme céleste descend sur sa tête, tourne trois
fois autour de sa chevelure, et va mettre le feu au
bûcher qui soutenait la victime. Aussitôt le bois
s'embrase ; sa flamme longue et brillante s'élève
vers le ciel, le tonnerre gronde, fend la nue, et un
bouclier d'or tombe aux pieds de Numa. Au même
instant, une voix forte comme le cri d'une armée
prononce ces paroles : Le possesseur de ce bouclier sera toujours invincible. Numa, les dieux
veillent sur toi : on ne leur plaît, on ne leur ressemble qu'en exerçant l'humanité. Alors le tonnerre se tait, le calme revient dans les airs, la

victime n'est plus qu'un monceau de cendre, et une odeur d'ambroisie répandue tout à l'entour annonce que c'est une divinité qui est venu parler à Numa.

Numa, jusqu'à ce moment prosterné contre la terre, se relève, et sent dans son cœur cette joie si douce que laisse toujours une bonne action. Il examine le bouclier céleste : il était d'or pur, échancré à la manière des Thraces. On y voyait représentés, par un travail admirable, tous les événemens du règne d'Astrée, de ce beau règne plus effacé qu'aucun autre de la mémoire des hommes, parce que le bien s'oublie aisément. D'un côté, l'on voyait un peuple que la famine affligeait, recevant d'un peuple voisin la moitié des biens qu'il possède : là, c'étaient des frères diminuant de concert leur héritage pour former un champ à l'orphelin qu'ils ont rencontré ; plus loin, un père de famille, à la tête de ses enfans, faisait la moisson, et allait secrètement arracher des épis aux gerbes pour les jeter sur le chemin des glaneurs. Partout le bouclier céleste présentait des actions de bienfaisance ou de vertu. L'ouvrier immortel avait jugé sans doute que c'est surtout au milieu de la guerre qu'il faut rappeler aux hommes l'humanité.

Pendant que Numa, surpris, admirait un si beau travail, les captifs qu'il avait sauvés formaient à ses pieds un tableau digne d'être sur le bouclier céleste. A genoux devant Numa, les mains tendues vers le ciel, ils témoignaient, par leurs larmes, par des mots entrecoupés, leur reconnaissance et leur joie. Les mères élevaient leurs enfans pour qu'ils vissent leur libérateur ; les épouses venaient baiser ses habits ; les vieillards lui présageaient les plus belles destinées ; tous le bénissaient en pleurant, tandis que le plus âgé d'entre eux, perçant la foule, s'approche, courbé sur un bâton noueux, et tient ce discours à Numa :

Jeune homme, que les dieux te rendent tous les biens que tu nous as faits ! Nous n'avons jamais été les ennemis de ton peuple : nous sommes de pauvres pasteurs vivant sur de hautes montagnes, entre les Marses et les Herniques, indépendans de ces deux peuples, souvent opprimés par eux. Nous l'avions dit aux soldats de Romulus ; mais ils nous ont traités en ennemis, quoique certains que nous ne l'étions pas : toi, tu nous as cru tes ennemis, et tu nous traites en frères. Va , les dieux te protégeront : ils t'éprouveront peut-être, mais tu ne succomberas pas. Adieu ; souviens-toi des Rhéates ; c'est ainsi que nous nous appelons ; si jamais tu viens dans nos montagnes , tu entendras nos petits-enfans bénir le nom de Numa.

Après avoir dit ces paroles, le vieillard va présider au partage que les Rhéates font entre eux des troupeaux donnés par Numa, tandis que ce jeune héros, se dérobant à leur reconnaissance, emporte le bouclier d'or, et rentre tout pensif dans le camp.

Il songeait à Hersilie : son cœur, plein d'espérance et de joie, se livrait tout entier à l'amour. Il tourne ses pas, malgré lui, vers la tente de la princesse. Arrivé à la porte, il n'ose en franchir le seuil ; il s'arrête, soupire, et tremble d'aller plus loin. Ce guerrier, qui porte à son bras un bouclier qui le rend invincible, ce héros, qui pénétrait sans crainte dans le camp des ennemis, n'ose entr'ouvrir le voile de pourpre qui ferme le pavillon de celle qu'il aime.

Enfin il soulève ce voile, et ses yeux timides cherchent la princesse : elle n'était pas dans sa tente. Numa en devient plus hardi ; il s'avance d'un pas plus ferme, pénètre dans cet asile, et partout il trouve Hersilie : Voilà ses armes ; voici ses javelots, son arc, et sa lyre d'or, et ses vêtemens, et la peau de lion qui lui sert de lit. Numa demeure immobile ; il n'ose toucher à tout ce qu'il voit, il ne peut en détourner les yeux. Une douce langueur s'empare de ses sens ; il n'a plus la force de se soutenir ; il s'assied en tremblant sur le siége où Hersilie s'est assise, il respire l'air qu'elle a respiré; cet air l'enivre, sa raison s'égare, sa poitrine est oppressée, des larmes brûlantes inondent son visage.

Tout à coup mille cris font retentir le camp; les trompettes sonnent; on entend un bruit effroyable dans le quartier de Romulus. Hersilie, Hersilie elle-même, l'air troublé, les cheveux épars, arrive en criant : Aux armes ! Elle saisit précipitamment son casque, ses javelots, et, sans bouclier, sans cuirasse, elle veut retourner au combat. Ah ! princesse, lui dit Numa en l'arrêtant, je cours faire armer les Sabins; mais du moins prenez ce bouclier, bienfait d'une puissante déesse : c'est en vous couvrant qu'il défendra ma vie. Il dit. Sans attendre de réponse, il lui laisse le bouclier céleste, et court chercher ses braves soldats.

C'était Léo qui causait cette alarme. Dès que Léo s'était vu si près des Romains, il avait conçu le projet de les attaquer le premier : Sage Sophanor, avait-il dit à son collègue, sois sûr que Romulus nous attaquera demain; il est de notre gloire de le prévenir. Dès que l'étoile du soir aura paru, je sortirai du camp avec trois mille hommes : je passerai le fleuve à la nage, j'irai porter la flamme et la mort jusque dans la tente de Romulus; et si le succès couronne mon entreprise, j'en médite une plus importante.

Sophanor l'embrasse. Il court avec lui choisir
trois mille Marses ; il les arme de courtes épées,
de casques sans panache, de boucliers noircis ; il
leur fait valoir l'honneur de marcher avec Léo.
Aussitôt que les ténèbres couvrent la terre, Léo
sort avec eux, remonte le fleuve, le traverse, remet
en ordre ses soldats, les encourage, les excite,
fait passer dans leurs cœurs toute l'audace du sien ;
et ces braves guerriers, serrés les uns contre les
autres, gardant le plus profond silence, certains
de vaincre sous leur chef, marchent d'un pas
léger et rapide vers le quartier de Romulus.

Ils arrivent aux gardes avancées : ils les égorgent
avant qu'elles aient pu résister ; celles qu'ils
trouvent ensuite ont le même sort. Sans être dé-
couverts, sans être arrêtés, ils parviennent jusqu'aux tentes du roi de Rome : c'est alors que,
jetant de grands cris, renversant tout ce qu'ils
rencontrent, ils portent le carnage et l'effroi jusqu'au pavillon royal.

Romulus, seul dans sa tente, méditait en ce
moment l'attaque du lendemain. Au premier bruit,
il se lève, écoute et frémit de colère en distinguant
les cris des vainqueurs. Furieux d'être surpris par
des barbares, il remet précipitamment son casque,
prend son bouclier, saisit deux javelots, et court
se jeter au milieu du carnage. Il vole, il frappe,

il appelle. Sa voix tonnante retentit aux deux bouts
du camp. Ses guerriers accourent en foule : Horace, Misène, Brutus, Abas, arrivent en armes ;
ils trouvent leur vaillant roi résistant seul aux
ennemis. Déjà sa main foudroyante a fait mordre
la poussière au courageux Ophelte, au brave Au-
lastor, à Sopharis, à Corinée. Penthée, le malheureux Penthée, vient d'acheter de sa vie l'honneur d'avoir atteint Romulus. Son javelot a percé
la cuirasse du roi ; celui de Romulus a percé le
cœur de Penthée. Les Marses étonnés sentent leur
ardeur s'affaiblir : ils n'attaquent plus, ils se
défendent ; poussés de toutes parts, ils cherchent,
ils demandent Léo.

Léo, qui avait pénétré dans le foyer de Romulus,
Léo reparaît à l'instant. D'une main il tient sa
massue ; de l'autre, un faisceau embrasé. A cette
vue, les Romains s'arrêtent, les Marses jettent des
cris de joie. Le fier Léo vole à leur tête ; il lance
des brandons allumés à travers les tentes romaines :
le feu se communique avec fureur ; la toile s'embrase, le bois pétille. Léo, pour qui l'incendie est
trop lent, l'augmente à coups de massue. Il s'élance
à travers les flammes ; il immole Abas, Massicus,
Tibur ; Talassius tombe sous ses coups. Le brave
Misène l'arrête un moment ; mais Léo foule aux
pieds le corps de Misène. Léo porte la mort et le

feu; Léo se fraie un chemin de flamme : ainsi la
lave brûlante descend du sommet de l'Etna, roule
à gros bouillons dans la campagne, emporte,
consume, détruit les pierres, les arbres, les rochers, couvre de flots embrasés tout ce quelle
trouve sur son passage.

A ce spectacle, Romulus agite ses dards, jette
son immense bouclier sur ses épaules, marche à
travers le carnage pour s'opposer à Léo. Il le joint,
il veut lui parler; la fureur lui ôte la voix. Il le
mesure avec des yeux étincelans; il cherche la
place où il doit le frapper, et, balançant le plus
fort de ses javelots, il rassemble toute sa force, et
le lance contre Léo. La peau du lion de Némée en
eût peut-être été percée; peut-être ce coup terrible
terminait pour jamais les exploits du jeune héros :
mais le javelot de Romulus rencontre la pesante
massue dont Léo frappait les Romains; il pénètre
à travers les nœuds et les pointes de fer dont elle
est armée, s'attache à cette massue, et l'arrache
des mains de son maître.

Léo, désarmé, s'arrête; et, regardant autour de
lui, il aperçoit une pierre énorme que l'on n'avait
pu enlever du camp, et qui servait de borne aux
laboureurs. Léo la saisit, l'arrache, l'élève sur sa
tête, et la lance à son ennemi.

Romulus, atteint, tombe sous la pierre. Ses

guerriers accourent et le dégagent. Mais le roi de Rome ne peut plus se soutenir : brisé par le coup terrible, vomissant un sang épais et noir, la tête penchée, les bras pendans vers la terre, sans force, sans mouvement, presque sans vie, il est rapporté dans sa tente au moment où Hersilie et **Numa** viennent le secourir à la tête des Sabins.

FIN DU LIVRE QUATRIÈME.

LIVRE CINQUIÈME.

HERSILIE et Numa repoussent les Marses. Retraite de Léo.
Romulus fortifie son camp. Nouveaux exploits de Léo. Jonction des Marses et des Samnites. Romulus assemble son conseil. Numa va se rendre maître des défilés des monts trébaniens. Il trouve dans ces montagnes un peuple dont il est aimé. Défaite des Marses dans les défilés. Combat singulier de Numa et de Léo. Magnanimité de Numa. Il apprend que Tullus est mourant ; il quitte tout pour voler près de lui.

———

COMME un immense quartier de roc, détaché de la cime d'une montagne, roule avec fracas vers la plaine, accroît en roulant sa violence, brise ou emporte tout ce qu'il trouve sur sa route ; les nymphes, les bergers effrayés fuient avec de grands cris, les troupeaux éperdus se précipitent dans la vallée, le laboureur tremblant reste immobile et glacé d'effroi ; mais le rocher, au plus fort de sa chute, rencontre deux chênes robustes, qui, nés tout près l'un de l'autre, ont entrelacé depuis cent ans leurs racines et leurs troncs : là il s'arrête ; les deux arbres soutiennent le choc, les bergers et les troupeaux sont sauvés : de même Léo s'arrête en rencontrant Hersilie et Numa.

La fière amazone, armée du bouclier céleste,

fut la première à l'attaquer. Barbare! lui cria-t-elle,
c'est Jupiter qui te livre à moi ; voici ton heure
fatale : va te vanter dans les enfers d'avoir blessé
le grand Romulus. Elle dit ; et lance de toute sa
force un javelot noueux que sa fureur empêche de
diriger. Le fer vole, passe à côté de Léo, et va percer le vaillant Télon, qui, dans ce moment, dé-
pouillait Aruncus. Léo, sans s'émouvoir, arrache
le javelot du corps de Télon ; et, regardant Hersilie avec un sourire amer : Je te rends ton arme,
lui dit-il ; apprends à t'en mieux servir. En disant ces mots, il lance le javelot à la princesse ; et
Numa, le tendre Numa, se jette au-devant du fer :
il oublie que le bouclier céleste défend les jours
d'Hersilie ; son corps lui paraît un bouclier plus
sûr. C'est au milieu de sa poitrine que vient tomber le javelot : sa pointe cruelle perce l'or et l'airain de la brillante cuirasse, et déchire encore le
sein du généreux amant ; une légère teinte de
pourpre se répand sur ses armes. Numa, qui voit
couler son sang, ne songe qu'à Hersilie : plus ce
coup a été terrible, plus il rend grâce au ciel d'en
avoir préservé son amante. Mais ce sentiment fait
place au désir de la vengeance : il s'élance vers
Léo. Un flot de combattans les sépare : ils se cherchent long-temps tous deux ; ils ne peuvent plus
se rejoindre.

Alors Numa se jette sur les Marses, et les fait tomber sous ses coups, comme le moissonneur fait tomber les épis. Toujours auprès d'Hersilie, il frappe d'une main, de l'autre pare tous les coups qui menacent l'amazone. Celle-ci s'abandonne à sa fureur : elle immole Ocrès, Opiter, Soractor, et le jeune Alméron ; Alméron, le seul espoir, l'unique enfant de la malheureuse Almérie. Cette tendre mère l'avait prévu.

Quand les Marses s'étaient assemblés pour aller combattre les Romains, Alméron, âgé seulement de quatorze ans, avait fui de la maison de sa mère pour aller joindre l'armée. Au moment du départ, cette triste mère arriva, cherchant son fils, le demandant à tous ceux qu'elle rencontrait. Le jeune Alméron l'aperçut, et voulut aller se cacher dans les derniers rangs. Mais où ne pénètre pas l'œil d'une mère ? Almérie le découvre, vole à lui, le serre dans ses bras, l'arrose de ses larmes ; et tandis qu'Alméron, la pâleur sur le visage, les yeux attachés à la terre, n'ose lever son front vers celle dont il craint les reproches, elle lui dit avec des sanglots : Mon fils, mon cher fils, mon unique bien, tu veux me fuir ! tu veux quitter ta mère ! Eh ! qu'iras-tu faire dans les combats ? Ton faible bras ne peut encore soutenir un javelot ; les flèches que tu lances ont à peine la force de faire

périr un jeune faon : et tu veux aller te mesurer
avec les plus fameux guerriers de Rome ! O mon
enfant, mon cher enfant, attends du moins, pour
m'abandonner , que tu n'aies plus besoin de ta
mère ; attends, pour me faire mourir, que tu puis-
ses vivre sans moi ! Tu pleures, tu m'embrasses,
et tu ne me promets pas de renoncer à ce cruel
dessein ! Et vous, Marses, vous le souffrez, et vous
avez une mère !... Eh bien ! qu'on me donne des
armes, je suivrai partout mon fils, je partagerai
ses périls, je le couvrirai de mon corps ; et l'on
jugera du courage que donne l'amour maternel.

  Depuis ce jour, Almérie n'a pas quitté son fils
chéri. Léo , qui les aimait tous deux , leur avait
défendu de s'éloigner de lui ; et dès que le jeune
Alméron avait décoché sa flèche, il revenait se
mettre en sûreté entre sa mère et son général.
Mais, dans cette nuit désastreuse, ils furent séparés de Léo : la terrible Hersilie les rencontra ; et,
malgré les cris, malgré les efforts d'Almérie , elle
enfonça son épée dans la poitrine d'un faible enfant. Alméron tomba comme une tendre fleur
moissonnée à sa première aurore ; ses yeux, avant
de se fermer, cherchèrent les yeux de sa mère.
Sa mère le vit, et mourut sans avoir été frappée.

  Numa , moins cruel, mais aussi redoutable,
n'immole que ceux qui résistent. Hisbon , Mar-

senna, Privernus, ont expiré sous ses coups ; Na-
samon et Séralphin ont tous deux mordu la poussière. Liger, le brave Liger, ose attendre le héros,
et lui lance de près son disque. C'en était fait de
Numa, s'il n'eût baissé la tête dans ce moment : le
disque tranchant coupe le sphinx que l'on voyait
briller sur son casque, et fait voler au loin les deux
panaches couleur de pourpre. Numa se précipite
sur Liger, et brise sa lance dans sa poitrine : s'ar-
mant alors de la terrible épée de Pompilius, il fend
la tête à Orimanthé, coupe la main droite à Tar-
chon, fait tomber à ses pieds Quercens; et, poussant
et pressant les Marses mis en fuite, il parvient enfin
à les chasser du camp. Léo seul y était resté.

Abandonné de tous les siens, Léo ne regarde pas
s'il est seul : il a retrouvé sa massue, il n'a plus besoin d'armée. Mais les Sabins l'environnent, et le
féroce Ufens s'avance, en lui criant d'une voix
terrible : Ce n'est pas ici l'assemblée des Marses,
où il suffit de plier un arbre pour être élu général :
il faut mourir, tu ne peux échapper. Léo l'écoute,
et sourit : il évite d'un saut léger le javelot qu'U-
fens lui lance ; aussitôt il se précipite sur lui,
le saisit au milieu du corps ; le serre, l'étouffe
dans ses bras nerveux, le jette contre la terre,
pose un pied sur ce cadavre palpitant ; et, le-
vant fièrement la tête, il porte des yeux tran-

quilles sur ce cercle de glaives sanglans dont il est environné. Inaccessible à la crainte, il promène des regards assurés avant de choisir la place par où il veut s'élancer. Enfin, décidé à la retraite, il fond sur ceux qui lui ferment le passage : il les écarte, les écrase à coups de massue ; et, s'éloignant lentement, comme un loup encore affamé s'éloigne d'une bergerie, trois fois il s'arrête, se retourne, et trois fois il fait reculer les bataillons qui le poursuivent. Bientôt il rejoint ses guerriers ; sa voix terrible les arrête : il les rallie, les remet en ordre, remplit seul l'intervalle qui les sépare des Romains, et marche entre les deux armées, couvrant l'une et repoussant l'autre.

Numa, irrité de ces exploits, qu'il admire, Numa veut aller attaquer Léo : mais un bruit qu'il entend sur le bord du fleuve attire son attention. C'était le vieux Sophanor, à la tête de son armée, qui venait protéger la retraite de son collègue. Les Marses feignent de vouloir passer le Fucin : Numa, pour défendre la rive, est obligé d'abandonner Léo ; et ce terrible guerrier, avec ce qui lui reste des siens, s'éloigne sans péril de ce camp qu'il a rempli de carnage.

Le prudent Sophanor, instruit dès long-temps au métier de la guerre, tint son armée au bord du fleuve jusqu'aux premiers rayons de l'aurore.

Numa et les Sabins, malgré les fatigues de cette nuit terrible, ne quittent pas l'autre rive. Au point du jour, Sophanor, certain que Léo avait eu le temps d'exécuter ses projets, retire ses troupes. Numa ramène les siennes sous leurs tentes.

Dès ce moment il ne s'occupe que des blessés : Marses et Romains, tous ceux que des secours peuvent sauver ou soulager, sont également secourus par Numa. Il cherche dans les lieux où l'on a combattu ceux qui respirent encore, avec le même zèle, avec la même ardeur qu'il cherchait pendant le combat ceux qui résistaient le mieux. Il ne songe plus à la gloire ; il ne songe qu'à être humain : des ennemis vaincus sont pour lui des frères.

Après avoir rempli ces devoirs sacrés, après s'être assuré lui-même que ses braves Sabins peuvent se livrer au repos, Numa court à la tente de Romulus sans se donner le temps de panser sa blessure : le besoin de revoir Hersilie était plus pressant pour lui. Il arrive au pavillon royal ; il voit le roi de Rome couché sur une peau de léopard, enveloppé de voiles sanglans, entouré de sa fille et des chefs de son armée. Moins occupé de ses maux que de la position de ses troupes, il gardait un sombre silence, qu'il interrompit en apercevant Numa : Je t'attendais, brave jeune homme,

s'écria-t-il ; je sais déjà tes exploits ; toi seul as
sauvé mon armée. Approche, viens m'embrasser ;
ta gloire soulage mes douleurs. Numa tombe à genoux en baisant la main du roi. Lève-toi , lui dit
Romulus ; songe à exécuter ce que je vais te
prescrire.

Les barbares nous ont surpris. L'état où je suis
m'oblige de différer ma vengeance. Peu de jours
suffiront pour me rendre mes forces ; mais, pendant
ce peu de jours , il faut mettre mon camp à l'abri
de toute insulte. Va donc , brave Numa ; prends
avec toi dix cohortes, mène-les couper dans la forêt cinquante mille pieux, tous de la hauteur d'un
homme , et acérés par les deux bouts. Vous, Métius , pendant ce temps , faites creuser un fossé
large et profond , qui , dans un carré parfait, entoure et ferme tout mon camp : vous ne laisserez
qu'une entrée au milieu de chaque côté. Vous em-
ploierez à ce travail mes légions latines ; ce sont
celles qui ont le moins souffert dans l'attaque de
cette nuit. Allez : que tout soit prêt avant la fin
du jour ; vous viendrez ensuite prendre mes nouveaux ordres.

Il dit. Métius et Numa ont obéi. Le prudent
Romulus fait enfoncer les pieux dans le fossé, à
peu de distance les uns des autres ; il les lie fortement ensemble pour qu'on ne puisse les arracher,

les recouvre ensuite de terre ; et , mettant leurs pointes aiguës de niveau avec le terrain , il s'environne ainsi d'une forêt de dards. Métius et Numa achèvent cet ouvrage en trois jours ; ils placent aux quatre portes huit redoutes pleines de soldats, et les Romains, aussi tranquilles dans ce camp que s'ils étaient au milieu de leur ville, admirent comment le génie d'un seul peut sauver ou perdre des milliers d'hommes.

Sophanor, tranquille sur l'autre rive, avait vu les travaux de Romulus sans les troubler. Le roi de Rome, inquiet de cette inaction, ne pouvait comprendre le motif qui empêchait les Marses d'agir. Que fait donc ce terrible Léo ? disait-il. Ah ! sans doute il doit être content d'avoir blessé Romulus ; mais Romulus n'est pas vaincu : la guerre est à peine commencée. Pourquoi ce vaillant guerrier, si propre aux exploits nocturnes, ne tente-t-il pas de venir une seconde fois brûler mon camp ? O Jupiter ! ô Mars, mon père ! encore quelques jours de douleur, et ce bras aura recouvré sa force ; ce bras ne se cachera plus derrière des retranchemens.

Ainsi parlait Romulus, quand il voit paraître un soldat campanien couvert de sang et de poussière. Il arrivait, tout haletant, de la ville d'Auxence, où le roi de Campanie avait été se renfermer. Quelle nouvelle m'apportes-tu ? s'écrie le roi de Rome : les

Samnites ont-ils franchi l'Apennin ? mon allié est-
il assiégé dans sa ville ? Votre allié est au pouvoir
des ennemis, répond le soldat. Léo, le terrible Léo
a paru sous les murs d'Auxence au moment où
nous le croyions occupé de vous combattre. Il a
pris la ville et le roi, s'est emparé de ses trésors,
de ses troupes, de ses magasins. Non content de ce
succès, il a couru surprendre l'armée qui arrêtait
les Samnites à la descente de l'Apennin : il a dispersé
cette armée, et a ouvert le passage à ces redoutables ennemis.

Romulus, à ces paroles, laisse tomber sa tête sur sa
poitrine, ne répond point, et demeure immobile.
Mais bientôt il est rendu à lui-même par un bruit
éclatant de trompettes et de clairons qui retentissent
au-delà du fleuve. C'était Léo, c'était l'invincible
Léo, conduisant au camp de Sophanor le roi de Capoue prisonnier, quatre mille captifs, un immense
butin, et la superbe armée des Samnites. On les voit
s'avancer dans la plaine, au bruit de mille fanfares.
Le roi de Campanie, éclatant d'or, est monté sur
un superbe coursier. Léo, couvert de sa peau de
lion, marche à pied à côté de lui : ses braves Marses l'environnent; et vingt mille Samnites, revêtus
d'un acier brillant, ferment sa marche triomphale.

Bientôt leurs tentes se dressent auprès de celles
de Sophanor : les deux armées sont réunies. Dès

que la nuit a étendu ses voiles, mille feux allumés
sur le bord du fleuve tiennent les Romains dans
l'alarme, et leur font craindre d'être attaqués.

Ces braves Romains, à qui la vue de l'ennemi
faisait toujours pousser des cris de joie, observent
un silence morne à l'aspect de ce camp terrible.
Les soldats se regardent d'un air effrayé; les chefs
n'osent se communiquer leurs craintes; tout le
monde tourne les yeux vers Romulus. On double
les gardes, on se tient prêt au combat : malgré la
force des retranchemens, malgré la valeur et le
nombre des troupes, l'inquiétude est peinte sur
tous les visages.

Romulus lui-même est ému; mais il affecte un
visage tranquille. Appuyé sur une longue javeline,
marchant doucement à cause de sa blessure, il
visite ses quartiers, encourage ses soldats; et,
quoique son cœur soit plein de tristesse, il remercie
hautement les dieux de ce qu'ils lui livrent ensemble tous ses ennemis.

Cependant, par un ordre secret, le conseil est
assemblé. Métius, Valérius, le sage Catille, le prudent Brutus, plusieurs autres capitaines expérimen-
tés, ont pris place auprès du monarque. La belle
Hersilie y est appelée par sa naissance, le jeune
Numa par ses exploits. Des licteurs veillent à la
porte du pavillon royal, et en éloignent les indis-

crets. Romulus quitte alors cette gaieté feinte qu'il
avait montrée aux soldats ; et regardant ces braves
chefs avec des yeux pleins d'inquiétude : Compagnons, leur dit-il, vos avis m'ont toujours été
utiles ; ils me sont aujourd'hui nécessaires. Nos
ennemis, vainqueurs de mes lâches alliés, sont trois
fois plus nombreux que nous. Je peux leur résister
sans doute, à l'abri de mes retranchemens ; mais,
s'ils passent le fleuve, et qu'ils m'assiégent, avant
huit jours nous manquons de vivres , et nous pé-
rissons sans combattre. Braves amis, que devons-
nous faire ? faut-il aller attaquer ces deux armées
réunies, et éviter par la mort une capitulation
honteuse ? faut-il essayer une retraite qui doit
encore avoir ses dangers ?

Romulus se tait. Métius se lève : il propose
d'envoyer à Rome demander du secours à Tatius,
et d'attendre, derrière les retranchemens, que ce
collègue de Romulus soit venu le dégager, Brutus
veut au contraire que l'on sorte du camp, qu'on
aille présenter la bataille aux ennemis, et que l'on
fasse tout dépendre de l'arbitre seul des combats.
Hersilie s'oppose à ce projet : Tant que mon père
ne peut combattre, dit-elle, gardez-vous d'espérer
de vaincre : la victoire dépend du bras de Romulus ;
ce bras ne peut encore nous la donner. Suivons
l'avis de Métius ; restons dans notre camp, en-

voyons à Rome chercher de nouveaux guerriers.
Mais, pour effrayer l'ennemi, pour l'empêcher de
rien entreprendre, Numa et moi nous partirons
au milieu de la nuit, nous pénétrerons dans le camp
des Samnites ; et, tandis que, fatigués de leur
marche, enivrés de leurs succès, ils se livrent au
repos, nous remplirons leurs tentes de carnage.
Voilà mon avis : que mon père l'approuve, à l'instant même nous partons.

Numa l'écoute avec transport : son œil enflammé
suit tous les mouvemens d'Hersilie ; son cœur palpite de joie de se voir choisi par elle : cette nuit,
où ils doivent combattre ensemble, lui paraît la
plus belle époque de sa vie. Mais Romulus fait
évanouir son espoir, en s'opposant au dessein de
sa fille. Tous les autres capitaines proposent des
moyens, ou impossibles, ou plus dangereux que
le mal même. On les discute, le conseil se pro-
longe ; et jusqu'alors on n'a fait qu'exposer tous
les maux, sans trouver un seul remède.

Tout à coup le jeune Numa se sent inspiré par
Minerve : il demande la permission de parler. Romulus la lui accorde, en jetant sur lui des yeux de
complaisance. Grand roi, lui dit le héros, je crois
qu'il est un moyen, je ne dis pas de sauver l'armée,
mais de t'assurer la victoire. Les montagnes des
Trébaniens sont derrière nous ; ces montagnes

inaccessibles ont des gorges où cent mille hommes
peuvent être aisément défaits par quelques troupes
maîtresses des hauteurs. Qu'on me laisse partir
cette nuit même avec la moitié des Sabins; demain, avant la fin du jour, je serai maître des
montagnes. Vous, grand roi, pour la première
fois vous fuirez devant l'ennemi. Que ce mot ne
vous alarme pas, vous ne fuirez que pour vaincre.
Les Marses et les Samnites vous poursuivront;
vous les engagerez aisément dans les gorges des
Trébaniens. Alors vous les attendrez de pied ferme, vous les attaquerez à votre tour, tandis que
mes Sabins et moi nous les accablerons de nos
flèches, de nos javelots, et des rochers que nous
roulerons sur eux.

Ainsi parle Numa. Romulus l'embrasse : Vaillant jeune homme, lui dit-il, je te devrai plus que
la vie : tu auras sauvé ma gloire. Cours exécuter
ton projet; prends avec toi tous les Sabins, excepté
leur cavalerie, qui te serait inutile, et dont j'aurai
surtout besoin dans le commencement de ma retraite. Une nuit d'avance doit te suffire : pars à
l'instant même. Si tu réussis selon tes desseins,
voilà quelle est ta récompense. En disant ces mots,
il lui montre Hersilie.

Numa demeure interdit : la surprise, la joie,
tous les sentimens qui l'agitent lui ôtent l'usage

de la parole ; ses yeux errent à la fois sur Romulus, sur Hersilie. Enfin il se précipite aux genoux du roi de Rome : Fils d'un dieu, s'écrie-t-il, tu viens de me rendre invincible. Que les Marses, que les Samnites, que tous les peuples de l'Italie se réunissent contre moi; je me sens l'espoir de les vaincre. Le nom, le seul nom d'Hersilie, me rend presque égal à toi-même ; l'honneur de devenir ton gendre m'élève au rang des demi-dieux.

En prononçant ces paroles, ses yeux brillent d'amour et de courage ; il les tourne vers son amante : il lit dans les siens qu'elle confirme la promesse de Romulus ; et, brûlant d'être en marche, il court faire armer les Sabins.

Aussitôt les légions latines, par l'ordre de Romulus, sortent de leurs tentes, et vont se former en bataille sur le bord du fleuve, pour dérober aux ennemis le départ du brave Numa. Les Marses, qui se croient attaqués, accourent à l'autre bord : on se lance des flèches au hasard. Les Romains occupent ainsi leurs ennemis, tandis que Numa s'échappe par les derrières du camp.

Il marche, il traverse les épaisses forêts qui s'étendent vers Sora; il évite, par un circuit, les dangereux marais d'Aratrie ; et, dirigeant sa course vers Assile, au point du jour il découvre les hautes montagnes des Trébaniens. Avant de s'y engager,

le prudent Numa se fait précéder par quelques
soldats armés à la légère, et laisse derrière lui des
guides qui doivent conduire Romulus. Bientôt il
pénètre dans les montagnes, il s'avance par des
sentiers escarpés. Ses guerriers, fatigués d'une
marche précipitée, ont peine à gravir sur les rocs :
mais Numa les encourage et les soutient; Numa,
toujours à leur tête, saisit d'une main les arbres
qui peuvent l'aider à monter, de l'autre il fait
signe aux soldats de le suivre. S'il rencontre un
torrent, il le franchit le premier, et n'ordonne de
le passer que lorsqu'il est à l'autre bord; si un
rocher ferme sa route, il enfonce dans les fentes
de la pierre son épée ou son javelot, pose le pied
sur ce faible appui, s'élance sur des précipices; et,
parvenu seul à la cime, il appelle ses compagnons.
L'image d'Hersilie marche devant lui, et rend tous
les chemins faciles; Numa précède son armée; son
exemple fait tout surmonter.

Enfin il arrive au sommet des montagnes : il
est étonné d'y trouver des champs cultivés, des
terres labourées, des pâturages remplis de troupeaux. On lui amène quelques bergers que Numa
rassure par ces paroles : Je ne viens point vous
opprimer; ne tremblez ni pour vous ni pour vos
biens : conduisez-nous seulement à votre princi-
pale habitation; faites fournir des vivres dont vous

recevrez le prix, et laissez-nous occuper pour trois
jours les défilés de vos montagnes. A ces mots, les
bergers, sans crainte, servent de guides aux Sabins, et les conduisent à leur village.

Quelle est la surprise, quelle est la joie de Numa,
en reconnaissant dans les habitans ces mêmes
Rhéates qu'il avait délivrés! Le vieillard qui lui
avait parlé le jour du sacrifice s'avance; et l'envi-
sageant : O jour heureux! s'écrie-t-il : mes amis,
mes enfans, voilà notre libérateur, voilà ce héros
si sensible qui nous rendit la liberté; voilà Numa!...
A ce nom, un cri général interrompt le vieillard;
tous les Rhéates à genoux se pressent autour de
Numa. Quoi! c'est vous, lui disait l'un, qui m'avez
rendu ma mère! Je vous dois mon époux, disait
l'autre. Sans vous, s'écriait un enfant, sans vous,
je serais orphelin! Fils des dieux, car les bienfaiteurs des hommes sont les vrais fils des immortels,
que de grâces nous leur devons, puisqu'ils nous
donnent la joie de vous revoir, de baiser ces mains
qui ont brisé nos chaînes, de contempler un héros
qui sait pardonner! Ah! disposez de nous, de nos
biens, de nos vies; tout est à vous ici : vous êtes
notre roi, notre père; vous êtes plus encore, puisque vous fûtes notre libérateur.

Numa ne peut entendre ces paroles sans verser
des larmes d'attendrissement : ses braves Sabins

sont émus comme lui. Déjà la bonne amitié les unit
à ce bon peuple : les soldats et les habitans se mêlent, s'embrassent, donnent et reçoivent tout ce
que l'hospitalité, tout ce que l'amitié peut offrir.
Les maisons, les chaumières se remplissent des
guerriers de Numa; les femmes, les époux, les
enfans, sont empressés de les servir, de leur porter
ce qu'ils possèdent. Sabins, Rhéates, ce n'est
plus qu'un peuple, ce n'est plus qu'une même
famille. Tous aiment et respectent Numa : ce seul
sentiment les a rendus frères.

Après avoir accordé quelques heures à ce spectacle si doux, le héros donne le signal pour rappeler ses guerriers ; et tous les habitans viennent se
rendre au son des trompettes. Chacun s'est armé
de ce qu'il a pu trouver : l'un porte une épée que
la rouille ronge depuis long-temps; l'autre, un
bouclier couvert de poussière ; celui-ci un soc de
charrue dont il a fait un javelot; la plupart ont
des massues qu'ils viennent d'arracher aux arbres.
Nous voulons combattre pour vous, disent-ils au
jeune Numa; nous voulons être de votre armée :
si le cœur suffit pour faire un soldat, vous n'en
commanderez jamais de plus braves.

En parlant ainsi, ils se rangent d'eux-mêmes,
en s'efforçant d'imiter les Sabins. Ils se serrent les
uns contre les autres dans des rangs mal alignés ;

et cette phalange bruyante demande à marcher la première au poste le plus périlleux.

Numa, le sensible Numa, veut en vain réprimer leur zèle; en vain il refuse d'exposer des hommes qui n'ont de motif pour combattre que l'amour qu'il leur a inspiré : cet amour est plus fort que l'autorité de Numa; malgré ses prières, le fils de Pompilius est forcé de voir doubler son armée. Alors il leur explique ses projets; il leur confie qu'il veut se rendre maître des hauteurs et des postes d'où il pourra écraser l'ennemi.

Les Rhéates aussitôt guident eux-mêmes les Sabins dans les défilés, dans les passages les plus dangereux : ils leur marquent les places qu'ils doivent occuper, s'y établissent avec eux, coupent des arbres, roulent des rochers pour en accabler les Marses; et, mêlés avec les soldats de leur bienfaiteur, décidés à partager tous leurs périls, ils attendent impatiemment l'arrivée des Romains.

Romulus arriva bientôt. Par une retraite savante il était sorti de son camp, attirant et repoussant toujours les Marses et les Samnites. Plus il approchait des montagnes, plus l'habile Romulus affectait de désordre dans sa marche. Son arrière-garde fuyait par son ordre, et l'entrée des Romains dans les montagnes ressemblait à une déroute. Sophanor, Léo lui-même, surtout le chef des Samnites, s'y trompèrent. Cette armée d'alliés, composée de guerriers plus braves qu'habiles, s'engagea dans les défilés, croyant poursuivre des fugitifs.

Romulus, instruit par les envoyés de Numa, guida lui-même les ennemis dans les gorges les plus dangereuses. Alors il cessa de fuir; alors, à là tête d'une colonne terrible, il attend les Marses de pied ferme, et les appelle au combat. Léo, le brave Léo, s'élance sur les Romains; les Samnites et les Marses se disputent à qui chargera les premiers, quand une grêle de rochers et de troncs d'arbres tombe du haut des montagnes, et vient écraser leurs bataillons. Les chefs, les soldats effrayés s'arrêtent, lèvent les yeux, et voient toutes les hauteurs garnies de lances. Cette vue les glace d'effroi, ils n'osent faire un pas contre Romulus; ils ne peuvent retourner en arrière, le prudent Numa leur a coupé le chemin. Enfermés de toutes parts dans un champ de bataille étroit, embarrassés de leur nombre, écrasés sous les rochers que les Rhéates et les Sabins roulent sans cesse des montagnes, les alliés, vaincus sans pouvoir combattre, jettent leurs armes et demandent à capituler.

Qui pourrait peindre la fureur de Léo? Telle une tigresse d'Hyrcanie tombée dans un piége qu'on a tendu près de son repaire, et qui se voit enlever ses petits sans qu'elle puisse les défendre, rugit, s'agite, brise dans ses dents les pierres qu'elle peut saisir, les broie avec fureur, et dévore de ses yeux brûlans l'ennemi qu'elle ne peut atteindre : de même Léo sent redoubler sa rage en entendant les cris de son armée vaincue. Non, non, leur dit-il d'une voix terrible, tant que Léo vous commandera, n'espérez pas qu'il consente à une lâcheté. Marses et Samnites, avant de demander la vie à genoux, ayez le courage de me voir mourir. Il dit, et s'élançant à travers les armes, à travers les rocs, malgré les pierres, malgré les troncs d'arbres qui roulent de la montagne, il entreprend seul de gravir jusqu'au sommet.

Les Rhéates et les Sabins se réunissent aussitôt dans l'endroit où il menace d'atteindre ; là ils rassemblent un amas de rochers pour les précipiter sur lui. Mais Numa court vers eux, et s'y oppose ; il fait cesser ce déluge qui allait accabler Léo : Amis, s'écrie-t-il, respectez son audace : j'ai opposé l'avantage du poste à l'avantage du nombre : mais à la valeur d'un seul homme je n'oppose que ma valeur. Arrête-toi, Léo, je vais t'épargner la moitié du chemin.

Il dit, et descend d'un pas tranquille, repousse loin de lui les Sabins qui veulent l'accompagner, et rencontre son terrible adversaire sur une roche aplanie, environnée de précipices, et qui ne leur

laissait que la place de s'immoler. Là ils s'arrêtent
tous deux, se regardent sans se parler, ce silence
mutuel semble être causé par leur admiration ré-
ciproque. Les deux armées cessent tout combat :
l'œil fixé sur Léo, sur Numa, chaque soldat s'oublie lui-même pour ne s'occuper que d'eux seuls ;
et le hasard, qui place ces deux héros sur ce
théâtre étroit et élevé, semble les donner en
spectacle aux deux peuples dont ils vont faire le
destin.

Léo fut le premier qui rompit le silence : Brave
jeune homme, dit-il à Numa, j'estime le courage
que tu fais paraître; je me décide avec peine à
m'éprouver contre toi. Retourne, crois-moi, dans
tes bataillons, et laisse-moi assouvir ma fureur sur
des guerriers moins braves que toi.

Il n'en est point dans notre armée, lui répond
Numa ; le dernier des Romains m'égale : et tu vas
connaître bientôt si je dois faire naître ta pitié. Il
dit, et ne pouvant lancer son javelot à cause du
peu d'espace, il le saisit à deux mains, et le pousse
de toute sa force dans la poitrine de Léo. Le coup
fut terrible; mais la pointe d'acier rencontra la
peau de lion à l'endroit où les griffes croisées formaient une triple cuirasse. Ce rempart impénétrable émousse le fer de Numa, et la violence du
coup brise le javelot dans ses mains.

Léo chancelle ; sa colère augmente. Il lève sa redoutable massue, la fait tourner sur sa tête, et en décharge un coup terrible sur le bouclier de Numa. Le bouclier vole en mille pièces : Numa tombe un genou à terre, et se relève aussitôt. Il a tiré son épée, l'épée de Pompilius ; il n'a plus qu'elle pour défense. Léo veut l'atteindre d'un seul coup ; mais le léger Numa l'évite. Tous deux, les yeux fixés sur leur arme, attentifs à leurs mouvemens, tournant autour l'un de l'autre, forcés de ne pas sortir d'un terrain bordé de précipices, ils s'allongent, ils se replient, se portent cent coups inutiles, évitent cent atteintes mortelles : semblables à deux serpens d'eau jetés dans un étroit bassin, se liant et se déliant sans cesse sans pouvoir se piquer de leur dard.

Enfin Léo, indigné d'une si longue résistance, prend sa massue à deux mains, et s'élançant sur son ennemi, il tient la mort sur sa tête. Numa ne peut plus l'éviter : il se couvre avec son épée, faible secours qui n'aurait pas sauvé sa vie, si Cérès n'eût veillé sur lui. Cérès, du haut de l'Olympe, considérait cet affreux combat. Elle voit la massue levée, tremble, vole, et arrive avant que Numa soit atteint. Son invisible bras détourne le coup ; et Léo, entraîné par l'effort et par le poids de sa massue, le grand Léo tombe comme un pin de cent

ans déraciné par le tonnerre. Numa se précipite
sur lui ; d'une main il le saisit à la gorge, de l'autre il pose sur son cœur la pointe de son épée : Ta
vie est à moi, lui dit-il ; mais je ne puis donner la
mort à un si vaillant guerrier : viens signer la
paix ; j'aime mieux être ton ami que ton vainqueur.

En disant ces mots, Numa se lève, et remet
son glaive dans le fourreau. Léo, à peine debout,
embrasse son généreux ennemi. Tous deux, se tenant par la main, descendent vers les bataillons
marses, occupés déjà de nommer des vieillards
pour aller traiter avec Romulus.

Numa, suivi de Léo, les conduit lui-même au
roi de Rome : Numa sollicite en faveur des Marses. Romulus accorde la paix. Vous remettrez en
liberté, dit-il, mon allié le roi de Campanie ; vous
lui rendrez ses trésors et ses captifs. Quant aux
terres des Auronces, elles seraient toujours, dans
ses mains ou dans les vôtres, un sujet éternel de
discordes ; elles resteront en mon pouvoir. Pour
vous dédommager de ce sacrifice, le roi de Capoue
vous laissera la ville d'Auxence, et son fils Capis
demeurera chez vous en otage jusqu'à l'exécution
du traité.

Les Marses, plus favorisés par cette paix que
le roi de Campanie, l'acceptent sans balancer ; et

Romulus, qui devient maître d'un nouveau pays, compte pour rien les intérêts d'un allié qu'il méprise. Mais il veut récompenser Numa : Vaillant jeune homme, lui dit-il, tu triompheras à ma place ; tu entreras dans Rome sur mon char, à la tête de mon armée ; Léo marchera devant toi ; et tu recevras la main de ma fille à l'autel de Jupiter.

Grand roi, lui répond Numa, c'est à vous seul que le triomphe est dû ; la main d'Hersilie suffit à ma gloire. Quant au brave Léo, je ne suis point son vainqueur. Romains, ce n'est pas sous moi qu'il a succombé ; Cérès a quitté l'Olympe pour me donner la victoire. Retournez vers votre peuple, Léo ; vous êtes libre et invincible, car vous n'avez cédé qu'aux immortels.

Il dit : les Romains et les Marses croient entendre parler un dieu. Léo se précipite dans ses bras, le serre contre son sein en pleurant d'admiration. Il veut désavouer Numa, il veut avoir été vaincu ; mais Numa rend compte aux deux armées du secours qu'il a reçu de Cérès : il remercie hautement la déesse de lui avoir sauvé la vie, et se couvre d'une gloire immortelle en refusant celle qu'il ne méritait pas.

Cependant la paix est signée. Le roi de Campanie est libre ; Romulus a livré Capis ; déjà des troupes sont parties pour s'emparer du pays des

Auronces. Numa et Léo ne se quittent point sans se jurer une éternelle amitié. Avant de se séparer, ces deux héros se font des présens. Numa fait accepter à son ami le superbe coursier de Thrace que Tatius lui a donné. Léo présente à Numa un casque forgé par Vulcain, qu'il tient du chef des Samnites : Garde-le toujours, lui dit-il, et garde-moi surtout ton amitié ; je te donne ma foi de te consacrer ma vie aussitôt que j'en pourrai disposer. Tels furent les adieux de ces deux héros.

Romulus, qui se dispose à reprendre le chemin de Rome, fait monter Hersilie et Numa sur le même char, et veut qu'ils marchent tous deux à la tête de son armée. Numa, au comble de ses vœux, ne peut contenir ses transports : il est auprès de celle qu'il aime : il est sûr de la posséder. Cette idée lui ôte à la fois et la parole et la raison. Numa couvert de gloire, Numa, le favori de Romulus, le sauveur de l'armée, tremble encore auprès d'Hersilie. Il la regarde, et n'ose lui parler : c'est en vain qu'il l'a obtenue, il ne peut croire qu'il l'a méritée.

L'armée romaine avait déjà repassé le Liris, quand un courrier couvert de poussière demande à grands cris Numa, et se présente à lui avec un visage baigné de larmes. Numa inquiet l'interroge, et craint quelque funeste événement pour Tatius.

Je ne viens point de Rome, lui dit l'envoyé; je viens de la forêt sacrée et du temple de Cérès. Le vénérable Tullus n'a pu soutenir votre absence; il n'a pu surtout soutenir votre oubli; il touche aux portes du trépas, et vous demande la grâce de vous voir encore avant de mourir.

A cette parole, Numa jette un cri, s'élance du char; et, sans se donner le temps ni de dire adieu à Hersilie ni de parler à Romulus, il prend un coursier de sa suite, et vole vers la Sabinie.

FIN DU LIVRE CINQUIÈME.

LIVRE SIXIÈME.

Joie de Tullus en revoyant Numa. Soins tendres et pieux
que lui rend le héros. Sages conseils du pontife. Mort de Tullus. Douleur et regrets de Numa. Il veut retourner auprès
d'Hersilie. Il passe dans un pays dévasté par cette princesse,
et revient à Rome saisi d'horreur. Discours de Romulus à son
peuple. Réponse de Tatius. L'hymen d'Hersilie et de Numa
s'apprête. Tatius est assassiné. Numa le secourt et lui jure d'é-
pouser sa fille.

Numa pressait les flancs de son coursier, et suivait en pleurant le cour de l'Anio : il fuyait une maîtresse adorée au moment de devenir son époux ; il
renonçait aux honneurs du triomphe. Mais ce n'é-
taient point ces sacrifices qui faisaient couler ses
larmes ; c'était le danger de Tullus, c'était le repentir d'avoir presque oublié ce vieillard pour ne
songer qu'à l'amour. Il redoutait les reproches
qu'il allait en recevoir ; il craignait davantage de
ne plus le trouver vivant. Hélas ! se disait-il à lui-
même, si je ne l'avais pas quitté, j'aurais peut-
être prolongé ses jours ; j'aurais du moins soulagé
ses maux : c'était à moi de rendre à sa vieillesse
les soins qu'il avait donnés à mon enfance. Je suis
un ingrat : ce reproche empoisonnera ma vie ;

la gloire ne pourra pas m'en consoler. Ah ! qu'importent les louanges du monde entier quand notre cœur nous fait un reproche !

Ainsi parlait Numa. Il a déjà traversé les campagnes de Carséoles. Sans perdre un moment, il laisse derrière lui l'aimable Tibur, la cascade de l'Anio, la forêt d'Érétum, et il commence à découvrir le bois sacré et le faîte du temple. Oh ! combien cette vue lui fait naître de sentimens tristes et doux ! Combien son âme est émue en revoyant les lieux de sa naissance ! Mais un intérêt plus puissant l'entraine ; il court, il arrive à la maison du pontife, le cherche, le demande, le découvre enfin sur son lit de douleurs, entouré de prêtres et de pauvres.

A cette vue Numa jette un cri, se précipite, tombe à genoux, saisit la main de Tullus, la couvre de baisers et de larmes. Le vieillard, dont les faibles paupières étaient baissées, les relève et aperçoit Numa... Aussitôt un rayon céleste semble descendre sur son front : ses yeux s'animent, son visage se colore : O mon fils ! s'écrie-t-il ; mon cher fils, je te revois, les dieux ont exaucé ma prière ! Viens te jeter dans mes bras : viens, hâte-toi ; je crains de mourir de joie avant de t'avoir embrassé. En disant ces mots, il se soulève avec peine, et tend à Numa ses mains tremblantes. Il le saisit, il le presse contre sa poitrine ; il ne peut plus ni lui parler ni le détacher de son sein. Le jeune homme, qui baigne de pleurs la longue barbe blanche de son père, ne lui répond que par des sanglots.

La secousse qu'éprouve Tullus épuise ses faibles organes. Il retombe sans mouvement, presque sans vie, mais tenant toujours la main de Numa. On s'empresse autour du vieillard : la voix de son fils le ranime ; il ouvre les yeux. A peine a-t-il recouvré l'usage de la parole, qu'il ordonne qu'on le laisse seul avec son fils. Alors l'embrassant de nouveau : Tu m'es donc rendu! lui dit-il. Ah! que les dieux à présent disposent de mes jours ; que la cruelle parque en coupe la trame : je t'ai revu, je meurs content. Si j'avais plus de momens à jouir de ta présence, je pourrais te faire quelques reproches ; mais le peu d'heures qui me restent ne suffiront pas pour ma tendresse. Ne parlons que d'elle et de toi. Raconte-moi, mon fils, raconte-moi ce que tu as fait ! le bonheur t'a suivi sans doute ; car tu n'as pas eu le besoin de me confier tes peines. Apprends-moi tous tes succès : ce récit retiendra mon âme fugitive, ou du moins ma mort sera plus douce, si les derniers mots qui frappent mon oreille sont l'assurance que je te laisse heureux.

Ah ! mon père, lui répond Numa, il n'est plus de bonheur pour moi, si les dieux ne prolongent pas votre vie, s'ils ne l'accordent pas à mes larmes, au repentir, à la douleur où je suis d'avoir pu vous abandonner, d'avoir pu oublier mon père, et...

Tu me parles toujours de moi, interrompt le vieillard, tandis que toi seul m'intéresses. Tu ne m'as point oublié, puisque tu m'aimes, puisque tu m'aimas toujours. Je suis content de ton cœur ; ne sois pas plus difficile que ton ancien maître. Parle-moi de mon fils : voilà le plus pressant besoin de mon âme. Si tu as commis quelques fautes, ne crains pas de me les révéler : tu connais ton père, ce n'est pas au moment de te quitter que tu le trouveras plus rigide.

En disant ces mots, il tend la main à Numa : malgré les douleurs aiguës qu'il éprouve, il le regarde avec un tendre sourire. La rougeur du jeune héros se dissipe peu à peu ; ses traits reprennent leur sérénité ; ses yeux, noyés de larmes, se tournent vers le vieillard avec douceur et avec confiance : ainsi la rose vermeille dont un orage a courbé la tige relève doucement sa tête humide aux premiers rayons du soleil.

Alors Numa raconte son arrivée dans Rome, l'accueil qu'il reçut du bon roi, l'amour brûlant qui le consume, et tout ce que cet amour lui fit

entreprendre. La simple vérité préside à son récit :
Numa se reconnaît coupable de n'avoir pas suivi
les conseils du pontife, et d'avoir quitté Tatius ;
il ne cherche pas à déguiser ses fautes, il oublie
plutôt ses exploits.

Tullus l'écoute, et ne sent plus ses maux : sa
tendresse suspend ses douleurs. Mais il lève les
yeux vers le ciel, en apprenant qu'Hersilie enflamme le cœur de Numa : Cruel Amour, s'écrie-
t-il, je reconnais bien là tes coups ! tu fais brûler
ce vertueux jeune homme pour la fille de ce roi
impie qui nous força, par la plus cruelle injure, de
devenir ses alliés, qui se servit du nom des dieux
pour nous attirer dans le piége, pour plonger la
Sabinie dans l'opprobre et dans le deuil ! O mon
cher fils ! de quels périls je te vois environné ! Tu
te crois au comble du bonheur, parce que Romulus t'a promis sa fille ; et moi, je pleure sur les
maux affreux que va causer cet hyménée. A peine
seras-tu le gendre de Romulus, que tu perdras
l'amour des Sabins : tu seras suspect à Tatius
même ; tu deviendras peut-être son ennemi. Car
ne te flatte pas de voir durer toujours l'intelligence
qui subsiste entre les deux rois ; la haine vit au
fond de leurs cœurs : la moindre étincelle fera
éclater l'incendie ; alors tu seras forcé de choisir
entre le père de ton épouse et le parent, l'ami de

ton père ; entre ton roi légitime, le plus juste, le
plus vertueux des hommes, et un roi de brigands
qui n'a jamais connu de droit que la force, de
vertu que la valeur, dont le premier exploit fut
d'égorger son frère, et qui scella son alliance avec
les Sabins par le sang de Pompilius... Tu frémis !
Voilà pourtant quel est celui que tu dois appeler
ton père. Dieux immortels ! détournez mes funestes
présages, ou arrachez de ce cœur innocent le trait
empoisonné qui doit détruire en lui la vertu, la
piété, l'amour sacré de la patrie !

Ainsi parlait le vieillard. Numa, les yeux baissés,
n'osait répondre : le seul nom de Pompilius l'avait
interdit. Tullus a pitié de sa douleur : il craint
de trop l'affliger par ses réflexions sévères ; et,
rompant ce pénible entretien, il remet à un autre
instant les vérités qu'il veut encore lui dire : ainsi
le disciple d'Esculape divise le remède salutaire,
mais violent, qui doit guérir son faible malade.

Dès ce moment, Numa se charge lui seul de tous
les soins qu'on rend au pontife. Le jour, la nuit,
toujours à ses côtés, toujours occupé de l'espoir
de le sauver, ou de la crainte de le perdre, il veille
sur tous ses instans ; il souffre de tous ses maux :
la tendre mère qui garde son fils au lit de la mort
n'a pas plus de zèle, plus d'attention, plus de
patience que Numa. Si Tullus prend un breuvage,

c'est de la main de son fils; si Tullus dit une parole, c'est toujours son fils qui répond. Il le plaint
et l'encourage, dévore ses pleurs pour lui sourire,
affecte sans cesse une joie, une espérance qu'il
n'a pas. Il remplit à la fois près de lui l'office
d'ami, de fils, d'esclave : il suffit seul pour tous
ces devoirs; et le vainqueur de Léo n'a pas trouvé
dans sa victoire un plaisir si doux, si touchant
pour son âme, qu'il en éprouve à servir son bienfaiteur.

Mais en peu de jours le mal augmente : la dernière heure de Tullus approche. Ce mouvement
n'a rien qui l'effraie : le vénérable pontife a toujours vécu pour mourir. A chaque moment de sa
vie, il a toujours été prêt à paraître devant le
redoutable juge : tous ses jours se sont ressemblés;
l'instant qui va finir ses maux va commencer sa
récompense.

Il n'est occupé que de Numa; il fait éloigner
tous les témoins, prend sa main, qu'il serre dans
la sienne, et lui dit ces paroles : Mon fils, je vais
mourir. Les soins que tu m'as rendus ont fait
plus que t'acquitter envers moi : c'est Tullus qui
te doit de la reconnaissance; il est doux pour lui
d'emporter au tombeau ce sentiment. Mais dans
une heure je n'aurai plus besoin de Numa, et
Numa aura peut-être bientôt besoin de Tullus.

O mon fils ! que cette idée me rend la mört douloureuse! Ton amour pour Hersilie remplit mes
derniers momens d'amertume et d'effroi. Ton cœur
s'est abusé, n'en doute point : pressé du besoin
d'aimer, il s'est enflammé pour le premier objet
qui l'a séduit, et d'un court moment d'ivresse il
a fait une longue erreur.

Numa, il est deux amours nés pour le bonheur
et pour le malheur du monde. L'un, le plus commun, le plus brûlant peut-être, est celui qui te
consume. Son empire est fondé sur les sens ; il naît
par eux, et vit par eux : il n'habite pas notre
cœur, il coule dans nos veines ; il n'élève pas notre
âme, il la subjugue ; il n'a pas besoin d'estimer,
il ne désire que de jouir. Cet amour méprisable
n'a rien de commun avec notre âme : juge si la
félicité peut venir de lui. Non, mon fils, les dieux
ne lui ont donné de pouvoir sur les hommes que
pour humilier leur orgueil.

L'autre amour, présent céleste, naît de l'estime,
et vit par elle. Il est moins passion que vertu ; il
n'a point de transports fougueux, il ne connaît
que les sentimens tendres. Celui-là réside dans
l'âme ; il l'échauffe sans la consumer, l'éclaire et
ne la brûle pas : il lui fournit la seule nourriture
qui lui soit propre, le désir d'atteindre à toutes les
perfections. Ses plaisirs sont toujours purs ; ses

peines même ont des charmes. Au milieu des plus
grandes souffrances, il jouit d'une douce paix :
c'est cette paix qui seule rend heureux. Tu l'é-
prouveras, mon fils ; tu sentiras que les honneurs,
les richesses, la volupté, la gloire même, ne rem-
placent point cette paix que donne la seule innocence : la vieillesse, qui détruit tout, semble en
augmenter la douceur.

C'est à toi, mon fils, de me dire auquel de ces
deux amours ressemble celui que tu sens. O Numa !
crois un père qui t'aime, qui ne regrette de la vie
que le plaisir de veiller sur ton bonheur. Tu ne le
trouveras jamais, ce bonheur, tant que tu ne pourras commander à toi-même, tant que tu n'auras
pas sur tes passions un empire souverain. Garde-
toi surtout de penser que cet empire soit impossible à notre faiblesse. Descends dans toi-même,
mon fils ; tu y trouveras toujours une vertu toute
prête à combattre le vice qui veut te séduire. Si la
beauté enflamme tes sens, la sagesse est là pour te
défendre ; si de trop grands travaux te lassent, le
courage vient te soutenir ; si l'injustice te révolte,
l'amour de l'ordre te rend soumis ; et si le malheur
t'accable, la patience vient à ton secours. Ainsi,
dans toutes les situations de ton âme, le ciel t'a
muni d'un consolateur ou d'un soutien. Profite
donc des bienfaits du créateur, et cesse de te

croire faible, pour te réserver le droit de tomber.

Mais je sens que la mort s'approche, et que ma voix va s'éteindre. O mon cher fils! je t'en conjure, étouffe un fatal amour qui doit te rendre à jamais malheureux. Je n'ai plus qu'un mot à te dire : tu conviens toi-même que cette passion, à peine naissante, te fit oublier Tullus; qui peut te répondre qu'elle ne te fera pas oublier la vertu? J'ai vu que tu m'aimais autant qu'elle!

Telles furent les dernières paroles de Tullus. Il expira bientôt dans les bras de Numa, en lui parlant encore de sa tendresse, en lui adressant son dernier soupir.

Quelque prévue que fût cette mort, elle pensa coûter la vie au fils de Pompilius. Il fallut l'arracher de dessus le corps du pontife; il fallut veiller sur son désespoir. Épuisé par les veilles, par la douleur, noyé dans les larmes, se refusant toute nourriture, Numa voulut porter lui-même sur le bûcher le corps de son bienfaiteur. On le vit s'avancer à la tête des prêtres et de tous les habitans de la Sabinie, pâle, hâve, baigné de pleurs, chargé de ce fardeau si cher. Il le pose sur le bûcher; il le regarde long-temps d'un œil fixe, l'embrasse mille fois, et ne peut se résoudre à s'en éloigner.

O mon père! s'écriait-il avec des sanglots, je ne vous reverrai donc plus! je ne vous reverrai donc

jamais ! Cette bouche ne m'assurera plus de votre
amour ! ces yeux ne se rouvriront plus pour me
regarder avec tendresse ! O dieux ! qui m'aviez
déjà privé des auteurs de mes jours, pourquoi me
faire éprouver deux fois cet affreux malheur ? Oui,
c'est aujourd'hui que je perds encore et Pompilius,
et ma mère, et mon maître, et mon bienfaiteur :
tous les biens que le ciel donne à l'homme pour le
soutenir, pour le consoler, tous me sont ravis dans
Tullus. La terre est vide pour moi : je n'y retrou-
verai plus Tullus ! Venez, venez vous joindre à
moi, vous, pauvres, vous, infortunés, qui restez
aussi orphelins; notre malheur nous rend frères :
venez, venez baiser encore ces restes froids et ina-
nimés du bon père que nous avons perdu.

A ces mots, tous les pauvres s'avancent, tous
les Sabins jettent des cris : on ne peut plus distinguer de paroles; on n'entend que des sons inarti-
culés, de profonds gémissemens. Ils redoublèrent
dès que l'on vit la flamme s'élever en ondoyant.
Numa, par un mouvement involontaire, s'élance
pour reprendre le corps; mais on l'arrête, et le
feu a bientôt consumé la dépouille mortelle du plus
juste des hommes. Alors un profond silence succède aux cris douloureux. Les Sabins, les prêtres,
Numa lui-même, regardent d'un œil morne cet
amas de cendres, seul reste de celui qu'ils pleu-

rent : tous considèrent avec une douleur muette la poussière de l'homme de bien.

Cependant on éteint avec du vin les restes du bûcher : on recueille la cendre de Tullus ; on la dépose dans une urne ; Numa la porte dans le même caveau, sur la même tombe où repose l'urne de sa mère : Soyez unies, dit-il, cendres que j'adore ; soyez-le après le trépas, comme les âmes qui vous animaient l'étaient pendant votre vie. Puissent ces âmes pures et heureuses se féliciter dans l'Elysée, sinon des vertus de leur fils, du moins de sa tendresse et de sa piété ! Alors il coupe sa longue chevelure blonde, et la consacre aux mânes de Tullus. Il immole dix brebis noires à l'Érèbe. Ce sacrifice finit des funérailles si touchantes.

Après avoir rempli ces tristes devoirs, Numa se met en marche pour rejoindre l'armée, méditant les conseils de Tullus. Mais c'est en vain qu'il s'avoue à lui-même la vérité de ses avis, les dangers dont il va s'entourer, la douleur qu'il va causer à Tatius et à son peuple ; c'est en vain qu'il éprouve une secrète horreur, en songeant qu'il sera le gendre de celui qui causa la mort de ses parens : l'image d'Hersilie, la crainte de la voir passer entre les bras d'un rival, tous les transports de l'amour, tous les tourmens de la jalousie, se réunissent pour l'emporter sur sa piété, sur sa raison. Numa gémit de désobéir aux derniers préceptes du pontife ; il conjure, en pleurant, ses mânes de lui pardonner tant de faiblesse ; car, depuis la mort de Tullus, Numa crut toujours que son ombre était le témoin assidu de toutes ses actions, de ses plus secrètes pensées ; et cette crainte salutaire lui valut de nouvelles vertus.

Numa espérait retrouver l'armée sur les frontières des Herniques ; mais il apprit à Trébie que Romulus, avec la moitié de ses troupes, était allé surprendre Préneste, tandis qu'Hersilie, avec l'autre moitié, marchait contre le roi des Herniques. Le refus qu'avait fait ce prince de laisser passer les Romains quand ils allaient attaquer les Marses, avait semblé un outrage à l'implacable Romulus : il avait prescrit à sa fille d'en prendre une affreuse vengeance. La cruelle princesse ne lui avait que trop obéi.

Numa, qui croit voir des dangers dans l'expédition d'Hersilie, brûle d'être auprès de son amante ; il marche le jour et la nuit pour la rejoindre plus tôt. Quelle est sa surprise, quelle est sa douleur, en mettant le pied sur les terres des Herniques ! Hersilie a marqué son passage par la ruine et la désolation. Ses faibles ennemis ont fui devant elle ; Hersilie les a poursuivis le fer et la flamme à la main. Les épis, couchés sur la terre, ont été

broyés par les pieds des chevaux ; les arbres sont
coupés à hauteur d'homme, leurs branches disper-
sées attestent par quelques fruits leur ancienne
fertilité : les villages, réduits en cendres , fument
encore de l'incendie. Le glaive a immolé tous les habitans qu'on a pu atteindre : le cadavre du laboureur est auprès de sa charrue brisée ; la mère dé-
pouillée et meurtrie, tient son enfant mort sur son
sein ; l'époux et l'épouse égorgés sont étendus l'un
auprès de l'autre ; leurs bras sanglans et raidis,
sont restés entrelacés : de longs ruisseaux de sang
vont se perdre dans des monceaux de cendres ; et
des vautours affamés , seuls êtres vivans dans ces
demeures désolées, se disputent à grands cris les
affreux présens d'Hersilie.

O dieux immortels ! s'écrie Numa ; et voilà celle
dont je serais l'époux ! et voilà la pompe de mon
hyménée ! Hersilie ! est-il possible que vous ayez
commis ces horreurs ! Romulus les avait prescri-
tes : mais était-ce à sa fille de s'en charger ! Ah !
quel que soit le respect que l'on doive à son père,
à son monarque, on en doit davantage à soi-même,
à l'humanité ; et quand un roi ordonne le crime,
on meurt plutôt que d'obéir. Et moi qui venais la
défendre ; moi, qui volais pour la secourir, je ne
marche que sur ses victimes ! je foule une terre
humide du sang qu'elle a répandu ! Exécrable droit

de la guerre, voilà donc ce que tu permets! voilà
ce qu'ont produit mes exploits, et les suites de cette
gloire pour laquelle j'ai tout quitté! Oui, j'ai oublié Tullus, j'ai abandonné Tatius, pour devenir
le compagnon des tigres qui ont versé tant de sang;
j'ai égalé leur fureur dans les combats, et je me
suis cru un héros! O Tullus! pardonne-moi cette
affreuse erreur : je la rejette à jamais de mon âme.
Le vrai héros est celui qui défend sa patrie atta-
quée : mais le roi, mais le guerrier qui répand une
seule goutte de sang qu'il aurait pu épargner, n'est
plus qu'une bête féroce, que les hommes louent,
parce qu'ils ne peuvent l'enchaîner.

Numa s'éloigne alors de cette scène de carnage ;
il renonce à suivre les traces d'Hersilie, de peur
d'avoir encore à rougir de son amante. Il revient
sur ses pas, sort du pays des Herniques ; et le cœur
flétri, humilié d'être un guerrier, il prend le chemin de Rome.

Déjà toute l'armée y était rentrée. Au moment
de l'arrivée de Numa, Romulus remerciait les dieux
au Capitole de tout le mal qu'il avait fait aux hommes, et s'efforçait, pour ennoblir ses cruautés, d'y
associer les immortels.

Numa se rend au Capitole, où Tatius, sa fille,
et les Sabins, assistaient au sacrifice. Il monte. Du
plus loin que le bon roi l'aperçoit, il court aussi

vite que son âge le lui permet, et presse dans ses
bras le fils de Pompilius. Le vieillard pleure de
joie de le revoir : il pleure bientôt de tristesse en
apprenant la mort de Tullus. O malheur de la vieillesse ! s'écrie-t-il : on survit donc à tout ce qu'on
aime! Numa, je n'ai plus que ma fille et toi ; je
vais réunir sur vous deux tous les sentimens de
mon âme : j'ai du moins l'heureuse espérance de
finir mes jours avant vous.

En disant ces mots, il prend la main de sa fille,
la joint à celle de Numa, et les serre contre son
cœur. Tatia rougit : elle sent trembler sa main en
touchant celle de Numa; elle baisse les yeux vers
la terre, et n'ose regarder le héros.

Mais le héros cherchait Hersilie : il la découvre
auprès de Romulus. Cette vue rend à son amour
toute sa force, toute sa violence, et détruit en un
moment l'effet des conseils de Tullus. Numa se
hâte de rendre au bon roi ses tendres caresses; et,
se dégageant de ses bras, saluant froidement sa
fille, il se presse de joindre Romulus.

Le roi de Rome l'embrasse : il le présente à son
peuple, et commande le silence.

Romains, s'écrie-t-il, vous m'avez vu triompher;
mais c'était à Numa de triompher à ma place :
c'est à Numa que je dois ma victoire. Je lui donne
pour récompense celle que tant de rois ont vaine-

ment demandée, celle qui dédaigna tant de héros,
ma fille.

A cette parole, les Romains poussent des cris de
joie; les Sabins gardent un morne silence; Tatius
demeure immobile, comme un homme qui vient
de voir tomber la foudre à ses pieds : Tatia pâlit
en se rapprochant de son père. Hersilie la remarque, et fixe sur elle des yeux mécontens. Numa,
couvert de rougeur, promène des regards inquiets
sur Tatia, sur Hersilie, sur les Sabins, sur Tatius.

Romulus, sans être ému, continue : Demain cet
auguste hyménée s'accomplira sur cet autel chargé
des dépouilles de l'Italie; je le consacrerai par des
jeux solennels, qui dureront dix jours.

Au mot de jeux, les Sabins se regardent en
fronçant le sourcil, Tatius lève les yeux au ciel,
Numa baisse les siens vers la terre.

Romains, poursuit Romulus, après avoir acquitté
les dettes de la reconnaissance, je m'occuperai de
nouveau de vos intérêts. Je viens de conquérir le
pays des Auronces, mais cette augmentation de
votre territoire vous doit être peu avantageuse,
tant que vous en serez séparés par les Volsques.
Il est un moyen de la rendre utile, c'est de soumettre les Volsques : dans dix jours je marche
contre eux. Romains, vous êtes nés pour la guerre : vous ne pouvez vous agrandir, vous soutenir

même, que par elle. La paix serait pour vous le
plus grand des fléaux : elle amollirait vos courages,
elle affaiblirait vos bras invincibles. Jugez de l'a-
vantage que vous aurez toujours sur les autres
nations, lorsque, ne quittant jamais les armes,
vous perfectionnant sans cesse dans l'art difficile
des héros, vous attaquerez un ennemi énervé par
une longue paix : quand même, ce qui est impossible, son courage serait égal au vôtre, il ne pourra
vous opposer ni des forces ni une expérience éga-
les. Avant que ces faibles adversaires se soient
aguerris en combattant contre vous, avant qu'ils
aient appris de vous l'art terrible dans lequel vous
serez maîtres, ils seront défaits et soumis. Ainsi,
attaquant tour à tour tous les peuples de l'Italie,
les divisant pour mieux les vaincre, vous alliant
avec les faibles, et les accablant après vous en être
servis, vous parviendrez en peu de temps à la
conquête du monde, promise à Rome par Jupiter.
Toutes les voies sont permises pour accomplir les
volontés des dieux ; et la victoire justifie tous les
moyens qui l'ont procurée. Romains, ne songez
qu'à la guerre ; qu'elle soit votre unique science,
votre seule occupation. Laissez, laissez les autres
peuples cultiver un sol ingrat qu'ils arrosent de
leurs sueurs ; laissez-les s'occuper du soin d'acquérir des trésors par le commerce, par l'industrie,

par toutes ces viles inventions de la faiblesse : vous
moissonnerez le blé qu'ils sèment; vous dissiperez
les richesses qu'ils amassent. Ils sont les enfans de
la terre, c'est à eux de la cultiver; vous êtes les
fils du dieu Mars, votre seul métier c'est de vaincre. Romains, guerre éternelle avec tout ce qui
refusera le joug. L'univers est votre héritage, tous
ceux qui l'occupent sont des usurpateurs de vos
biens : n'interrompez jamais la noble tâche de reprendre ce qui est à vous.

Ainsi parle Romulus : l'armée applaudit, le
peuple murmure. On entend dans l'assemblée un
bruit semblable au bourdonnement des abeilles,
quand elles sortent du fond d'une ruche que l'on
veut dépouiller de son miel.

Tatius se recueille un moment, regarde le peuple avec des yeux attendris; et, debout sur le tribunal où il siégeait vis-à-vis de Romulus, il lève
son sceptre d'or, en demandant qu'on l'écoute.
Son air vénérable, ses cheveux blancs, la bonté,
la douceur, peintes dans ses yeux, impriment un
saint respect. Romulus, inquiet et surpris, jette sur
lui des regards farouches; ses sourcils noirs se
rapprochent, la colère est déjà sur son front : tel,
dans l'assemblée des dieux, le terrible Jupiter re-
garderait Saturne s'opposant à ses décrets.

Roi, mon égal et mon collègue, lui dit le bon

Tatius, il n'est pas un seul Romain qui admire
plus que moi ta valeur, tes talens guerriers et ton
amour pour la gloire. Je jouis de tes triomphes
autant que toi-même, et j'aime à me rappeler que,
dans le long cours de ma vie, je n'ai pas vu de
héros que je puisse te comparer. Mais ce beau titre
de héros ne suffit pas quand on est roi : il en est
un plus doux, plus glorieux, c'est celui de père.
Regarde cette portion de tes sujets revêtus de
cuirasses et armés de lances, ce sont tes enfans
sans doute, et tu les traites comme tels : mais
regarde cette portion, dix fois plus nombreuse,
couverte de misérables lambeaux, parce qu'au lieu
de se vêtir ils ont payé ces cuirasses brillantes ; ce
sont aussi tes enfans, et tu les traites en ennemis ;
tu leur enlèves leur pain, leurs fils, leurs époux ;
tes lauriers sont baignés de leurs larmes, chacune
de tes victoires est achetée de leur substance et de
leur sang. Romulus, il est temps de les laisser
respirer ; il est temps que tu permettes de vivre à
ceux dont les pères sont morts pour toi. Cesse
donc de faire égorger des hommes, cesse surtout
de dire que c'est pour accomplir les décrets des
dieux. Les dieux ne peuvent vouloir que le bonheur des humains : leur premier don fut l'âge
d'or ; et quand l'Olympe assemblé donna la victoire à Minerve, ce fut pour avoir produit l'olivier.

Un seul de ces dieux, Saturne, a régné dans l'Italie : souviens-toi comme il régna ; imite-le , et ne calomnie plus les immortels, en disant qu'ils ordonnent le carnage.

Tu prétends que les Romains ne peuvent subsister que par la guerre. Montre-moi donc une seule nation qui subsiste par cet affreux moyen ; et dis-moi par où ont péri les peuples qui ont disparu de la face du monde. Est-ce par la guerre que la malheureuse Thèbes a conservé sa grandeur ? Elle vainquit cependant les sept rois de l'Argolide , et sa victoire causa sa ruine. Est-ce par la guerre que tes ancêtres les Troyens ont maintenu leur puissance en Asie ? La guerre est la maladie des états : ceux qui en souffrent le plus souvent, finissent par succomber. Roi , mon collègue, je t'en conjure au nom de ce peuple qui a tant prodigué son sang pour toi, laisse à ce sang le temps de revenir dans ses veines épuisées. Personne ne nous attaque ; tes conquêtes sont assez grandes ; occupons-nous de rendre heureux les peuples que ton bras a soumis. Hélas ! malgré ma vigilance, je ne puis suffire à punir toutes les injustices, à soulager tous les infortunés : aide-moi dans ce noble emploi. Parcourons ensemble nos états , déjà si grands par ta vaillance ; et quand nous aurons séché tous les pleurs, enrichi tous les indigens, quand enfin il n'y aura plus de malheureux dans notre empire, alors je te laisserai partir pour en reculer les frontières.

Il dit. Romulus frémissait; tout le peuple poussait des cris, l'armée même était émue. Romulus se prépare à répondre; mais l'on peut juger à son air que ce n'est pas pour accorder la paix. Tout à coup le peuple se presse, arrive en foule près de lui, et ne le laisse pas commencer son discours. Femmes, vieillards, enfans, tous sont à genoux, tous lui tendent les bras en criant : La paix! la paix! Fils des dieux, donne-nous la paix! Nous demandons grâce; prends nos biens si tu veux, mais accorde-nous la paix.

O mes enfans! leur dit Tatius baigné de pleurs et hors de lui-même, vous l'aurez; je vous la promets. Je l'ai demandée à Romulus, au nom de la tendresse et de l'amitié; je l'exige à présent comme son collègue, comme son égal en pouvoir, en dignité. S'il me la refuse, Romains, j'irai, j'irai à votre tête me placer à la porte de Rome : là, nous l'attendrons avec son armée, nous embrasserons la terre, et nous verrons si ces barbares oseront fouler aux pieds leur roi, leurs mères et leurs enfans.

A ces mots, toute l'armée jette un cri : Non, jamais! non, jamais! dit-elle. Chaque soldat jette

ses armes, chaque soldat se mêle avec le peuple,
tombe à genoux, embrasse sa mère ou son fils, et
crie avec eux : La paix !

Le terrible Romulus, forcé de céder pour la
première fois de sa vie, dissimule sa fureur, accorde
une trève, d'un air farouche, et se retire précipitamment dans son palais. Il était toujours suivi de
ses gardes, nommés *célères*, qu'il avait créés pour
être sans cesse près de lui.

A peine a-t-il quitté l'assemblée, qu'exhalant
la colère qui surchargeait son cœur, il éclate en
imprécations contre Tatius, et laisse échapper,
dans son transport, ces paroles indiscrètes qui cau-
sèrent tant de malheurs : Jusques à quand ce vieillard importun mettra-t-il des entraves à ma gloire ?
Je n'ai donc pas un ami qui puisse m'en délivrer !
Ces mots affreux ne furent que trop entendus par
les *célères*.

Hersilie avait suivi Romulus : Numa n'avait pas
osé suivre Hersilie. Appuyé contre une colonne,
les yeux baissés, pensif, comparant en lui-même
les vertus de Tatius avec les fureurs de celui qui
allait devenir son père, il demeurait enseveli dans
une profonde rêverie. Tatius s'approche de lui :
Gendre de Romulus, dit-il en lui tendant la main,
veux-tu me faire aussi la guerre ?

Ces paroles font couler les pleurs de Numa ; il

tombe aux genoux du bon roi : O mon père ! s'é-
crie-t-il, je n'ose vous envisager ; pardonnez...

Je te pardonne tout, interrompit le viéillard, si
tu me promets de m'aimer toujours. Tu as disposé
de toi sans me le dire ; tu as contracté une alliance
peu agréable à nos Sabins : je doute que le vénérable Tullus te l'ait conseillée ; mais enfin, si elle
te rend heureux, nous devons tous l'approuver.
Numa, je voulais être ton père ; c'est Romulus
qui jouira de ce bonheur : je ne puis te cacher que
je le lui envie. Ah ! s'il n'en remplit pas bien les
tendres fonctions, si son cœur ne sent pas assez le
prix d'un nom qui m'eût été si doux, Numa, mon
sein paternel te sera toujours ouvert ; et Tatius te
devra de la reconnaissance si tu le choisis pour ton
consolateur.

En disant ces mots, il s'éloigne, et laisse Numa
interdit, plein de trouble, de remords et d'amour.

Numa, dans cette agitation, espère trouver du
calme auprès d'Hersilie : il court au palais de Romulus ; il voit les apprêts de son hyménée. Cette
vue le transporte de joie : mais cette joie n'est pas
pure ; un sentiment de crainte la corrompt. Il
parle à celle qu'il aime ; il entend de sa bouche
l'aveu qu'il en est aimé ; et le ravissement que cet
aveu lui cause ne peut chasser de son cœur un secret effroi qui le glace. Il contemple Hersilie : il

trouve dans ses yeux l'amour ; mais il ne peut y trouver la paix. Numa se tourmente, s'agite ; il se répète cent fois que le lendemain est le jour de son bonheur : une voix s'élève au fond de son âme, et lui crie que le bonheur est loin de lui. Cette voix lui fait des reproches. Numa s'assure en vain qu'ils ne sont pas mérités ; son cœur désavoue toujours les raisons que son esprit lui donne.

Enfin, accablé de soucis, glacé de crainte, consumé d'amour, il porte ses pas vers le bois d'Égérie, où il trouva pour la première fois celle dont il va devenir l'époux. Il veut revoir ces lieux chers à son âme : il se rappelle le songe mystérieux qu'il a fait ; il espère qu'en portant ses vœux au temple de Minerve, cette déesse lui rendra ce calme dont il sent qu'il a tant besoin.

Il marche ; le jour était sur son déclin. A peine à l'entrée du bois, Numa entend des cris plaintifs : il croit reconnaître cette voix mourante, et, le glaive à la main, il vole à ces douloureux accens... Quel spectacle frappe sa vue ! Tatius mourant sous les poignards de quatre assassins. Numa jette un cri, et immole deux de ces scélérats ; les autres épouvantés, prennent la fuite. Mais Tatius est frappé ; son sang coule en abondance : le malheureux vieillard n'a plus qu'un instant à vivre. Numa l'embrasse en poussant des cris : il visite

ses blessures, déchire ses habits, étanche le sang,
soutient le bon roi, le soulève, et veut le porter
jusqu'à Rome.

Arrête! arrête! mon fils, lui dit Tatius : tes
soins me sont inutiles; je sens que je vais expirer.
Je remercie les dieux de rendre mon dernier soupir dans tes bras. Numa, je meurs des coups de
Romulus. J'ai reconnu les meurtriers : ils sont du
nombre des *célères*, et, en me frappant, ils m'ont
dit que c'étaient là les prémices de la paix que j'a-
vais procurée aux Romains. Ton amour pour Hersilie, ton alliance avec mon assassin, te défendent de
venger ma mort : mais j'attends de toi une grâce
plus chère. Il me reste une fille, Numa ; cette infortunée n'a plus de parens, n'a plus d'appui que
toi seul. La noblesse de sa race, ses droits au trône
des Sabins, la rendront criminelle aux yeux de
Romulus : si tu ne la défends, elle périt. Jure-moi
donc, ô mon cher fils! de veiller sur les jours de
ma fille, d'être son protecteur, son soutien , de lui
tenir lieu de frère. Hélas! j'avais espéré qu'elle
t'appellerait d'un autre nom : dès le premier instant où je te vis, j'avais formé le projet de te donner Tatia, de te placer sur mon trône, de vieillir
entre vous deux sans autre dignité que celle de
votre père. Douce illusion trop tôt détruite, et qui
rendrait mon sort tranquille si elle m'abusait en-

core ! Ah ! du moins, ne refuse pas ma prière ; prends pitié d'un vieillard mourant, qui fut ton parent, ton ami, l'ami de Tullus et de ton père. Numa, j'embrasse tes genoux : sois le défenseur de ma fille ; promets-moi de sauver ses jours, de veiller...

Je vous jure, interrompt Numa fondant en larmes, et je prends les mânes de ma mère et celles de Tullus pour garans de mon serment ; je vous jure d'exécuter votre volonté première, de devenir l'époux de Tatia, de vivre, de mourir pour elle, de partager tous ses périls, et de détester à jamais la famille de votre meurtrier.

J'en étais sûr ! lui répond Tatius avec un transport de joie. Embrasse-moi, vertueux jeune homme : je compte sur ta foi ; je meurs content.

Il dit, serre Numa, et expire. Numa s'évanouit sur son corps.

FIN DU LIVRE SIXIÈME.

LIVRE SEPTIÈME.

Numa rapporte à Rome le corps de Tatius. Désespoir de Tatia. Numa veut accomplir le serment qu'il a fait à son roi. Romulus le lui défend. Hersilie vient trouver Numa : ses larmes, ses menaces, ne l'ébranlent point. Funérailles du bon roi. Mort de Tatia. Révolte des Sabins. Précaution barbare de Romulus. Numa se dévoue pour son peuple. Il est banni de Rome. Il rencontre Léo.

La nuit avait déjà répandu ses voiles sombres lorsque Numa reprit ses sens. L'aspect du cadavre sanglant de Tatius le glace d'une nouvelle horreur, et lui rappelle le serment qu'il a fait. Sans se repentir, sans se plaindre, il ne songe qu'à ce qu'il doit au bon roi. Craignant que son corps ne soit enlevé s'il l'abandonne un seul instant, il le charge sur ses épaules, et regagne la ville à pas lents. Arrivé aux premières gardes, il appelle des soldats sabins, leur remet son fardeau, leur ordonne de le porter avec respect jusqu'au palais de Tatia ; et, d'un pas rapide, il les précède, pour préparer cette malheureuse princesse à l'affreuse nouvelle qu'elle doit apprendre.

Hélas! la tendre Tatia, inquiète de l'absence de
son père, semblait prévoir son malheur. Seule, à
la lueur d'une lampe, filant un vêtement de pourpre pour le plus chéri des rois, cent fois elle inter-
rompait son ouvrage, pour compter, en soupirant,
les heures écoulées depuis qu'elle n'avait vu Tatius. Mille funestes présages venaient l'effrayer;
une terreur secrète glaçait son âme; sa main laissait échapper ses fuseaux; ses yeux, tristes et
mornes, s'attachaient à la terre.

Tout à coup Numa paraît devant elle. La douleur peinte sur son front, ses pleurs, ses vêtemens
souillés de sang, tout redouble l'effroi de Tatia.
Elle se lève tremblante; elle n'ose l'interroger. Fille
de Tatius, lui dit le héros d'une voix entrecoupée,
c'est aujourd'hui que vous avez besoin de cette
force d'âme, de cette patience inaltérable dont
votre cœur a pris l'habitude. Je viens le frapper du
plus rude coup; mais songez que, pour soutenir
les maux de cette triste vie, les immortels nous
ont donné la vertu et l'amitié.

Comme il achevait ces paroles, les Sabins arrivent, portant le corps de leur roi. Tatia jette un
cri, se précipite sur son père, et tombe privée de
tout sentiment. On s'empresse; on la rappelle à la
vie. Elle ouvre des yeux égarés; elle les porte sur
Tatius, regarde ses larges blessures, et ne répand

pas une larme : sa langue, attachée à son palais, ne prononce pas une plainte ; un poids terrible oppresse sa poitrine : fixe, immobile, elle ne peut ni pleurer ni respirer.

Numa, effrayé de cette douleur muette, fait éloigner le corps de Tatius. Alors Tatia jette des cris perçans, et verse un torrent de larmes : c'était l'espoir de Numa. Sûr que ces larmes la soulagent, il laisse la princesse entre les mains des femmes, et va donner des ordres pour que le corps du roi, après avoir été lavé dans des liqueurs parfumées, soit déposé sur un lit de pourpre ; il place lui-même des gardes autour du palais de Tatius. Après s'être acquitté de ces tristes devoirs, il se dispose au plus pénible de tous, à celui d'aller annoncer à Romulus qu'il ne peut plus être son gendre.

Oh ! combien de sentimens l'agitent tandis qu'il marche vers le palais du roi ! Il va perdre pour jamais celle qu'il adore, celle que personne ne peut lui ravir que lui-même : il va renoncer volontairement à elle, le lui dire, passer à ses yeux pour un perfide, supporter toute la douleur du sacrifice et toute la honte de paraître inconstant. Cette idée affreuse fait chanceler sa vertu : mais sa vertu reprend l'empire. L'ombre de Tullus, l'ombre de Tatius, marchent à ses côtés : elles le soutiennent,

elles lui crient que ce sacrifice douloureux est nécessaire ; qu'il ne trouverait que l'opprobre dans
une alliance avec le meurtrier de son roi, avec
l'ennemi de sa famille, dans un hymen fondé sur
un parjure, et commencé sous de si affreux aus-
pices.

Enfin il pénètre dans le palais de Romulus : il
trouve ce monarque à table, environné de ses
courtisans. Les noirs soucis étaient sur son front ;
l'inquiétude, le chagrin, étaient peints sur son
visage : juste et première punition du crime. Romulus était déjà instruit de l'assassinat de Tatius ;
il craignait d'être soupçonnné. Tourmenté par
cette crainte bien plus que par le remords, il gardait un sombre silence, que ses courtisans imi-
taient. Hersilie, debout près du roi, cherchait à
dissiper son chagrin par les accords de sa lyre, et
chantait la victoire du père des dieux sur les Titans.

Numa se présente devant Romulus, et ne peut
s'empêcher de frémir : l'aspect de l'assassin de Tatius lui cause une horreur dont il n'est pas maître.
Cependant il fait un effort, baisse les yeux, comme
s'il eût été le coupable ; et, se souvenant du respect dont les crimes même des rois ne peuvent
affranchir un sujet, il adresse ces mots au monarque :

Romulus, des scélérats ont fait périr ton collègue. Mes yeux ont vu Tatius tomber sous quatre assassins. J'ai immolé deux de ces barbares ; mais les autres m'ont échappé, et resteront peut-être impunis jusqu'à ce que les dieux en prennent vengeance. Tu connais les liens du sang qui m'attachaient au roi des Sabins ; tu ne connais peut-être pas assez le tendre respect que j'avais pour ses vertus. Ces deux sentimens m'imposent des devoirs grands et pénibles ; j'espère les remplir tous. Roi de Rome, j'adore Hersilie ; la vie ne m'est rien sans elle : mais j'ai promis, j'ai juré à Tatius expirant de devenir l'époux de sa fille ; j'accomplirai mon serment. Je viens te rendre ta parole ; je viens renoncer au seul bien qui m'est cher, et te demander ton consentement pour que je sois à jamais malheureux.

Ainsi parle Numa ; et ses yeux restent attachés à la terre. Romulus, étonné, demeure un moment sans répondre ; Hersilie, interdite, laisse échapper sa lyre de ses mains ; les courtisans, immobiles, attendent, pour se réjouir ou s'affliger, que Romulus ait manifesté ses sentimens.

Enfin le terrible roi se lève en jetant sur Numa un regard plein de fureur : Jeune homme, lui dit-il, j'étais instruit de la mort de mon collègue ; mes ordres sont déjà donnés pour arrêter et punir les coupables. Quel que fût ton amour pour Tatius,

tu peux t'en rapporter à un roi du soin de venger
l'assassinat d'un roi. Mais si je sais punir le crime,
je ne sais pas moins réprimer les ambitieux. Numa,
je te défends d'épouser la fille du roi des Sabins ;
ses droits au trône de son père pourraient m'être
un jour redoutables : je lui destine un autre époux
que toi. Quant à l'affront de refuser ma fille, il
pourrait offenser tout autre que le fils de Mars ;
mais je veux bien considérer ton âge, l'immense
distance qui nous sépare, et me souvenir surtout
que tu fus utile à mon armée.

Après avoir prononcé ces mots avec un accent
qu'il s'efforçait de rendre tranquille, Romulus
sort sans attendre la réponse de Numa. Ce malheureux amant veut parler à Hersilie ; mais la fière
amazone le regarde d'un œil dédaigneux, passe
auprès de lui sans répondre, et va rejoindre son
père, suivie de tous les guerriers.

Cette fierté, ce mépris d'Hersilie, percèrent le
cœur de Numa, mais lui rendirent plus facile un
sacrifice si douloureux. Indigné contre Romulus,
en courroux contre sa fille, résolu d'exposer ses
jours pour rester fidèle à son roi, Numa, plus
ferme et plus tranquille, retourne précipitamment
au palais de Tatia.

Fille du meilleur des monarques, lui dit-il en
l'abordant, pardonnez si, au milieu de votre deuil

et de vos larmes, je viens vous parler d'hyménée. Votre père, en mourant, vous a confiée à ma foi. Sa grande âme a été consolée par le serment que je lui ai fait de devenir votre époux; et Romulus me le défend! Romulus n'en a pas le droit. Nés Sabins, vous et moi, nous dépendions du roi des Sabins : lui obéir pendant sa vie était notre premier devoir; lui obéir après sa mort est un devoir bien plus sacré. Je ne veux point vous cacher que j'adorais Hersilie; mais, depuis la mort de Tatius, l'exil, le supplice, avec vous, me paraissent préférables au trône avec la fille de son assassin. Si ce sentiment vous suffit, préparez-vous à braver avec moi les menaces de Romulus; préparez-vous à voir la flamme du bûcher de votre père vous servir de flambeau d'hymen.

Il dit. Tatia l'écoute avec une tendre admiration. Tatia, qui depuis si long-temps nourrissait pour le héros une passion secrète et malheureuse, lui répond, en rougissant, qu'il est le maître de son sort. Numa lui engage sa foi; et, devenu plus sûr de lui par les menaces de Romulus que par tous les efforts qu'il avait faits sur lui-même, il ne s'occupe plus que des funérailles du bon roi.

L'aurore se montre à peine, que Numa se dispose à partir avec un corps de Sabins pour aller couper sur les hautes montagnes les arbres qui ser-

viront au bûcher : sa douleur est soulagée par ces
soins pieux, qu'il ne confie à personne. Mais, au
moment de son départ, Hersilie se présente à lui,
Hersilie lui demande un entretien secret.

Ce n'est plus cette fière amozone dont les regards tranquillement dédaigneux confondaient le
téméraire qui osait fixer sa beauté; ce n'est plus
cette héroïne de qui le bras invincible a fait mordre la poussière à tant d'ennemis : c'est une amante
au désespoir, dont les joues sont sillonnées par les
larmes qu'elle a répandues, dont les yeux, fatigués
de pleurer, brillent encore à travers le nuage qui
les couvre; ses cheveux, ses vêtemens sont en désordre, et l'empreinte de douleur qui a terni ses
attraits leur donne cependant encore une grâce
plus touchante.

Numa, dit-elle au héros, tu vois où me réduit
l'amour : Hersilie vient te chercher dans ton palais; Hersilie suppliante vient peut-être essuyer
un refus. Ah ! si tu connais ma fierté, tu dois juger combien tu m'es cher, tu dois apprendre.....
Mais tu ne le sais que trop, ingrat, je veux m'é-
pargner l'humiliation de te le dire peut-être en
vain; je veux, sans m'occuper de moi-même, ne
te parler que de toi seul.

Je te connais, Numa; je suis sûre que la défense
de mon père te fera presser ton hymen avec la

fille de Tatius : mais tu ne connais pas mon père,
si tu penses qu'il te le pardonne. Sois certain qu'à
l'instant même où tu oseras braver ses ordres, ta
tête tombera sous la hache des licteurs. Cette
crainte ne t'arrêtera pas, sans doute : mais tu ne
périras pas seul ; le sang de Tatia doit couler avec
le tien. Et crois-tu que ce Tatius, dont la mémoire
t'est si chère, ne te demanderait pas à genoux de
sauver les jours de sa fille ? Lorsqu'il te fit promettre de devenir son époux, il crut lui donner
un protecteur, il crut l'arracher à tous les périls :
mais cet hyménée est pour Tatia un arrêt de mort,
si ta fidélité cause sa perte, tu manques le premier
aux intentions de son père, tu commets un crime
envers Tatia même.

Je ne te parle pas de moi ; de moi, ingrat, qui
croyais être aimée ; de moi, pour qui tu prodiguas
ton sang. Hélas ! moins heureuse, je n'ai rien fait
pour Numa ; mais il a tant de droits à ma reconnaissance, que je regarde ses propres bienfaits
comme des gages éternels qui doivent l'attacher à
moi. Oui, Numa, c'est pour Hersilie que tu devins un héros ; c'est à elle que tu donnas ce bouclier céleste qui l'a rendue invincible ; c'est elle
dont tu sauvas les jours en te jetant au-devant du
trait de Léo ; je te dois ma gloire ; je te dois la vie :
et tu voudrais m'abandonner, après m'avoir im-

posé le devoir, l'obligation de t'adorer! Pourquoi
donc sauvais-tu mes jours? pourquoi devenais-tu
pour moi seule le plus grand, le plus aimable des
héros? Réponds-moi : dis; t'ai-je déplu? as-tu
quelque reproche à me faire? ne t'ai-je pas marqué
assez d'amour? Ah! pardonne à la fille de Romulus, à celle qui n'avait jamais baissé les yeux vers
les rois qui l'ont adorée; pardonne-lui d'avoir
voulu cacher les premiers feux dont elle ait brûlé.
Va, j'en ai souffert plus que toi; la violence que
je faisais à mon cœur me punissait assez de mon
orgueil. Cet orgueil, tu vois ce qu'il est devenu :
regarde-moi, je suis à tes pieds, je pleure à tes
genoux. Numa, baisse les yeux, reconnais Hersilie;
et ose te plaindre de sa fierté.

Numa, respirant à peine, craignait de regarder
Hersilie : il ne se sentait que trop affaibli par le
seul son de sa voix. Numa voyait à ses pieds celle
qu'il aimait plus que sa vie; il l'entendait lui répéter qu'elle n'adorait que lui seul. Pendant qu'elle
parlait, les résolutions du héros s'évanouissaient
peu à peu, comme les neiges qui couvrent une
montagne se fondent et disparaissent à mesure que
le soleil en éclaire le sommet. Numa, le sage Numa,
commençait à goûter les raisons d'Hersilie; son
cœur, brûlant d'amour, attendri, pénétré des dernières paroles de la princesse, allait peut-être cé-

der, quand le vieux Métius, le général des Sabins,
vint interrompre ce dangereux entretien.

Fils de Pompilius, dit-il d'une voix triste et
sévère, nos Sabins en deuil vous demandent : ce
peuple, qui a perdu son père, veut voir l'héritier
de ses vertus. Venez, prince, venez soulager leur
juste douleur, en leur promettant de les aimer
comme Tatius les aimait, en leur jurant de soutenir et de défendre la digne fille du meilleur des
rois.

Aussitôt on entend aux portes du palais les cris,
les gémissemens de tout le peuple. A travers les
accens de douleur, le nom de Numa se distingue :
Qu'il vienne, ce vertueux Numa ! s'écriaient-ils ;
qu'il paraisse, notre héros, notre ami, le seul qui
reste de nos princes, l'unique espoir d'un peuple
désolé ! Venez, Numa, venez nous instruire des
dernières volontés de notre bon roi : vous nous
verrez mourir pour les suivre.

Ces paroles, ces cris, la présence de Métius
fondant en larmes, le sang de Tatius, dont la tunique de Numa est encore teinte, et qui semble
demander vengeance, tout rend à lui-même le
héros, au moment où le héros allait s'oublier. Hersilie ! s'écrie-t-il, Hersilie ! je vous adore : vous
m'êtes cent fois plus chère que la vie ; mais mon
devoir m'est plus cher que vous. Les dieux qui

ont les yeux sur moi, ce peuple à qui je dois
l'exemple, mon cœur que je ne puis tromper,
tout m'impose la loi terrible d'accomplir le serment que j'ai fait. J'en ai pris à témoins les mânes
de ma mère; quelque douloureux qu'il soit, le
sacrifice se consommera. Je sens que j'en mour-
rai; mais...

Non, barbare! non, tu n'en mourras pas, interrompit Hersilie avec l'accent de la fureur; je
détournerai sur un autre la colère de mon père;
je lui marquerai la victime qu'il doit frapper : toi,
tu vivras; tu vivras pour souffrir une plus longue
punition de ton crime pour me donner le temps
et les moyens d'assouvir ma juste vengeance. Perfide, tu n'oses rompre un serment que t'arracha
Tatius! Comptes-tu pour rien ceux que tu m'as
faits? Te les avais-je demandés, ingrat, qui, sous
l'apparence de la vertu, caches l'ambitieux projet
de te faire roi des Sabins, et d'arracher un trône
à mon père? Tremble du sort qui te menace;
tremble des maux que tu te prépares. Ne te flatte
pas de leur échapper : le seul nom de Romulus
t'environnera partout d'ennemis. Errant, persécuté, banni, tu traineras ton infortune et ta fausse
vertu chez tous les peuples de l'Italie, qui te re-
jetteront de leur sein. En proie aux remords dé-
vorans pour avoir causé la mort de ton épouse,

pour avoir abandonné ton amante, tu pleureras à
tous les instans le crime de ton inconstance. Tu
regretteras, Hersilie, tu tendras vers elle des mains
suppliantes : Hersilie n'en sera que plus animée à
te persécuter. Tant qu'il me restera un souffle de
vie, je te poursuivrai la flamme à la main; et si
ton abandon me donne la mort, mon ombre ira
se joindre aux cruelles furies, pour ajouter à
l'horreur de ton supplice.

En disant ces mots, elle quitte Numa, qui,
honteux de ses emportemens, n'ose lever les yeux
sur Métius, et va consoler les Sabins. Mais cependant, alarmé des menaces d'Hersilie, et craignant
encore un crime de la part de Romulus, il ordonne
au vieux général de veiller avec des gardes sur le
palais de Tatia. Bientôt il part, suivi d'un corps
de troupes, pour aller dépouiller les montagnes de
leurs pins consacrés à Cybèle, des frênes qui, fa-
çonnés en javelots, s'abreuvent du sang des mortels, et des peupliers élevés, et des mélèses odori-
férans. Tout retentit des coups redoublés de la
hache : les tristes cyprès roulent dans les vallées;
les aunes chéris de Neptune, les hêtres aimés
des bergers, descendent avec fracas. On les dépouille de leurs verts branchages; leurs troncs
noueux sont roulés sur les bords du Tibre,
où déjà, non loin de la ville, s'élève le bûcher

qui doit réduire en cendres le corps de Tatius.

Le lendemain on voit arriver ce corps, revêtu de la pourpre royale, et porté par les principaux des Sabins. Mille jeunes guerriers le précèdent. Ils s'avancent les armes renversées, la tête basse, marchant d'un pas lent au son lugubre d'une trompette aiguë. L'inconsolable Tatia, enveloppée de voiles funèbres, couronnée de cyprès, jette sur le cercueil des fleurs trempées de ses larmes. Numa, vêtu de deuil comme elle, soutient ses pas chancelans, la console en pleurant lui-même, et veille sur son désespoir. Tout le peuple sabin, qui se presse autour d'eux, fait retentir la campagne de cris et de lamentations.

Métius surtout, le vieux Métius, depuis soixante ans l'ami, le compagnon de son roi, Métius se frappe la poitrine, arrache ses cheveux blancs, en se laissant tomber sur la terre : O mon maître ! s'écrie-t-il, ô le meilleur des monarques ! la cruelle Parque ne m'a donc épargné que pour te voir descendre au tombeau, pour perdre à la fois mon ami, mon père, mon roi ! O Tatius, Tatius ! toi que j'ai vu, dans ma jeunesse, affronter tant de fois la mort ; toi que j'ai vu, entouré d'ennemis, trouver toujours la gloire, et jamais le trépas ; c'est au milieu de ton peuple, c'est au milieu de tes enfans, que des parricides t'ont frappé ! Ce cœur,

sans cesse ouvert aux malheureux, a été percé par
des ingrats : et les dieux ne t'ont pas secouru ! les
dieux ont laissé périr celui qui était sur la terre
l'image de leur bienfaisance ! O Tatius ! Tatius !
je suis encore le moins à plaindre de tous ceux qui
te pleurent ici ; j'ai l'espoir de te survivre le moins
long-temps.

Tels étaient les regrets de Métius : tout le peuple, qui s'arrêtait pour les entendre, lui répondait
par des sanglots et par de longs gémissemens.

Enfin on dépose le corps sur le bûcher ; on immole les victimes. Numa répand sur la terre deux
vases remplis de vin, deux de lait, deux de sang :
libations agréables aux mânes. Ensuite il appelle
à grands cris l'âme de Tatius ; et, détournant son
visage, il baisse les flambeaux pour mettre le feu
au bûcher. La flamme pétille aussitôt, en s'élevant
à travers les mélèses. Le peuple redouble ses cris,
les soldats élèvent leurs boucliers : mais Numa
commande le silence ; et regardant avec un respect
religieux le visage pâle de Tatius, qui n'était pas
encore atteint par les flammes :

O le plus juste des rois ! s'écrie-t-il, je t'ai promis, à ton dernier moment, de devenir l'époux de
ta fille ; je t'ai juré de vivre pour l'aimer, pour la
défendre : je viens accomplir mon serment. Ce
bûcher sera notre autel : c'est sur cet autel sacré,

en présence de tes mânes, devant ce peuple qui
te pleure, à la lueur de ces torches funéraires,
sous les yeux des divinités redoutables au parjure, que j'engage ma foi à Tatia. Oui, Sabins,
que les dieux vengeurs, que vous-mêmes, que
tous les amis de Tatius me punissent, si, pendant
tout le cours de ma vie, je ne suis pas occupé de
rendre heureuse la digne épouse que Tatius m'a
donnée! Puisse retomber sur ma tête le sang du
meilleur des rois, si je ne cherche pas à m'acquitter, envers son auguste fille, de tout ce que je
dois à son père!

En prononçant ces mots, il joint sa main à celle
de Tatia, et veut les étendre toutes deux vers le
bûcher. Mais Tatia ne peut se soutenir; elle chancelle, ses membres se roidissent; une sueur froide
découle de son front; sa langue épaissie ne peut
prononcer une seule parole; ses lèvres, devenues
violettes, éprouvent d'affreuses convulsions : Tatia
tombe sur la poussière, se débat, se roule en faisant de vains efforts; et, malgré les secours de
Numa et des Sabins, elle expire en poussant des
cris affreux.

Tout le peuple est ému de ce spectacle. Les mar-
ques du poison sont certaines : déjà le bruit s'en
répand, déjà l'on entend un murmure confus,
semblable au vent des tempêtes lorsqu'il commence

d'agiter la mer. Les soldats, les citoyens, se regardent; l'indignation est sur leurs visages; la colère enflamme leurs cœurs; les noms de Romulus et d'Hersilie sont prononcés avec imprécation. Bientôt un cri général se fait entendre; tous les Sabins se pressent autour de Numa : Vengez-nous! s'écrient-ils; vengez Tatius et sa fille! ils sont morts des coups de Romulus : conduisez-nous contre ce roi barbare; la nature, la religion, vous l'ordonnent. Marchons tout à l'heure vers Rome; détruisons cette ville impie, toujours si funeste aux Sabins.

Numa, le vertueux Numa, entouré, pressé par ce peuple au désespoir, excité par le spectacle de la mort affreuse de Tatia, emporté par cette juste horreur que donne le crime à une âme pure, Numa oublie que c'est aux dieux seuls à punir les rois; et, dans un premier transport dont il n'est pas maître, il marche vers Rome à la tête des Sabins furieux.

Mais le prudent Romulus avait prévu cet orage. Instruit que, malgré sa défense, Numa remplirait ses sermens; excité par la cruelle Hersilie, voulant venger à la fois sa fille et son autorité méprisées, le roi de Rome avait fait mêler un poison trop sûr dans le peu de nourriture qu'avait pris la fille de Tatius. Ainsi les crimes naissent des crimes;

ainsi toujours un premier forfait conduit à un forfait plus grand.

Romulus, qui craignait une sédition, ne voulut
pas se trouver aux funérailles, pour mettre Rome
en sûreté. Déjà les portes sont fermées, les murs
bordés de soldats. Le barbare Romulus imagine un
rempart plus sûr encore pour arrêter les révoltés :
il fait saisir dans leurs maisons les femmes, les enfans, les vieillards sabins, qui n'ont pu suivre le
corps de leur roi ; il les place sur les murailles, et
couvre de leurs corps ses soldats.

Les Sabins arrivent, guidés par la fureur, criant
vengeance, brandissant leurs javelots. Mais ils
s'arrêtent, saisis d'effroi, en reconnaissant ces
vieillards, ces mères, ces enfans, qu'il faut percer
de leurs traits avant d'atteindre aux soldats du roi
de Rome. Un silence profond succède tout à coup
à leurs cris ; ils se regardent, ils demeurent immobiles, la bouche ouverte, le bras tendu : les armes
tombent de leurs mains.

Ce seul moment rend à lui-même le sage Numa.
Il voit l'étendue des maux que son entreprise va
causer, il frémit du danger où il a laissé courir ce
bon peuple ; et se précipitant dans tous les rangs :
Amis, s'écrie-t-il, plus de vengeance ; elle coûterait trop cher à vos cœurs. Sauvez vos pères et vos
enfans : ce devoir est plus sacré que celui de venger

vos rois. Quoi! vous deviendriez parricides par
amour pour Tatius! Quoi! ces vieillards, ces
tendres mères, seraient les victimes que vous lui
enverriez dans les enfers! Ah! vous qui l'avez
connu, jugez si son ombre en serait consolée. Sabins, Sabins, partout ailleurs la gloire serait de
vaincre; ici elle est d'être vaincus. Métius, prends
un rameau d'olivier, et va trouver le roi de Rome :
dis-lui que tu viens lui répondre de la soumission
des Sabins; dis-lui qu'ils sont prêts à livrer des
otages, à le reconnaître pour seul souverain, pourvu
qu'il jure de leur pardonner. S'il exigeait une
victime, elle est prête : ce sera moi. Seul, je me
charge du crime de tous; seul, je m'excepte de
l'amnistie. Va, cours, ne perds pas un moment,
signe la paix; promets ma tête s'il le faut : il est
doux de périr pour le salut de son peuple.

Ainsi parle Numa. Métius veut lui répondre;
mais le héros refuse de l'entendre : il le pousse vers
les murs de Rome. Métius marche, se fait ouvrir
les portes. Bientôt il vient annoncer la paix et le
pardon, pourvu que Numa sorte à l'instant même
des états de Romulus.

A ces paroles, les Sabins, jetant des cris, veulent reprendre les armes. Mais Numa les apaise,
les conjure, leur ordonne de se soumettre, leur
représente les maux affreux dont lui seul serait la

cause : il les menace de s'immoler à leurs yeux
s'ils n'acceptent pas cette paix ; et s'éloignant aussitôt avec Métius qu'il embrasse : Mon digne ami,
lui dit-il, sèche tes pleurs : cet exil, qui sauve ma
nation, est nécessaire à mon repos. Aurais-je pu
revoir Romulus ? aurais-je pu soutenir la présence
de cette cruelle Hersilie, dont la fureur est sans
doute complice du dernier crime dont nous fré-
missons ? Ah ! Métius, mon cœur est guéri d'une
fatale passion qui empoisonnait ma vie : mais combien de temps ma blessure doit-elle saigner encore !
Ami, le plus grand des malheurs, le plus sensible
des maux, c'est d'être forcé de rougir du sentiment
qui nous fut le plus cher. Pardonne-moi les pleurs
que je répands, ce sont les derniers que je donne
à l'amour, tous les autres seront au repentir. Je te
charge, mon cher Métius, de recueillir les cendres
de notre roi et de sa malheureuse fille : elles doivent reposer ensemble sur la tombe de ma mère,
à côté de celle de Tullus. Promets-moi de les porter toi-même, et de ne confier à personne ce soin
que Numa t'envie. Adieu, mon respectable ami :
que les immortels prolongent ta vieillesse ! Songe
que tu restes seul à nos Sabins : leur bon roi n'est
plus, Tatia vient d'expirer, Numa va vivre loin
d'eux ; Métius doit les consoler de leurs pertes. Je
te les recommande, mon respectable ami ; j'espère

te remercier un jour du bien que tu leur auras fait.

Il dit : C'est vainement que Métius veut suivre ses pas et s'attacher à sa fortune. Songe à ce peuple, lui dit le héros, à ce peuple que toujours l'on oublie. En disant ces paroles, il s'éloigne d'un pas rapide, et prend le chemin du pays des Marses.

C'était ce même chemin où, peu de mois auparavant, avait passé le brillant Numa revêtu d'armes éclatantes, à la tête des Sabins, ivre d'amour, brûlant d'être un héros, et ne doutant pas que la gloire ne le conduisît au bonheur. Il avait trouvé cette gloire ; il repasse dans les mêmes lieux, sans suite, banni, accablé de douleur, fuyant le roi qu'il a servi, rougissant de celle qu'il a tant aimée, et forcé d'aller demander un asile au peuple qu'il a vaincu.

Il marche, il sort bientôt des états de Romulus ; et il lui semble qu'il est soulagé d'un poids terrible. Arrivé aux environs de Vitellie, il entre dans un vallon où coulait un ruisseau limpide, bordé de saules et de peupliers : Numa suit le cours du ruisseau ; bientôt, au pied d'une colline, il découvre une grotte profonde.

Attiré par le bruit de la source qui formait le tranquille ruisseau, Numa pénètre dans la grotte. Quelle est sa surprise d'y trouver un jeune guerrier couvert d'une peau de lion, endormi sur sa massue! Numa l'envisage et le reconnaît : c'est le brave Léo ; c'est celui qu'il allait chercher au pays des Marses, celui dont il a éprouvé le courage, dont il doit éprouver l'amitié.

Léo, reveillé, regarde Numa, et se précipite sur son sein. Les deux héros se serrent avec tendresse. O mon ami! se disent-ils ensemble, j'allais te chercher. Tu venais à Rome? interrompt Numa. Oui, lui répond Léo avec l'air de la franchise et de la joie : je suis banni, je n'ai plus d'asile, j'allais en demander un à mon vainqueur.

Ah! ne parlons plus de vaincre! s'écrie Numa, parlons d'aimer. La fortune semble vouloir resserrer les nœuds de notre amitié, en nous faisant subir les mêmes épreuves. Je suis banni comme toi; j'allais aussi te demander un asile. Te souviens-tu de ce que j'ai fait pour le barbare Romulus ; moi seul, je l'ai sauvé, lui et son armée : pour prix de mes services, il a fait assassiner mon parent et mon roi; la fille de Tatius a été empoisonnée; et, si j'osais rentrer dans Rome, il faudrait l'inonder de sang, ou présenter ma tête aux licteurs. Ami, voilà la justice des rois, voilà comme ils savent payer les services.

Numa, lui répond Léo, j'ai servi des républicains; tu m'as vu faire la guerre pour eux; peut-être n'as-tu pas oublié l'incendie du camp des Romains et la prise de la ville d'Auxence : les Marses ne se sont souvenus que de la journée des monts Trébaniens. Quand la paix a été signée, et l'armée de retour dans nos foyers, le fier sénat, qui m'avait donné le commandement, m'a fait comparaître pour rendre compte de ma conduite. Ils ont déposé le vieux Sophanor avec ignominie ; ils m'ont chassé de leur pays pour m'être laissé tromper par les manœuvres de Romulus, pour avoir engagé l'armée dans le piége que tu m'avais tendu. Ami, telle est la justice des républiques ; ou plutôt telle est la justice des hommes : ils sont tous des ingrats ; tous sont indignes d'être aimés. Mais il n'en faut pas moins les servir, pour plaire aux dieux et pour satisfaire son propre cœur.

Nous avons rempli cette tâche, lui dit Numa ; nous avons versé notre sang pour la patrie. Elle nous rejette : elle nous rend le droit de vivre pour nous. Viens, Léo, viens avec moi dans un désert de l'Apennin ; nous le défricherons de nos mains, nous cultiverons la terre, bien plus reconnaissante que les hommes ; nous vivrons loin d'eux ; et l'amitié nous donnera les seuls plaisirs dignes d'une grande âme.

Un feu divin brillait dans ses yeux en prononçant ces paroles. Léo se jette à son cou en versant

des pleurs de joie : Oui, lui dit-il, je te suivrai ;
je ne te quitterai plus ; je te voue mon cœur et ma
vie. L'amour a trop long-temps rempli mes jours
d'amertume ; il est temps de vivre pour l'amitié.

O ciel ! s'écrie Numa, tu parles de l'amour ! en
connais-tu donc les tourmens ? n'est-il aucun mortel dont ce dieu terrible n'ait troublé les jours ?
Écoute le récit des maux qu'il m'a causés, et daigne
me confier à ton tour les malheurs d'un ami sans
lequel je sens bien que je ne pourrai plus vivre.

Le brave Léo prête alors une oreille attentive ; et
Numa lui raconte son histoire depuis sa naissance
jusqu'à ce jour.

Ce récit, auquel président la candeur, la modestie, charme le sensible Léo, et l'attache encore davantage au digne ami que son cœur a choisi. Il
pleure la mort de Tullus, celle du bon roi des Sabins ; et, détestant le féroce Romulus, il félicite
Numa d'avoir pu surmonter sa passion pour la
coupable Hersilie.

Ami, lui dit-il, le sacrifice a été douloureux ; il
a fallu choisir entre l'amour et la vertu : tu as préféré la vertu ; te voilà banni de Rome, errant, fugi-
tif, sans asile, traînant encore le trait qui a dé-
chiré ton cœur. Mais j'ose le demander à toi-même : si, oubliant ton serment ; si, foulant aux
pieds la cendre de Tatius, tu étais devenu l'époux

d'Hersilie, penses-tu que tu aurais joui du bonheur? Non : le remords habiterait ton âme ; et le gendre de Romulus, l'héritier de sa puissance, le possesseur d'une maîtresse adorée, serait plus à plaindre, plus tourmenté que Numa vertueux et banni. Numa, Numa, je l'ai éprouvé moi-même ; car le ciel, qui nous créa tous deux pour nous aimer, semble avoir mis entre nos malheurs le rapport qui est entre nos âmes. J'ai tout sacrifié pour mon devoir : j'ai perdu de grands biens sans doute ; mais tous ces biens réunis ne valent pas la paix, la tranquillité que je porte sans cesse avec moi. Mon cœur est pur comme cette source d'eau vive ; voilà le premier moyen d'être heureux : le second, c'est d'avoir un ami ; de ce jour je l'ai trouvé. Écoute le récit de mes aventures : puissent-elles t'inspirer le tendre intérêt que j'ai ressenti en t'écoutant !

A ces mots, Numa embrasse de nouveau son ami, et le héros marse commence ainsi son histoire.

FIN DU LIVRE SEPTIÈME.

LIVRE HUITIÈME.

Léo raconte à Numa l'histoire de ses premières années, sa tendresse pour sa mère Myrtale, ses amours avec Camille, le sacrifice qu'il fit de sa passion, et ce que lui apprit Myrtale au lit de la mort. Numa veut suivre Léo dans son ancienne cabane. Ils s'égarent dans les Apennins. Numa rencontre un vieillard et sa fille. Il les voit adorer le feu.

Je suis né au pays des Marses, dans les montagnes de l'Apennin. Ma mère, pauvre et infirme, n'avait pour tout bien qu'un troupeau, une chaumière et un jardin. Elle s'appelait Myrtale ; elle avait perdu son époux peu de mois après ma naissance ; elle m'aimait comme une mère seule sait aimer.

Dès mes plus tendres années, couvert d'une peau de loup que Myrtale avait ajustée à ma taille, armé d'un petit javelot que je savais déjà lancer, j'allais garder le troupeau de ma mère, toujours suivi de deux chiens terribles prêts à défendre les brebis et le berger. Je ne craignais point les bêtes farouches ; je désirais au contraire d'exercer contre elles mon jeune courage. Je gravissais les rochers les plus escarpés, je traversais à la nage

les torrens les plus rapides, pour aller surprendre
de jeunes chamois, pour aller enlever du haut d'un
pin de tendres ramiers dans leur nid. C'était pour
ma mère : cette idée me rendait tout facile ; et
quand je pensais que cette nourriture délicate
pourrait prolonger ses jours, ou raffermir sa santé,
j'étais plus heureux d'avoir conquis des pigeons,
qu'un roi ne l'est d'avoir gagné des provinces.

Le soir, je ramenais les brebis à notre chaumière ; le cœur palpitant de joie, je montrais de
loin les colombes ou le faon que je portais en triomphe. Ma mère me faisait de tendres reproches, me
menaçait, en m'embrassant, de ne plus me laisser
sortir, refusait quelquefois mes dons, ou ne les
acceptait qu'après m'avoir fait promettre cent fois
de ne plus exposer ma vie.

Mon cher enfant, me dit-elle, que ne puis-je te
suivre dans la montagne ! je ne craindrais pas un
péril que je partagerais avec toi. Mais faible, languissante, enchaînée par la douleur dans cette cabane, que je trouve si grande aussitôt que tu n'y
es plus, mon cœur et ma pensée volent après toi.
Juge de mes terreurs : tantôt je te vois suspendu
à la cime aiguë d'un pin ; et l'arbre entier me
semble trop faible pour pouvoir te soutenir : tantôt je te vois franchir un torrent ; ton pied retombe
sur une pierre polie, tu tends les bras, et l'onde

écumante t'engloutit. O mon cher fils! contente-
toi de garder notre troupeau ; le lait de nos brebis,
les légumes de notre jardin, suffisent pour notre
nourriture. Ne prive pas les biches et les tourte-
relles de leurs enfans chéris, de peur que les sangliers et les ours ne me privent à mon tour de mon
fils. Ah ! promets-moi du moins de ne jamais entrer dans les cavernes où ces bêtes cruelles cachent
leurs petits. Jure-le-moi, mon cher Léo ; si ce n'est
pour toi, que ce soit pour ta mère. Songe que je
ne vis que par mon fils ; songe que le jour où tu
passeras d'une heure l'instant de ton retour accoutumé, tu trouveras ta mère expirante d'inquiétude
et de douleur.

C'était ainsi que me parlait Myrtale. Je la ras-
surais en la caressant, je lui promettais d'éviter
les dangers qu'elle redoutait. Alors elle me pressait
contre son cœur, me demandait le récit de tout ce
que j'avais fait dans ma journée, me racontait à
son tour, en apprêtant notre repas, des histoires
de sa jeunesse. La soirée était bientôt écoulée dans
cette douce conversation. Ma tendre mère, avant
de se livrer au sommeil, me préparait ma provi-
sion du lendemain, me répétait de nouveau d'être
prudent, m'embrassait mille fois, caressait mes
deux chiens fidèles, comme pour leur recomman-
der de veiller sur son fils, et de le défendre.

La vie agreste que je menais développa bientôt
mes forces. A l'âge où l'on est encore enfant, j'é-
tais déjà grand et robuste : à quinze ans, je ne
craignais plus ni les ours ni les sangliers ; mon
javelot s'était teint de leur sang, et je l'avais caché à Myrtale. Mes chiens, qui avaient défendu
mon enfance, étaient devenus vieux et sans force ;
je les défendais à mon tour. Tranquille, heureux
en gardant mon troupeau, je jouais de la flûte, ou
je poursuivais les hôtes des bois. Je ne désirais
rien, je n'aimais rien que ma mère. Mon seul
chagrin était de voir les années affaiblir chaque
jour davantage sa santé frêle et chancelante.

Un jour que j'étais assis sur le sommet d'un
rocher, d'où s'élançait une cascade qui tombait
cent pieds sous moi avec un bruit épouvantable,
j'aperçois tout à coup un cerf blessé d'une flèche,
qui fuit en perdant son sang, et vient se jeter dans
le torrent formé par la cascade bruyante. Bientôt
paraît une jeune amazone, couverte d'une peau de
lion, le carquois sur l'épaule, l'arc à la main, pressant les flancs d'un léger coursier qui vole après
le cerf blessé. Diane seule est aussi belle. De longs
cheveux noirs flottaient sur ses épaules : le courage
et l'ardeur brillaient dans ses yeux, et la douceur
de ses traits n'en était pas altérée. Tandis que, saisi
d'admiration, je la regarde en respirant à peine,

je vois son fougueux coursier se précipiter dans le torrent, dont la rapidité l'emporte. Vainement elle s'efforce de le ramener à l'autre bord, les flots écumans s'y opposent. Bientôt son coursier s'échappe sous elle, et roule avec le torrent; elle-même est emportée, et disparaît à mes yeux.

J'étais déjà au milieu des ondes. Je nage long-temps sans trouver celle que je voulais sauver; enfin ma main saisit ses longs cheveux, je la ramène au rivage, privée de tout sentiment. Désespérant de lui voir reprendre ses sens, je la porte à notre chaumière, où les soins de ma mère lui font enfin ouvrir les yeux. Hélas! ces yeux si beaux, si doux, allumèrent dans mon sein un feu qui ne devait plus s'éteindre. J'osai contempler cette beauté céleste, que sa pâleur rendait encore plus touchante, et je ressentis une agitation, un trouble, qui m'étaient inconnus. Malgré ce trouble, je ne pouvais me rassasier de la regarder, je ne pouvais m'éloigner d'auprès d'elle; et lorsque, retrouvant la parole, sa bouche me remercia, je rougis, je balbutiai : elle me demanda mon nom; ma mère fut obligée de répondre.

Cependant la belle amazone, après quelques heures de repos, se dispose à quitter notre chaumière, sans nous dire qui elle était. Elle offrit de l'or à ma mère : cette offre nous affligea. Elle s'en

aperçut : aussitôt, reprenant son or, elle détache
une chaîne précieuse qu'elle portait à son cou, et
la passe au cou de Myrtale. Ensuite, me regardant
avec une tendre reconnaissance, elle se dépouille
de la peau de lion qu'elle portait sur sa robe de
pourpre, et me la présente, en disant : Le grand
Alcide l'a portée; il en fit don à mon aïeul, en
reconnaissance de l'hospitalité qu'Alcide en avait
reçue. J'en fais le même usage qu'Hercule; je la
donne au sauveur de mes jours : si j'en crois mon
pressentiment, cette peau terrible, qui couvrit
le fils de Jupiter, ne passe pas en des mains indignes.

Après ces paroles, elle embrasse ma mère, me
jette un coup d'œil doux et timide, me défend de
suivre ses pas, et s'éloigne précipitamment.

Ma mère et moi nous nous regardions. L'état
où nous l'avions vue pouvait seul nous faire penser
que cette inconnue n'était pas une divinité. Immobile d'admiration et de surprise, je considérais
cette peau de lion, encore trempée de l'eau du
torrent : l'idée qu'un demi-dieu s'en était servi la
rendait moins précieuse à mes yeux que de l'avoir
vue sur les épaules de l'amazone. Ses traits, ses
gestes, tous ses mouvemens, étaient gravés dans
mon esprit; ses paroles retentissaient à mon oreille :
pour la première fois de ma vie, distrait et rêveur

en écoutant ma mère, je lui cachai le sentiment qui remplissait déjà mon cœur.

Le lendemain, au point du jour, j'étais avec mon troupeau sur le rocher de la cascade : j'avais revêtu la superbe peau de lion ; dès qu'elle avait touché mon cœur, j'avais senti couler dans moi-même une force nouvelle, un courage indomptable, et surtout un feu dévorant. Son ardeur sembla s'augmenter dès que je fus dans le même lieu où j'avais vu la belle amazone. Je descends au bord du torrent ; je cherche l'endroit où je l'avais sauvée ; je me plais à m'asseoir sur le même gazon où je l'avais posée évanouie. Je soupire, je m'agite, je regarde autour de moi ; et ces montagnes, cette cascade, ce beau spectacle qui me ravissait autrefois, n'arrêtent seulement pas mes yeux. Je trouve ces rochers déserts, cette solitude me paraît horrible ; mon troupeau ne m'intéresse plus ; ma flûte me devient importune, j'oublie mon javelot : cependant je ne puis quitter ces lieux devenus chers à ma tristesse.

De retour chez ma mère, je n'éprouve plus cette douce paix que je trouvais toujours près d'elle. Les heures que je passe dans sa chaumière me paraissent longues ; je réponds à peine à ses questions ; je prends mille détours pour la faire parler de l'inconnue ; je n'ose en parler moi-même. Cette

chaîne que Myrtale porte à son cou attire sans
cesse mes regards : j'embrasse plus souvent ma
mère, pour pouvoir baiser cette chaîne.

Déjà trois jours s'étaient écoulés : chaque matin, au lever de l'aurore, je revenais à la cascade;
là j'attendais le coucher du soleil, les yeux fixés
vers l'endroit de la montagne par où l'amazone
avait paru la première fois. Enfin, le quatrième
jour, je la revois. Elle était armée de même; elle
montait un coursier à la tresse dorée : la rougeur
couvrit son front en m'apercevant sur le rocher.

Je suis bientôt auprès d'elle. Elle s'élance de son
coursier, l'attache à un arbre, s'assied sur un roc;
et m'invitant à m'asseoir : Brave berger, me dit-
elle, j'étais presque certaine de vous trouver ici;
c'est pour vous que j'y viens. Vous avez sauvé mes
jours, je veux rendre les vôtres heureux : tel est le
motif qui m'amène. Parlez-moi donc avec franchise : Que vous faut-il pour jouir du bonheur?
que manque-t-il à votre mère? Songez que ma
reconnaissance est extrême, et que mon pouvoir
égale presque ma reconnaissance.

Je lui répondis, en baissant les yeux : O vous
que je ne sais comment nommer, vous qui m'ins-
pirez ce respect que je n'ai ressenti que pour les
dieux, vous avez daigné vous souvenir d'un berger! vous avez daigné revenir le voir! Ah! cette

bonté est plus grande que le service que je vous ai
rendu ; dès ce moment, c'est moi qui vous dois de
la reconnaissance. Vous me demandez ce qui me
manque pour être heureux : avant de vous avoir
vue, il ne me manquait rien. Nous sommes riches,
ma mère et moi : nous avons une chaumière qui
nous garantit des injures de l'air, un jardin qui
nous nourrit, un troupeau qui nous habille : encore vais-je souvent dans les villages voisins vendre
le superflu de notre laine, et je rapporte à ma
mère des pièces d'argent, bien inutiles pour nous,
mais que nous donnons avec joie aux vieillards
pauvres, qui de temps en temps viennent nous
demander l'hospitalité. Vous n'avez donc qu'un
seul moyen de rendre mes jours plus heureux :
c'est celui que vous prenez aujourd'hui ; car voici
le plus beau jour de ma vie.

L'amazone souriait en m'écoutant : Eh bien !
me répondit-elle, puisque ma présence seule vous
manque, je viendrai vous voir quelquefois ; la reconnaissance m'y oblige. Mais je ne vous dirai pas
qui je suis : contentez-vous de savoir que je m'appelle Camille ; et, quel que soit le mystère de ma
naissance, croyez qu'il est doux pour Camille de
devoir la vie à Léo.

Après avoir dit ces derniers mots avec une voix
attendrie, elle se lève, détache son coursier,

s'élance sur son dos, me regarde, et disparaît.

Je demeure ivre de joie. L'intérêt touchant qu'elle m'avait marqué, le coup d'œil qu'elle avait jeté sur moi à son départ, sa promesse de revenir, tout transportait et enflammait mon cœur. Je répétais le nom de Camille ; je me préparais à l'apprendre à tous les échos des montagnes ; je voulais le graver sur l'écorce de tous les arbres. Camille seule remplissait mon âme ; je ne voyais plus que Camille dans toute la nature.

Dès ce moment, plus de tristesse, plus d'ennui : ces déserts me parurent des lieux enchantés ; ces arbres, ces rochers, cette cascade, tout prit de nouveaux charmes à mes yeux, tout s'embellit de mon amour. Il me semblait que la nature avait rassemblé toutes ses beautés dans cette solitude charmante : je craignais qu'elle ne me fût disputée ; j'aurais voulu pouvoir la fermer à tous les humains. Ma chaumière me sembla plus riante ; je rejoignis ma mère avec plus de plaisir que je n'en avais jamais senti ; nos embrassemens furent plus doux, notre entretien plus aimable et plus tendre.

Camille tint parole ; elle revint deux jours après. Oh ! combien furent rapides les instans qu'elle me donna ! Cent fois l'aveu de mon amour fut prêt à m'échapper, toujours il expira sur mes lèvres.

Quand je regardais Camille, j'étais sur le point de parler; dès que Camille me regardait, le respect enchaînait ma langue.

Bientôt Camille vint tous les jours à la cascade. Sans lui avoir dit que je l'aimais, sans avoir entendu de sa bouche l'aveu que j'étais aimé d'elle, nos entretiens étaient ceux de deux amans. Toujours, avant de nous quitter, nous convenions de l'instant de nous revoir, et chacun de nous arrivait avant cet instant. Avec quelle joie nous nous retrouvions! avec quel plaisir nous nous rendions compte de tout ce que nous avions pensé! Camille ne me parlait que de moi; je ne lui parlais que de Camille. Ces douces conversations étaient toujours les mêmes, et nous semblaient toujours différentes.

Camille n'avait qu'un secret pour Léo, c'était celui de sa naissance. Que t'importe mon rang, disait-elle, pourvu que ce tendre cœur n'ait pas un sentiment qui ne soit pour toi?

L'aimable Camille s'occupait encore de polir, de cultiver mon esprit. Elle était instruite, elle m'instruisait : elle me racontait le règne de Janus, l'expédition des Argonautes, les siéges de Thèbes et de Troie; elle m'apprenait des vers d'Hésiode et d'Homère. Je retenais si bien ses leçons! Tout ce qui sortait de sa bouche venait se graver dans

mon âme; je ne pouvais plus oublier ce que Camille avait dit une fois. Quel charme j'éprouvais
en l'écoutant! combien je me sentais enflammer
au récit des exploits d'Achille! et quand Homère
peignait Vénus, je trouvais Camille plus belle.

Ainsi s'écoulait ma vie. Tous les jours étaient à
l'amour, tous les soirs à la tendresse filiale; car
ma passion pour Camille, loin d'affaiblir mes sentimens pour Myrtale, semblait en redoubler la
force. Mon cœur ne se partageait point entre ma
mère et mon amante; chacune d'elles l'avait tout
entier : et c'est sans doute un bienfait des immortels, que l'amour le plus violent, quand il est vertueux, donne encore plus d'activité à toutes les
vertus de notre âme.

Ma félicité ne dura pas long-temps. Un jour se
passa tout entier sans que Camille parût. Le lendemain, demi-mort d'inquiétude, j'attendais en
gemissant qu'elle se montrât à mes yeux. Elle vint,
mais la pâleur couvrait son front : Mon ami, dit-
elle en m'abordant, notre bonheur est fini : nous
allons payer par nos larmes les trop courts instans
qu'il a duré. Jusqu'à présent je t'ai caché qui je
suis : je craignais qu'en apprenant mon rang tu
ne fusses effrayé de m'aimer; et je trouvais doux
d'être aimée sans que tu connusses ma naissance.

Il est temps de t'en instruire : j'ai le malheur d'être fille d'un roi.

A cette parole, une sueur froide découla de tout mon corps, mes genoux tremblans fléchirent, ma langue glacée ne put prononcer un seul mot. Camille me prit par la main, me fit asseoir auprès d'elle, et, après avoir tenté de dissiper l'effroi subit que j'avais ressenti, elle continua dans ces termes :

Mon père est le roi des Vestins. Le trajet est court d'ici à Cingilie, sa capitale; l'amour de la chasse me sert de prétexte pour te voir tous les jours. J'espérais jouir long-temps de ce bonheur : mais je suis l'unique enfant de mon père; son royaume doit être ma dot, et tous les princes de l'Italie ont déjà demandé ma main. Deux rois surtout nous menacent de la guerre, si je ne fais pas bientôt un choix. L'un est le roi des Maruces; ses états touchent aux miens, son peuple fut toujours l'ennemi du nôtre. Mon hymen avec son fils, éteignant à jamais ces guerres, formerait un état puissant. La politique, la raison, l'humanité, parlent en faveur du prince des Maruces, qui, absent depuis sa tendre enfance, parcourt les îles de la Grèce, sans autre suite qu'un sage gouverneur, pour s'instruire et se former dans le grand art de régner. Il est en chemin pour rejoindre son père.

Son rival le plus redoutable est Télémante, roi
des Salentins. Sa puissance, ses richesses, la noblesse de sa race (il descend de Télémaque et d'An-
tiope), tout lui donne l'avantage sur le prince des
Maruces. Mais nous craignons peu les Salentins,
séparés de nous par tant de peuples; et les ambassadeurs de Télémante l'emporteront difficilement
sur le roi des Maruces, qui est venu lui-même à
la cour de mon père me demander pour son fils.

Des deux côtés le malheur est égal pour moi,
puisqu'il faudra renoncer à une liberté que je voulais conserver pour pouvoir t'aimer toujours. Mais
tu sais mieux qu'un autre, Léo, ce qu'un enfant
doit à son père : le mien est vieux, hors d'état de
se défendre; il me presse de faire un choix; il me
conjure par ses cheveux blancs de ne pas lui attirer une guerre qui doit causer son malheur et
celui de tout son peuple. Que dois-je faire? Je te
demande conseil.

Camille, lui répondis-je (car votre rang et
votre naissance ne peuvent m'inspirer plus de
respect que le nom seul de Camille), un cœur qui
sait aimer doit tout immoler à l'amour; mais un
cœur vertueux doit immoler l'amour à son devoir.
Mon courage me dit bien que je défendrais vos
états, qu'armé de cette massue, couvert de la peau
du lion de Némée, je repousserais de vos murs les

Maruces, les Salentins, et tous les peuples de
l'Italie. Mais quand je serais le plus grand des
héros, quand mes exploits égaleraient ceux d'Alcide, pourrais-je prétendre à devenir votre époux?
Non, jamais je ne puis vous posséder, m'écriai-je
en fondant en larmes : vous êtes la fille des rois,
je ne suis qu'un malheureux pasteur. Insensé que
je fus!... O Camille! Camille! combien je vais payer
mon erreur!

Suis-je moins à plaindre que toi? interrompit
Camille; penses-tu que mon triste cœur ne souffre
pas autant que le tien? Mais j'ai encore un rayon
d'espoir; je connais le roi des Maruces : ce sont
mes états et non Camille qu'il désire pour son fils.
Je vais tout lui déclarer : je jurerai dans ses mains
de lui abandonner mon royaume après la mort de
mon père, s'il veut ne pas presser mon choix, s'il
veut nous défendre contre Télémante. L'espoir de
régner sur deux peuples flattera son cœur ambitieux, et je m'estimerai trop heureuse d'acheter
par une couronne le droit si doux d'aimer Léo.

En vain je m'opposai à cette résolution. Camille
me quitta, décidée à tout hasarder. J'attendis,
dans une douloureuse impatience, le retour de ma
chère Camille.

Elle revint après trois jours; la joie brillait sur
son visage, le doux sourire était sur sa bouche.

Nous serons heureux ! s'écria-t-elle, nous serons heureux ! J'ai tout dit au roi des Maruces : je n'ai pas craint de lui déclarer que mon cœur était à toi. Il a été sensible à ma confiance ; l'offre de ma couronne l'a décidé à nous servir. Écoute ce que ce monarque propose. Son fils, qui revenait des îles de la Grèce, seul avec un gouverneur, est mort dans la Crète : comme il voyageait inconnu, tout le monde ignore sa mort. Le gouverneur de ce jeune prince, après en avoir fait instruire en secret le malheureux père, n'a pas osé reparaître devant lui ; il s'est arrêté dans la Dalmatie. Le roi des Maruces pleure son fils ; mais il regrette encore un hymen qui assurait le repos de son peuple, et qui doublait ses états. Sa douleur serait soulagée si son ambition était satisfaite ; mais, pour ne pas voir passer ma couronne sur la tête de Télémante, il ne lui reste qu'un seul moyen : son fils était inconnu dans sa cour, il l'a quittée dès l'enfance ; son fils est cru vivant, et attendu tous les jours : le roi des Maruces t'adopte à sa place.

Qu'il parte, m'a-t-il dit, qu'il aille dans la Dalmatie joindre le gouverneur de mon fils, lui porter mon anneau royal et des tablettes sur lesquelles je tracerai mes ordres. Qu'il revienne ensuite avec lui ; je le recevrai comme mon véritable fils : mes peuples trompés le reconnaîtront ; vous le choisirez

pour époux ; vous serez heureuse, et la paix de
deux nations, votre bonheur, mon repos, seront
le prix d'un mensonge excusable, puisque, sans
nuire à personne, il doit causer tant de bien.

Voilà l'heureuse nouvelle que je t'apporte. Nous
serons unis, Léo ; tu règneras sur deux royaumes :
nous ne nous quitterons plus ; la fortune et l'amour
se réuniront pour embellir nos jours. Quoi ! tu
n'es pas transporté de joie ! tu ne tombes pas à
genoux pour remercier les dieux ! Avec quelle froi-
deur, avec quelle tristesse, tu reçois l'assurance de
notre bonheur ! Quel chagrin peut encore troubler
tà vie ?... A quoi penses-tu ?

A ma mère, lui répondis-je. Il faut vous perdre,
ou faire mourir de douleur celle qui me donna le
jour. J'en appelle à vous-même, à vous que j'ai
vue prête à immoler notre amour au repos de votre
père. Dois-je abandonner Myrtale ? dois-je la pri-
ver du seul appui qui lui reste ? Nous la comblerons
de biens, interrompit Camille. Mais vous lui
ôterez son fils ! m'écriai-je ; mais vous forcerez ce
fils à la renoncer pour sa mère ! Cette seule idée
me fait horreur. Non, Camille, il n'est point de
royaume, il n'est point de bien au monde qui vaille
ce sentiment, premier bienfait de la nature, premier plaisir qu'éprouvent nos cœurs. Je ne puis

consentir à le bannir du mien, à feindre même qu'il en soit banni.

Mais ce ne serait pas le seul crime que je commettrais en prenant le nom du prince des Maruces. Quoi! les peuples m'obéiront par une fraude! je serais roi par un mensonge! Ah! si les rois légitimes ont de si grands devoirs à remplir, s'ils s'ont responsables envers la divinité de tout le bien qu'ils n'ont pas fait, de tout le mal qu'ils ont laissé faire, combien serait plus effrayant le compte que j'aurais à rendre, moi, parvenu au trône sans y être appelé par les dieux! moi, pour ainsi dire, voleur de mon rang, et pour qui chaque hommage du dernier de mes sujets serait un reproche de mensonge!

Non, Camille, non : vous êtes le premier des biens ; le ciel et mon cœur me sont témoins que je donnerais ma vie entière pour vivre un seul jour votre époux. Mais ce bonheur si grand, ce bonheur dont la seule idée enivre ma raison, n'en serait plus un pour moi, si ma conscience n'était pas tranquille. Heureusement pour la vertu, on ne peut goûter aucun plaisir sans la paix qu'elle seule donne. Assis sur le trône avec vous, j'y serais malheureux par mes remords ; j'aime mieux l'être par la fortune. Abandonnez-moi dans ce désert : il est plein de vous, j'y pourrai vivre. Ici, je vous

pleurerai toujours ; mais je ne pleurerai que vous :
ma vertu me sera restée. Adieu, Camille : retournez dans le palais de votre père ; oubliez un infortuné ; et que le plaisir qu'éprouve une grande
âme à remplir son devoir vous rende moins sensible à la pitié qu'un malheureux vous inspire.

En disant ces paroles, je baissais les yeux, et je
m'efforçais de cacher mes pleurs. Camille m'écoutait attentivement, me regardait avec des yeux
fixes, et fut long-temps sans me répondre. Enfin,
saisissant ma main, qu'elle pressait avec force : Je
t'adore, me dit-elle, et ta vertu met le comble à
l'amour extrême, à l'amour éternel que tu m'as
inspiré. Mais je t'approuve, Léo ; et dès ce moment je renonce à toi. Oui, j'y renonce, en te répétant, en te jurant que j'emporterai dans le tombeau le sentiment qui nous unit ; que ton image
vivra dans mon cœur tant que ce triste cœur pal-
pitera : et si je succombe à ma douleur, comme je
l'espère, comme je le demande aux dieux, je t'a-
dresserai mon dernier soupir.

En disant ces mots, elle me quitte, s'élance sur
son coursier, prononce adieu d'une voix étouffée,
le répète trois fois en me tendant les bras, se met en
marche, et se retourne pour regarder encore, avec
des yeux noyés de pleurs, ce rocher, cette cascade,
cette place où nous nous étions si souvent assis ;

elle semble aussi leur dire adieu. Enfin, me jetant
encore un dernier coup d'œil de tendresse et de
douleur, elle disparaît... Ami, depuis ce jour fatal, je n'ai jamais revu Camille.

Léo s'arrête en cet endroit : deux ruisseaux de
larmes coulent de ses yeux ; un poids terrible l'oppresse. Numa le serre contre son sein ; les deux
héros restent embrassés sans prononcer une parole.
Enfin Léo fait un effort, dévore ses soupirs, étouffe
ses sanglots, et continue son récit.

Je voulus cacher à ma mère le sacrifice que je
lui avais fait : il n'aurait pu augmenter sa tendresse, il aurait augmenté ses peines. J'employai
tous mes efforts pour lui déguiser ma douleur. Je
passais les jours à pleurer sur ce même rocher,
dans ces mêmes lieux où j'avais vu Camille. Dès
que je regagnais la chaumière, je m'efforçais de
prendre un air serein, je composais mon visage ;
et quand je ne pouvais dérober ma tristesse aux
yeux clairvoyans d'une mère, j'inventais un motif
qui n'affligeât pas trop Myrtale, j'imaginais un
chagrin dont elle pût me consoler.

Ainsi se passèrent deux mois sans recevoir de
nouvelles de Camille, sans que mes maux fussent
moins douloureux que le premier jour. Hélas !
j'eus bientôt d'autres peines : ma mère tomba malade. J'essayai, pour la guérir, tous les simples

de ces montagnes : mais son heure était arrivée. Elle se sentit près de sa fin ; et, m'appelant d'une voix faible, elle me dit ces paroles, qu'il me semble encore entendre : Je t'ai trompé, Léo ; je ne suis point ta mère. Je te demande, au lit de la mort, de me pardonner un mensonge qui fit la douceur de ma vie. Contrainte de quitter ma cabane pour fuir les cruels Péligniens, qui nous faisaient alors la guerre, j'arrivai sur les bords du fleuve Alternus, dans le village d'Avia, que ces barbares venaient de brûler : au milieu des affreux débris de l'incendie et du carnage, parmi des monceaux de corps morts, je t'aperçus dans ton berceau, pâle, couvert de sang, percé d'un poignard qui était resté dans ton sein. Ta beauté m'intéressa ; je mis ma main sur ton cœur, je sentis qu'il battait encore. Je t'emportai dans ton berceau, je te guéris de ta blessure ; je pris soin de tes faibles jours : tu m'appelas ta mère, et je n'eus jamais la force de renoncer à ce doux nom. Il m'abandonnera, me disais-je, s'il apprend qu'il n'est pas mon fils : j'ignore quels sont ses parens ; ils ne pourraient l'aimer davantage : laissons durer une erreur qui, sans le rendre malheureux, me fait seule supporter la vie. Voilà quel fut mon motif. Pardonne-moi ma faiblesse : tu m'aimais si bien, mon cher fils, que tu me rendais toi-

même impossibble un aveu qui m'aurait coûté ta
tendresse.

A ces mots, je la serrai dans mes bras, je la bai-
gnai de mes larmes. Mon cher enfant, me dit-elle,
il faut nous quitter : sèche tes pleurs, ils rendent
cette séparation plus cruelle. Songe, pour te consoler, que toi seul m'as rendue heureuse; songe
que c'est par toi seul que mes jours se sont pro-
longés. Hélas ! que ne puis-je être sûre que les
tiens couleront paisibles ! Tant que j'ai vécu, j'ai
tremblé que ta véritable mère ne vînt m'enlever
mon fils : à présent que je vais mourir, je voudrais
pouvoir te la rendre. Prends cette pierre précieuse,
sur laquelle est gravé un nom en caractères qui
me sont inconnus. Cette pierre était à ton cou le
jour où je sauvai ta vie. Je te l'ai caché jusqu'à ce
moment : puisse-t-elle te faire reconnaître l'heureuse mère qui te porta dans son sein ! Ah ! si tu
la revois jamais, dis-lui combien j'ai envié son
bonheur; dis-lui que ma tendresse m'en rendait
peut-être digne, et pardonnez-moi tous deux de
t'avoir appelé mon fils. Adieu, mon fils, mon cher
fils, permets-le-moi encore, ce doux nom. Appro-
che-toi, viens : que ta main ferme mes yeux, et
qu'avant d'expirer je t'entende encore une fois
m'appeler ta mère.

O ma mère ! m'écriai-je, ma tendre mère ! je

suis toujours votre fils, je le serai toute ma vie :
c'est en vain... Elle n'était déjà plus ; déjà l'impitoyable mort s'était emparée de sa proie.

Je ne te peindrai point ma douleur : nos cœurs
se ressemblent, Numa, et tu n'as pas oublié ce que
tu souffris à la mort de Tullus. Mes mains dressèrent un simple bûcher, où le corps de Myrtale fut
réduit en cendres. Je recueillis ces cendres dans
une urne que je creusai moi-même ; je l'enterrai
dans un tombeau de gazon que j'élevai non loin
de ma cabane, et j'écrivis sur une pierre dont je
couvris le tombeau :

ICI REPOSE MYRTALE.

PASSANT, SI TU AIMAS TA MÈRE,

PENSE A ELLE, ET PLEURE ICI.

Ensuite, fermant ma chaumière, que je laissai
sous la garde des nymphes, et abandonnant mon
troupeau, je sortis de ces montagnes, et je portai
mes pas, malgré moi, vers la capitale des Vestins.

Arrivé dans Cingilie, j'appris que la belle Camille, après avoir résisté long-temps à son père,
s'était enfin déterminée à prendre pour époux, le
roi de Salente, et qu'elle s'était embarquée avec
les ambassadeurs de ce prince. Frappé de cette
nouvelle, comme si je n'avais pas dû m'y attendre,
je regagne précipitamment l'Apennin. Errant çà

et là sans tenir de route fixe, j'arrive à l'armée des
Marses à l'instant où l'on allait élire un général.
La vue de cette armée m'inspira l'amour de la
gloire; je résolus de périr ou de devenir un héros.
Je me présentai pour disputer le commandement :
un hasard heureux me le donna. Tu sais comment
j'ai fait la guerre, et tu vois quel en est le prix.

Léo finit là son récit. Pendant le temps qu'il
avait parlé, Numa était resté immobile, les yeux
attachés sur lui. Tous les sentimens que le héros
marse exprimait passaient dans l'âme du héros
sabin. Lorsque Léo peignait ses premières années,
et les détails de sa tendresse pour sa mère, un doux
sourire embellissait le visage de Numa; lorsque
Léo parlait de Camille et de son amour, Numa
sentait couler ses larmes.

Cependant le soleil allait se cacher dans le sein
de Thétis; les deux amis résolurent de passer la
nuit dans cette grotte. Ils allèrent cueillir quelques
fruits dans le vallon, et revinrent attendre le sommeil. Notre voyage est fini, disait Numa, puisque
nous nous sommes trouvés. Demain nous décide-
rons de quel côté nous tournerons nos pas, J'avais
quelque désir de voyager dans la Grèce, pour
m'instruire des mœurs des différens peuples, et
devenir, par cette étude, plus sage et plus vertueux.

Ami, lui répondit Léo, si les hommes aimaient la vertu, sans doute on gagnerait à les connaître, et je te dirais : Parcourons le monde; nous serons meilleurs à notre retour. Mais que verrons-nous dans la Grèce? que trouverons-nous partout ailleurs? des royaumes composés d'esclaves, et gouvernés par des tyrans; des républiques qui se déchirent, et dont les citoyens, pour prouver qu'ils sont libres, s'égorgent mutuellement; quelques grands hommes persécutés, chassés, bannis, et regrettant moins la patrie que les honneurs qu'ils aimaient plus qu'elle; des philosophes qui se disent sages, et qui troublent sans cesse leur vie par de vains argumens dont eux-mêmes ne sont pas sûrs; partout enfin les peuples opprimés, les vertus négligées, et l'ambition ou la vanité régnant en despotes sur les hommes que l'on admire le plus. Numa, qu'aurons-nous gagné dans nos voyages? Nous en reviendrons peut-être avec des vices de plus. Va, le créateur de l'univers n'a pas voulu que, pour devenir sage, l'homme eût besoin de parcourir le monde, de consommer la plus belle moitié de sa vie en s'efforçant d'acquérir des vertus pour une vieillesse incertaine. Il a donné à chacun de nous, en naissant, un livre et un juge : notre conscience. Vivons en paix avec elle, nous savons tout.

Eh bien ! lui dit Numa, ne quittons point l'Italie ; retournons dans tes montagnes, allons habiter ta chaumière, allons retrouver ton troupeau. Je labourerai tes déserts, je garderai tes brebis, je pleurerai avec toi sur le tombeau de Myrtale, je te parlerai tous les jours de Camille à cette cascade que je connais déjà ; et si la tendresse maternelle t'a fait passer d'heureux jours dans cet asile, la consolante amitié peut y adoucir tes chagrins.

Il dit. Léo l'embrasse : tous deux se mettent en marche. Ils traversent le pays des Èques dans toute sa longueur ; ils passent le rapide Tolonius, s'engagent dans les forêts des Albences, et gagnent enfin l'Apennin.

Les deux héros qui ne vivaient que de leur chasse, s'égarèrent en poursuivant les hôtes des forêts. Ils franchirent les rochers les plus escarpés, s'enfoncèrent dans les lieux les plus sauvages, et découvrirent enfin un vallon riant environné de monts inaccessibles, d'où découlaient plusieurs sources qui allaient arroser le vallon. Des tilleuls, des aunes, des hêtres, nés sur le bord de ces ruisseaux, étaient mêlés avec des oliviers, des ormes couronnés de pampres, et d'autres arbres chargés de fruits. Un épais gazon, parsemé de mille fleurs, formait partout un tapis émaillé. Tout respirait la paix, l'abondance ; l'air était pur, les ruisseaux limpides ; l'on n'entendait d'autre bruit que le murmure des ondes et le chant de mille oiseaux, qui, voltigeant dans les feuillages, semblaient célébrer à l'envi le bonheur dont ils jouissaient.

Les deux amis, charmés à cette vue, se hâtent de descendre dans le vallon. Ils marchent, ils admirent, ils jouissent du plaisir le plus pur que les dieux nous aient accordé, du spectacle de la belle nature : ils suivent le cours du principal ruisseau sans rencontrer de traces d'homme. Ils arrivent à un endroit où le ruisseau se divise en deux. Après s'être promis de se rejoindre dans ce même lieu, ils se séparent pour suivre chacun une des branches du ruisseau.

Léo marche long-temps ; mais il ne trouva que des arbres, des fleurs et des fruits.

Numa, plus heureux, aperçut un troupeau qui paissait sans chiens et sans berger auprès d'un petit bois de lauriers. Il pénètre à pas lents dans ce bois, regarde, examine, et découvre, sous un berceau de jasmin sauvage, une jeune fille vêtue de blanc, assise sur un banc de gazon. Elle semblait profondément occupée d'un livre qu'elle tenait sur ses genoux. Ses cheveux blonds, qui retombaient sur son front et sur ses épaules, étaient soulevés doucement par le zéphyr, et laissaient voir son visage : jamais il n'en fut de plus beau. Mais cette

beauté que la nature lui avait donnée empruntait
son principal éclat de la candeur, de la franchise,
qui se peignaient dans ses traits. Ce visage doux et
serein semblait respirer le calme du bonheur, la
paix de la vertu : il avait quelque chose de céleste
qui éloignait toute idée de volupté, et remplissait
l'âme d'un sentiment plus pur, plus délicieux : il
n'inspirait plus de désirs ; il faisait naître un saint
respect, un penchant plus tendre, plus vif que le
désir même.

Numa la voit, et s'arrête. Il n'est point surpris,
il n'est point troublé ; son cœur ne palpite pas avec
plus de vitesse : il éprouve un plaisir doux qui
n'égare pas sa raison : l'idée de l'amour est loin
de sa pensée. Il ne prend point cette bergère pour
une déesse ; ses sens calmes et ravis ne lui exa-
gèrent rien : en ne voyant que la vérité, il voit
dans cette inconnue la plus belle des mortelles, et
sans doute la plus vertueuse.

Il pénètre doucement à travers les arbustes : il
s'approche d'elle, et veut regarder le livre qu'elle
tenait dans ses mains; mais les caractères lui en sont
inconnus. Numa se retire avec précaution. Toujours caché derrière les feuillages, il voit s'avancer
un vieillard vénérable, appuyé sur un bâton
noueux : des cheveux blancs couvraient son front,
sa longue barbe descendait sur sa poitrine, son

visage sillonné de rides conservait un air de grandeur que les chagrins et la vieillesse n'avaient pas encore effacé. Ma fille, dit-il à la bergère, voilà le coucher du soleil, allons remplir les préceptes de notre divine loi. A ces mots, la bergère se lève, et fait voir à Numa sa taille majestueuse. Ses yeux bleus regardent son père ; elle lui tend la main en souriant : le vieillard, appuyé sur son bras, retourne à pas lents vers une cabane bâtie dans l'intérieur du bois.

Numa, qui n'ose les suivre, examine tous leurs mouvemens. Il les voit laver leurs mains dans une source d'eau pure ; ensuite ils entrent dans la cabane, et le vieillard en sort bientôt avec un autre habit que celui qu'il portait. Sa longue robe a fait place à une courte tunique ; une ceinture de plusieurs couleurs est passée autour de ses reins ; son visage est à demi voilé. Il tient un vase d'airain dans lequel brûle un feu ardent ; il le pose avec respect sur une pierre polie. Sa fille le suit, portant des parfums, des racines, et un léger faisceau de branches sèches. Tous deux, à genoux, jettent ces offrandes dans le feu, l'attisent avec des instrumens d'or, et prononcent des prières dans une langue inconnue.

Bientôt le vieillard se relève ; il emporte le vase avec le même respect. La jeune bergère va rassembler le troupeau dispersé dans la prairie, l'enferme dans un parc fermé par des claies, et retourne auprès de son père, tandis que Numa, plein de surprise et de joie, se presse de rejoindre Léo.

FIN DU HUITIÈME LIVRE.

LIVRE NEUVIÈME.

Numa et Léo sont reçus chez le vieillard. Ils admirent sa fille Anaïs, et quittent à regret cette cabane. Léo revoit son ancienne chaumière. Il retrouve Camille. Transports de ces deux amans. Camille raconte ses aventures. Elle devient l'épouse de Léo. Ils partent avec Numa pour retourner chez le vieillard. Numa sauve Anaïs et son père des mains des brigands. Il est blessé. Histoire de Zoroastre. Léo reconnaît son père.

Numa retrouve bientôt sonami, et lui raconte ce qu'il a vu. Il guide ses pas vers la cabane; ils arrivent, frappent à la porte. La jeune bergère vient ouvrir, et les regarde avec inquiétude. Rassurez-vous, lui dit Léo, nous sommes des hommes de paix : daignez nous donner l'hospitalité; demain, au lever de l'aurore, nous reprendrons notre route, après avoir remercié les dieux de votre bienfait.

A ces mots, la jeune fille marche devant eux pour les annoncer à son père. Il était au fond de la cabane, assis sur un lit de natte, tenant dans ses mains la quenouille et les fuseaux que sa fille venait de quitter. Quelques siéges grossiers, une table mal assurée, des vases de bois pendus par leur anse à côté d'une lyre d'ébène, telles étaient toutes les richesses de cette humble demeure.

A peine le vieillard aperçoit les voyageurs, qu'il se lève, vient au-devant d'eux, et les invite à se reposer. Anaïs, dit-il à sa fille, fais tiédir de l'eau, prépare pour nos hôtes ce que nous avons de meilleur. La modeste Anaïs lui obéit : elle ranime le feu du foyer, va chercher un vase d'airain, le remplit d'eau, et court au verger, tandis que la flamme environne le vase.

Anaïs reparaît bientôt, portant des raisins, des olives, d'autres fruits, un rayon de miel, et des fleurs : elle les entremêle sur la table avec les fruits, va chercher des tasses de hêtre, remplit un vase d'argile d'un vin qui n'est pas vieux; et, versant l'eau tiède dans un grand bassin de bois, elle le présente à son père. Le vieillard, malgré les refus, malgré les instances des voyageurs, leur lave lui-même les pieds; ensuite il s'assied à table avec eux.

L'émotion que ressentaient les deux héros leur laissait à peine la liberté de remercier le vieillard. Numa, toujours les yeux sur Anaïs, admirait sa beauté, ses grâces naïves, sa politesse douce et franche; mais il était surtout frappé de la piété filiale, de l'adorable candeur qui, sans chercher à

paraître, paraissait, malgré la bergère, jusque dans
ses moindres actions. Oh ! combien l'on est heureux
d'être son frère ! disait en lui-même **Numa**. Son
respect pour Anaïs ne lui permettait pas d'autre
vœu.

Léo était plus occupé du vieillard que de sa fille :
il se sentait entraîné vers lui par un charme
secret dont il ne pouvait se rendre compte : ses
cheveux blancs, ce visage vénérable où l'on
voyait à la fois l'empreinte du malheur et de la
vertu, cette gravité noble qui n'avait rien de sévère,
tout inspirait à Léo un sentiment de respect mêlé
de tendresse. Le vieillard, de son côté, fixait sur
lui sa débile vue : il le considérait avec attention,
regardait ensuite Anaïs, et semblait comparer leurs
traits. Au milieu de cet examen, il soupirait; le
fruit qu'il tenait échappait de sa main; ses yeux
se remplissaient de larmes, et le tendre vieillard
se hâtait de les essuyer pour regarder encore le
héros marse.

Anaïs, qui n'était jamais un seul instant sans
veiller sur son père, s'aperçut de l'émotion qu'il
éprouvait : l'attribuant à de tristes souvenirs, elle
prend sa lyre pour le distraire. Ses mains délicates
l'ont bientôt mise d'accord; sa voix douce et touchante se fait entendre : Numa, Léo, le vieillard
lui-même, écoutent dans le ravissement.

La belle Anaïs chante le monde créé par la parole d'Oromaze, le soleil allumé par son souffle pour féconder la terre, fait naître les moissons, les arbres, les plantes, tous les végétaux salutaires; l'homme créé pur, immortel, déchu de cet heureux état, et corrompu par Arimane, auteur de tout le mal qui est dans l'univers; cet ennemi du genre humain, aussi ancien qu'Oromaze, empoisonnant les sources du bonheur, mêlant des maux sans nombre à tous les bienfaits de l'Être suprême, et répandant sur la terre les vices avec les douleurs; enfin le législateur envoyé par le ciel même pour combattre et vaincre Arimane, pour soutenir l'homme abattu, pour le ramener au vrai culte, et faire revivre dans son âme le germe de la vertu, que les crimes avaient étouffé.

En cet endroit, le vieillard jette un coup d'œil sur Anaïs : Anaïs ne prononce pas le nom du législateur.

Numa et Léo se regardent, admirent les merveilles qu'ils ont entendues, reconnaissent quelques dogmes communs avec leur religion. Mais leur âme est surtout émue de la touchante simplicité, de la sublime morale qu'Anaïs a su mêler à son récit : sa voix tendre, son recueillement, son air de respect, en ont encore doublé le charme. Numa se croit transporté dans le palais des dieux mêmes : il lui semble entendre Minerve annoncer des mystères nouveaux.

Cependant les deux voyageurs vont se livrer au sommeil; et le lendemain, dès l'aurore, ils se disposent à partir. Un intérêt, une amitié secrète, leur font regretter cette cabane ; ils voudraient y passer leurs jours : Anaïs et son père le voudraient aussi. Anaïs va dépouiller le verger pour donner des fruits à Numa : le vieillard oblige Léo d'emporter du vin dans une outre. Tous deux instruisent les voyageurs des sentiers les plus faciles ; ils leur recommandent surtout de revenir dans ce vallon : Numa et Léo s'y engagent ; enfin ils se mettent en marche, le cœur oppressé de soupirs.

Les deux héros, sans se parler, retournent souvent la tête vers la cabane qu'ils regrettent. Chacun d'eux, en silence, rappelle à sa mémoire tout ce qu'il a vu, tout ce qu'il a entendu. Cette religion inconnue, dont Anaïs a chanté quelques mystères, cette prière devant le feu, dans un langage sacré, tout confond leurs idées, tout dérange leurs conjectures. Léo s'étonne de l'intérêt secret qu'il éprouve pour un inconnu qui s'emble n'être pas né dans l'Italie ; Numa ressent pour Anaïs une amitié plus tendre que l'amour même.

Enfin Numa rompt le silence, et propose à son ami de retourner sur leurs pas pour se fixer au-

près d'Anaïs. Léo le désire autant que lui ; mais
Léo veut revoir son ancienne chaumière, et pleurer
encore une fois sur le tombeau de Myrtale. Numa
respecte ce désir. L'émotion qu'ils éprouvent tous
deux leur rappelle des souvenirs tristes : Léo parle
de Camille ; Numa compare Hersilie avec la modeste Anaïs. Une tendre mélancolie s'empare d'eux ;
ils pleurent ensemble, et se consolent mutuellement. O charme de l'amitié, qui mêle de la douceur aux chagrins qu'on se communique, et qui
des peines mêmes sait faire naître un plaisir !

Enfin, après trois jours de marche, Léo découvre sa cabane. A cette vue, il s'arrête ; ses forces
l'abandonnent. Bientôt, soutenu par Numa, il s'a-
vance ; et chaque arbre, chaque place, chaque objet qu'il reconnaît, lui rappelle un doux souvenir.
Là, il jouait avec Myrtale ; là, il écoutait ses leçons ; c'est ici qu'il planta des fleurs pour venir
les lui offrir : tout lui retrace une époque de tendresse ou de bonheur. Ses yeux mouillés ne peuvent se lasser de revoir ce qu'ils ont vu tant de
fois. L'air qu'il respire l'oppresse, le sentiment
qu'il éprouve l'accable, son cœur est serré, et cependant sa tristesse a pour lui un charme secret.

Dès qu'il est auprès de la porte, il tombe à genoux, embrasse la terre ; ensuite, élevant ses mains,
il adresse ces paroles aux divinités champêtres :

Je vous salue, nymphes, naïades, qui protégeâtes
mon enfance, et que je revois avec tant de joie;
je vous salue. Daignez vous contenter dans ce moment des vœux tendres que je vous adresse : bientôt vous aurez part aux libations de lait que je
ferai sur le tombeau de ma mère.

Après ces mots, il se relève, et entre dans sa cabane. Quelle est sa surprise en la retrouvant telle
qu'il l'a laissée ! Tout est en ordre, tout est à sa
place : Léo revoit ses anciens javelots, ses instrumens de jardinage, et la première flûte sur laquelle
il chanta Camille. Il la revoit cette flûte, il la baise
avec attendrissement. Mais il quitte tout pour
courir à la tombe de Myrtale, et il la trouve parée
de fleurs nouvelles ; plusieurs autres qui sont flétries attestent qu'une main pieuse les renouvelle
chaque jour. Léo se met à genoux, il arrose de ses
larmes le gazon vert et touffu qui a crû sur son
tombeau ; il bénit la main inconnue qui prend
soin de le décorer. Numa garde le silence, prie
auprès de son ami, et partage tous ses sentimens.

Bientôt Léo, lui tendant la main, prononce le
nom de Camille, en l'entraînant vers ce rocher,
vers cette cascade si chère à son souvenir. Il court,
il arrive : le premier objet qu'il voit, c'est Camille
sur le rocher.

A cette vue, Léo jette un cri, et se précipite vers

Camille. Celle-ci tourne la tête : tous deux, avant
de se joindre, ont perdu l'usage de leurs sens.

Numa les secourt, Numa les rend à la vie. A
peine ont-ils ouvert les yeux, qu'ils se cherchent
et se retrouvent. Est-ce bien vous, disait Léo,
vous que j'ai si long-temps pleurée? Dieux immortels ! si c'est un songe, faites-moi mourir au
réveil !

Camille, la tendre Camille le presse dans ses
bras et le rassure : Oui, c'est moi ; c'est ton amante
fidèle, que rien ne peut plus t'arracher. Je suis
avec toi pour toujours, avec le maître de mon cœur,
avec celui qui m'a sauvé la vie, pour qui seul je
l'ai conservée.

En disant ces mots, elle l'embrasse ; elle lui répète, c'est moi ; lui dit de ne pas pleurer, lui sourit
avec tendresse, et, en souriant, elle pleure elle-
même : son visage, inondé de larmes, peint cependant la joie et le bonheur : semblable à ces
nuages d'or qui font tomber sur les fleurs une
douce pluie, tandis que le soleil, faiblement éclipsé
par eux, les perce de ses rayons, et brille encore à
travers les perles liquides qu'ils répandent.

Après les premiers momens donnés à l'amour,
à la joie, Léo conduit sa chère Camille au même
endroit, à la même place où jadis ils se parlaient
de leurs amours. C'est ici, c'est ici, lui dit-il, que

je veux entendre le récit de ce qui vous est arrivé. Parlez devant cet ami : il est instruit de tous nos secrets, il lit dans mon cœur comme moi-même ; et vous lui donnerez bientôt le vôtre, quand vous connaîtrez ses vertus.

Camille jette alors sur Numa un regard plein de douceur ; elle s'assied entre les deux héros, et satisfait ainsi leur impatience.

Les dieux m'ont été favorables : ils m'ont préservée d'un hymen que je redoutais plus que la mort. J'avais pourtant obéi à mon père ; je l'avais sauvé d'une guerre qu'il n'aurait pu soutenir. Le roi des Maruces s'était retiré dans ses états ; j'étais partie avec les ambassadeurs de Télémante sur un vaisseau salentin que m'avait envoyé ce prince. Je ne te dirai point, mon cher Léo, quelles pensées m'occupaient : nos cœurs s'entendent trop bien pour avoir besoin de s'instruire de tout ce qu'ils ont souffert.

Nous voguions à pleines voiles vers les rivages de Salente, quand, à la hauteur de Métine, des nuages épais rassemblés sur nos têtes nous dérobent le ciel et le jour. Tous les enfans d'Éole déchaînés soulèvent les vagues écumantes ; une nuit affreuse couvre la mer ; les éclairs sillonnent les nues ; la foudre, les vents, les flots, tout nous présente l'image d'une mort inévitable.

Je ne pensais qu'à toi, Léo ; je bénissais les
immortels, je remerciais la tempête, je me félicitais
d'échapper à Télémante, et je n'attendais plus que
l'instant de voir notre vaisseau s'entr'ouvrir. Il
arriva, cet instant : chefs, soldats, matelots, tous
furent engloutis. Moi-même je bus l'onde amère ;
mais je ne perdis ni le courage ni les forces. Je
revins sur les flots ; et, saisissant un débris du na-
vire, j'osai concevoir l'espérance de sauver mes
jours pour toi. Attachée à ce bois flottant, jouet
des vents et des ondes, toujours au milieu des ténèbres, toujours entre les bras de la mort, je me
disais : Rien n'est à craindre ; car je suis sûre de
mourir ou de vivre pour mon cher Léo.

L'amour sans doute veillait sur moi. La mer se
calma peu à peu ; ses flots, en retombant les uns
sur les autres, chassaient toujours vers le rivage le
bois que je ne quittais point. Enfin je découvris
la terre, j'abordai sans efforts ; et, tombant à genoux, je remerciai les dieux, bien moins d'échapper au trépas, que d'échapper à Télémante. Je
regardai autour de moi, je vis de hautes montagnes. Un laboureur m'apprit que j'étais dans
l'Apulie, au pied du fameux mont Gargan. Ce laboureur me conduisit dans sa chaumière : trois
jours de repos me rendirent mes forces. Quelques
pièces d'or que j'avais avec moi me fournirent un

arc, des flèches, et récompensèrent le laboureur.

Seule, sans autre secours que mon arc, je résolus de regagner l'Apennin, de retrouver ta cabane. La route devait être longue, les chemins m'étaient inconnus : mais tu étais le but de mon voyage ; rien ne pouvait m'effrayer. Je me mis en route, sans guide, sans compagnon, marchant la nuit pour arriver plus vite, traversant les fleuves, gravissant les rochers, et ne craignant pas d'éveiller les bêtes farouches. Je cherchais au contraire les forêts les plus sombres, les déserts les plus sauvages, de peur d'être reconnue ou de rencontrer quelque Salentin échappé comme moi du naufrage.

Ma crainte n'était que trop fondée. Sur les frontières des Samnites, dans le pays des Frentaniens, à l'aube du jour, comme j'allais sortir d'une caverne où j'avais passé la nuit, j'entendis plusieurs voix d'hommes ; je distinguai le nom de Camille. Un tremblement me saisit : cachée dans la caverne, je prête une oreille attentive ; je reconnais bientôt plusieurs soldats de mon vaisseau qui parlaient entre eux de ma mort, et qui, se trouvant sans chefs dans un pays éloigné du leur, méditaient des brigandages.

Je ne respirais pas en les écoutant, j'étais comme le faon timide qui, caché parmi des feuillages, voit passer auprès de lui une meute de chiens affamés.

Je laissai partir ces soldats; et me jetant à genoux
en sortant de ma caverne : O Vénus! m'écriai-je,
déesse des cœurs tendres, c'est toi qui me sauvas
des flots : mais de quoi me sert ton bienfait, tant
que je suis loin de celui que j'aime? Oh! la plus
belle des immortelles, souviens-toi des pleurs que
l'amour t'a fait verser! ton cœur doit être touché
d'une douleur qu'il a ressentie. Guide mes pas vers
mon amant, daigne m'éclairer sur le chemin que
je dois suivre! Reine des dieux et des hommes, si
tu exauces mes vœux, je te promets, oui, je te jure
de t'élever un autel à la place même où je reverrai
Léo, et le plus beau de ses béliers te sera offert en
sacrifice.

Comme j'achevais ces mots, deux colombes, traversant les airs, viennent se poser devant moi.
J'accepte cet heureux présage : j'observe les oiseaux
de Vénus, et je les suis avec confiance. Les deux
colombes, sans se quitter, tantôt rasent la terre
d'un vol rapide, tantôt s'arrêtent sur le gazon, en
y cherchant leur nourriture; mais elles ne s'éloignent jamais assez pour que mon œil les perde un
instant. Enfin, après neuf jours de marche, je découvre de loin ta chaumière; je vois les colombes
se poser sur le toit. Là, elles semblent se plaindre,
elles roucoulent tristement; et, prenant aussitôt
leur vol, elles disparaissent à mes yeux.

Juge, Léo, juge de ma joie : je rendais grâces à
Vénus, je rendais grâces aux colombes, je remerciais tous les dieux. Hélas ! j'arrive à ta cabane, et
mes yeux te cherchent, ma voix t'appelle en vain.
Je parcours avec inquiétude les environs de ta
chaumière ; je ne vois partout que la solitude.
Bientôt je découvre un tombeau ; l'inscription
m'apprend que Myrtale y repose. Ah ! mon ami,
je fus près de succomber à ce dernier coup. C'en
est fait ! m'écriai-je en fondant en larmes : il court
sans doute sur mes pas ; il va me chercher dans
Salente, où il apprendra mon naufrage : sa douleur
lui coûtera la vie.

Je le croyais, je me le répétais tous les jours ; et
tous les jours je parcourais la montagne avec l'espoir de te retrouver. S'il vit encore, me disais-je,
il reviendra, j'en suis sûre ; il reviendra au tombeau de sa mère, au premier asile de nos amours.
Qu'il soit devenu roi, qu'il soit esclave, dès qu'il
pourra être libre, c'est ici qu'il tournera ses pas.
Je connais Léo : c'est aux lieux chers à sa piété
que l'on doit sûrement l'attendre.

Dans cette espérance, je m'établis dans ta cabane, je rassemblai ton troupeau, je pris soin de
tout ce qui t'avait appartenu. Ces soins si doux
charmaient mes ennuis : j'aimais tant à n'avoir
de richesses que les tiennes ! j'aimais tant à penser

qu'à ton retour je te rendrais compte de ton bien !
Tous les jours je menais tes brebis au pâturage,
tous les jours je parais de fleurs le tombeau de ta
mère ; j'invoquais son ombre chérie, et lui deman-
dais de te conduire vers moi. Mes vœux sont
exaucés : je te revois, Léo; tout ce que j'ai souffert
n'est rien.

Ainsi parle Camille. Léo la serre dans ses bras,
tandis que le pieux Numa élève un autel de gazon,
et court choisir le bélier que Camille avait voué à
Vénus. Il le porte sur l'autel : tous trois, à genoux,
achèvent le sacrifice. Ensuite ils retournent à la
cabane, et, dès le lendemain de ce beau jour , les
deux amans, couronnés de fleurs, vont au tombeau
de Myrtale. Numa les guide : Numa, qui dès son
enfance apprit les fonctions de sacrificateur, immole
aux mânes deux brebis noires et quatre agneaux
à sa protectrice Cérès. Il l'invoque, et lui demande
de bénir du haut du ciel l'hymen de Camille et de
Léo : il joint leurs mains, et les unit au nom de
Cérès et de Myrtale ; ensuite il consume en leur
honneur les victimes entières , et s'en retourne
avec les deux époux, en chantant l'hymne d'hyménée. O douce et simple cérémonie ! si peu semblable aux bruyans et tristes mariages des princes !
touchante union qui n'a de témoins que les dieux,
de garant que la vertu, de pontife que l'amitié !

Le bonheur des deux époux rappelait à Numa le beau vallon : il ne parlait que d'Anaïs, il ne songeait qu'à cette bergère, et se livrait sans inquiétude à un sentiment qu'il ne croyait pas de l'amour. Ce qu'il sentait pour Anaïs était si différent de ce qu'il avait senti pour Hersilie ; cette première passion l'avait rendu si malheureux, que Numa, tremblant encore au seul nom de l'amour, affectait d'appeler amitié le penchant irrésistible qui l'entraînait vers Anaïs.

Après quelques jours donnés à l'ivresse des nouveaux époux, Numa propose le voyage du beau vallon. Léo sourit ; Numa, qui rougissait, se hâte de lui rappeler qu'il le promit lui-même au vieillard. Le héros marse y consent avec joie ; Camille ne peut le quitter. Tous trois armés se mettent en marche, et charment par leur entretien l'ennui d'une pénible route.

L'impatient Numa précède toujours les époux : plus il approche, plus il se hâte ; et dès qu'il aperçoit la cabane, il précipite ses pas.

Un dieu sans doute le conduisait. A peine arrivé dans le vallon, il entend des cris, il vole ; il aperçoit le vieillard entre les mains de plusieurs brigands qui le traînent sur la poussière, et tiennent le fer levé sur lui. Plus loin, sa fille Anaïs, qu'on enlève malgré ses pleurs, se débat au milieu d'une

autre troupe. Que fera Numa ? Anaïs et son père
sont dans un danger égal : qui sauvera-t-il le premier ? à qui courra-t-il ? Au plus faible. Il s'élance
vers les scélérats qui pressent le plus le vieillard :
il en immole trois, il attaque les autres, il les
pousse avec fureur, il s'écrie pour attirer ceux
qui ravissent Anaïs. Ces brigands viennent à ses
cris ; ils se réunissent tous contre Numa. C'est
alors que Numa respire : le danger ne menace que
lui seul, le danger n'a rien qui l'effraie. Anaïs est
près de son père, Numa les couvre tous deux de
son corps ; seul, il fait tête à tous les brigands :
leur sang ruisselle sous ses coups ; mais le sien rougit sa cuirasse. Cinq ennemis ont mordu la poussière ; mais ceux qui restent vont accabler le héros.
Numa, le brave Numa, chancelle ; il est près de
succomber, quand la massue de Léo tombe comme
le tonnerre au milieu de ces scélérats. Camille, qui
les reconnaît pour les soldats salentins échappés de
son naufrage, Camille perce de ses flèches tous ceux
qu'elle peut atteindre. Le père d'Anaïs lui-même
s'est relevé ; il a saisi l'épée d'un ennemi, et s'en
sert pour défendre ses défenseurs. Bientôt tous les
brigands sont immolés. Anaïs embrasse son père ;
Numa et Léo sont baignés des larmes de la reconnaissance.

Numa est blessé. La fatigue d'un long combat,

le sang qu'il a perdu, le passage subit de la crainte
de perdre Anaïs au plaisir de l'avoir sauvée, tout
a épuisé ce qui lui reste de forces. On l'emporte
dans la cabane, on s'empresse autour de lui. Le
vieillard et Léo visitent ses blessures, posent un
premier appareil. La sensible Anaïs s'approche,
serre doucement la main de Numa : Vous avez
sauvé mes jours, lui dit-elle, et vous avez sauvé
mon père avant moi : c'est vous devoir deux fois la
vie. Ces paroles sont un baume divin pour le héros;
il n'a pas la force d'y répondre; mais ses yeux satisfaits se tournent vers Anaïs, et lui expriment
tendrement tout ce que sa langue ne peut dire.

Les blessures de Numa étaient profondes sans
être dangereuses ; il ne fallait que du temps pour
les guérir. Anaïs et son père, Camille et son époux,
entouraient sans cesse son lit. La tendre amitié qui
avait déjà commencé entre le vieillard et le héros
marse prenait tous les jours de nouvelles forces.
Léo était impatient de connaître celui qui lui était
déjà si cher; Numa brûlait aussi d'apprendre l'histoire du père d'Anaïs. Un jour qu'ils étaient tous
rassemblés près du malade, les deux amis joignirent leurs prières pour obtenir ce récit : le vieillard, après avoir levé les yeux au ciel, le commen-
ça dans ces termes :

Je suis né dans la Bactriane : le sang qui coule

dans mes veines est celui des anciens rois de Perse ;
et mon nom, fameux en Asie, est peut-être venu
jusqu'à vous : je m'appelle Zoroastre.

A ce grand nom, Numa, Léo, Camille, se regardent avec surprise, et reportent sur le vieillard
des yeux remplis de vénération. La tendre Anaïs,
qui lit dans leurs âmes le respect qu'ils ont pour
son père, leur en témoigne sa reconnaissance par
un sourire plein de douceur.

Zoroastre continue : Mon père, détrôné par le
roi d'Assyrie, erra suppliant dans toutes les cours
de l'Asie, et ne me laissa pour héritage que l'ins-
truction du malheur et ses droits au trône de Perse.
Je voulus tenter de les faire valoir : je rassemblai
quelques troupes, je revins dans le royaume qu'a-
vaient possédé mes aïeux. Je trouvai la Perse heureuse sous l'empire du sage Phul, roi de Ninive :
ce grand homme régnait par la justice. Je sentis
que mes sujets ne pouvaient gagner à changer de
maître. Dès ce moment, je renonçai à mes projets ;
je regardai comme un crime de troubler la félicité
de tout un peuple pour de vains droits qui n'inté-
ressaient que moi seul, et je ne pus consentir à
faire égorger des milliers d'hommes pour succéder
à un monarque que je ne pouvais surpasser en
vertu. Je congédiai mes troupes ; je cachai ma naissance avec soin ; je réprimai les mouvemens d'or-

gueil dont l'âme la plus pure n'est pas exempte ; et, me vouant tout entier à l'étude de la nature, j'aimai mieux devenir un sage qu'un roi.

Je parcourus toute l'Asie : je cherchai chez les Brames, chez les Chinois, chez les philosophes du Gange, cette sagesse dont j'étais amoureux : partout je trouvai la superstition plus chère à l'homme que la vérité. La vérité, dont tout le charme est d'être simple, n'éblouit pas comme l'erreur : je désespérai de la rencontrer sur la terre, je désirai de mourir.

Le grand Oromaze, du haut de son trône, baissa ses yeux jusque sur moi : il fit descendre dans mon sein un pur rayon de sa lumière. Je méditai pendant vingt ans dans un désert, et ma raison me prouva qu'il ne pouvait y avoir qu'un seul Dieu, que ce Dieu m'avait donné une âme, qui survivrait sûrement à mon corps pour être punie ou récompensée. Mon cœur me dit que Dieu était bon ; que le mal que je voyais sur la terre ne pouvait être son ouvrage, qu'il avait été produit par un être malfaisant, ennemi de Dieu et des hommes. Je détestai cet être. J'adorai mon créateur ; je l'adorai dans le plus beau de ses ouvrages, dans le soleil, brillant emblème de son pouvoir, de son éclat, surtout de sa bienfaisance. Je vis que ce soleil faisait naître les moissons pour le Scythe, pour le

Perse, pour le Syrien, pour tous les peuples de la
terre, divisés entre eux sur la manière d'adorer
Dieu : je conclus que ce Dieu, souverainement
indulgent, aime tous les hommes, supporte ceux
qui le calomnient, pardonne à la faiblesse, et punit
la persécution.

Certain de ces vérités éternelles, je pensai qu'elles
étaient un bien trop grand pour en jouir seul. Je
me crus obligé de les répandre : je sortis de mon
désert, e dis aux peuples : Aimez Dieu, et aimez-
vous. Adorez le créateur dans le soleil, flambeau
du monde, et dans le feu, âme de tout. Soyez purs
dans vos pensées, dans vos paroles, dans vos actions. Faites du bien à tous les hommes, de quelque religion qu'ils soient ; vivez et mourez fidèles
à vos rois ; payez les impôts sans murmures ; cul-
tivez la terre, car labourer, c'est servir Dieu ; et
quand vous êtes dans le doute si une action est
bonne ou mauvaise, sachez vous en abstenir.

Voilà quelle était ma doctrine : je la répandis
de l'Euphrate à l'Indus. Les peuples m'écoutaient,
et croyaient ; mes disciples augmentaient chaque
jour. Si j'avais voulu les armer, j'aurais pu soumettre l'Asie : mais l'amour de l'humanité l'emportait
dans mon cœur sur l'amour de ma loi ; j'aurais
refusé l'espoir de voir régner cette loi, s'il eût
fallu répandre du sang. Je dispersais moi-même

mes disciples, je les forçais de me quitter ; je leur
disais : Aimez la paix, restez dans vos familles : le
Dieu que j'annonce vous défend de vous exposer
pour moi.

Parmi ces disciples était une jeune fille, qui,
malgré les plus vives instances, ne voulut jamais
s'éloigner de moi. Elle s'appelait Oxane : je sens
mes pleurs couler en prononçant ce nom chéri.
Oxane aimait Zoroastre encore plus que le prophète.
Oxane me suivait partout : si je parlais, elle écoutait dans le ravissement, son âme était dans ses
yeux, son visage peignait le bonheur : si je me tai-
sais, ou que le moindre nuage parût obscurcir
mon front, Oxane était plus triste que moi ; elle
n'osait m'interroger, mais ses regards tendres et
douloureux m'avertissaient de sa peine. Je la con-
jurais tous les jours de ne pas suivre mes pas. O
mon père ! me répondait-elle, je voudrais mourir
pour ta loi ; laisse-moi vivre pour Zoroastre. Plus
je te vois, plus je t'entends, plus je sens que j'aime
ton Dieu. Je crains que tu ne sois persécuté ; cette
idée m'attache à ta fortune. Non, Oxane, ne te
quittera point que tu n'aies trouvé l'épouse qu'O-
romaze t'a destinée. Je veux voir, je veux servir
l'heureuse femme qui doit acquitter par sa tendresse, par ses soins, par le bonheur dont elle te
fera jouir, les bienfaits que te doit la terre.

Tant d'amour, tant de constance, fit naître dans
mon âme un sentiment que j'avais cru devoir igno-
rer : je devins l'époux d'Oxane. Oromaze, du haut
de son trône, bénit nos tendres liens. Oromaze, en
me donnant une femme vertueuse et tendre , me
récompensa de tout ce que j'avais fait pour lui.

O jours de ma félicité , vous n'avez pas duré
long-temps ! Oxane et moi, nous vivions dans la
Perse ; mes disciples , qui avaient pris le nom de
mages , dispersés dans leurs asiles , adoraient le
feu, cultivaient la terre, et pratiquaient la vertu.

Le roi de Ninive Phul, tolérant, comme tous les
grands rois, fermait les yeux sur un culte qui ne
portait ses sujets ni à la révolte ni à la corruption.
Mais le sage Phul , parvenu à une extrême vieillesse, paya le tribut de la nature, et laissa le trône
à Sardanapale son fils.

Ce malheureux prince, roi de trop bonne heure,
entouré, perverti par ses flatteurs, leur abandonna
les rênes de l'empire, oublia les leçons de son père,
son peuple , ses devoirs , pour se plonger dans la
plus affreuse débauche. Les vices qui infectaient
son palais allèrent infecter Ninive , et de là tout
l'empire. Au bout de deux ans de règne, la capitale, les provinces, tout était également corrompu.
Le roi, jouet de ses ministres , esclave de ses eu-
nuques, tyran de son peuple, le roi ne se souvenait

plus qu'il était roi, que pour signer des édits cruels,
pour commander des exactions, pour payer avec
le plus pur sang de ses sujets ses plaisirs infâmes
ou ses vils flatteurs.

Tout se vendait à Ninive : honneurs, charges,
justice, tout était au plus offrant. Des courtisanes
gouvernaient l'empire, ordonnaient en riant la
ruine d'une province, faisaient gloire de dévorer
dans un repas la substance de cent familles. Des
satrapes bas et cruels, ennemis de l'état et du peuple, pleins de mépris pour leur maître comme pour
eux-mêmes, trafiquaient publiquement de leur
crédit, vendaient sans rougir le patrimoine de
l'orphelin, la liberté de l'innocent ; les guerriers
tiraient vanité de leur amour pour la mollesse ; les
magistrats ne rougissaient plus de leurs injustices :
dans tous les ordres de citoyens, la rapine seule
donnait quelque gloire ; et le peuple, épuisé d'impôts, victime des grands, des ministres, des juges,
des esclaves mêmes du roi, le peuple, opprimé,
foulé aux pieds, tendait au ciel des mains suppliantes.

La faiblesse et la cruauté se réunissent presque
toujours. Sardanapale, du sein de ses horribles vo-
luptés, ordonna une persécution contre les mages,
Il venait de faire une guerre honteuse : croyant
ses dieux irrités, il jugea qu'il était plus facile de

venger leur cause par des meurtres, que de les apaiser par des vertus. Il commanda d'exterminer jusqu'au dernier de mes disciples, promit dix talens d'or à celui qui me livrerait vivant, et me condamna d'avance à des tourmens inconnus jusqu'alors.

Aussitôt le fer et le feu désolent les habitations des mages ; leurs maisons sont la proie des flammes ; leur sang inonde leurs asiles. Les barbares soldats de Sardanapale, qui avaient si lâchement combattu ses ennemis, se montrent remplis de zèle pour persécuter leurs concitoyens. Le glaive à la main, ils poursuivent le peu de mages qui échappent ; ils égorgent tous ceux qu'ils atteignent, massacrent la mère et la fille après les avoir outragées, et croient toutes les horreurs permises, parce qu'ils les commettent au nom de leurs dieux.

Je fuyais avec mon épouse. Cent fois je fus sur le point d'aller me présenter au tyran, pour faire cesser la persécution ; mais le cruel Sardanapale avait condamné tous les mages, mon trépas n'eût sauvé personne : d'ailleurs Oxane portait dans son sein un gage de notre chaste amour ; le nom de père me faisait aimer la vie. Consolé par mon épouse, soutenu par son courage, errans de désert en désert, sans ami, sans secours, manquant souvent de nourriture, nous parcourûmes la Perse, la

Sogdiane, la Bactriane, toujours au moment de tomber dans les mains de nos persécuteurs, toujours rejetés ou trahis par ceux à qui nous demandions asile. Mais, au milieu de nos périls, malgré les maux qui nous accablaient, l'idée de souffrir pour la vérité adoucissait toutes nos peines. A chaque douleur nouvelle, nous voyions une récompense future; l'espérance nous donnait des forces, et l'amour, des consolations.

Nous pénétrâmes enfin dans les déserts de l'Arabie; nous entrâmes dans une caverne profonde, au milieu de laquelle était un tombeau. La pierre en était renversée; l'intérieur du cerceuil était vide. Une lame d'or frappa mes regards : Je la saisis. A la faible lueur qui pénétrait dans la caverne, je lus sur cette lame ces paroles, écrites en caractères sacrés : Zoroastre, dépose ici le livre de la sainte loi, le Zend-Avesta, que tu écrivis sous l'inspiration d'Oromaze. Le jour n'est pas arrivé où ce livre, émané de Dieu, doit être connu des mortels : ta religion sera long-temps encore l'objet de la haine des peuples. Mais un second législateur, qui portera le même nom que toi, doit naître dans la plénitude des temps : il sera conduit à cette caverne, il trouvera ton livre sacré; et, le montrant à l'Asie, il le placera sur le trône, où il sera la règle des nations. Pour toi, tes travaux sont finis : prends

ton chemin vers la Phénicie ; affronte la mer ora-
geuse, va chercher dans l'Occident une tranquille
patrie, où ton nom plus inconnu ne t'entoure pas
de persécuteurs. Ainsi le veut Oromaze : obéis, et
ne murmure pas.

Je lus deux fois ces paroles : je ne doutai point
qu'un ange ne les eût tracées. Je remis avec respect la lame d'or dans le cercueil ; j'y déposai le
livre sacré qui renfermait la divine loi ; je recou-
vris le tombeau avec la pierre renversée ; et,
prosterné contre la terre, je m'humiliai devant
Oromaze.

Après avoir adoré son nom, je sortis de la caverne ; je dirigeai mes pas vers l'opulente Tyr. Là,
suivi de ma chère Oxane, je montai sur un vaisseau pour aller chercher un asile chez les peuples
hospitaliers de la Grèce ou de l'Ibérie. Notre na-
vire, poussé par les vents dans la mer Adriatique,
vint échouer sur les côtes des Frentaniens. Oromaze, que j'invoquai, sauva mon épouse : je la
portai dans mes bras jusqu'à un village des Marses,
où l'on me donna l'hospitalité. Hélas ! ma chère
Oxane, faible, languissante, accablée par les fatigues de la mer, fut bientôt surprise par les
douleurs de l'enfantement : elle me rendit père
d'un fils et d'une fille à la fois. Nous résolûmes
de nous établir chez les Marses : quelques pierres

précieuses, seuls restes de mon ancienne fortune, me rendirent possesseur d'une chaumière.

Nous allions être heureux, nous allions jouir du repos, en adorant notre dieu, en élevant nos enfans, quand les cruels Péligniens, qui faisaient alors la guerre au peuple marse, surprennent notre village, le réduisent en cendres, et pénétrent dans la cabane où je dormais auprès d'Oxane, entre mes deux enfans. Les barbares ! je les ai vus massacrer ma femme et mon fils : mes pleurs, mes cris, mes efforts, ne purent les défendre. Je ne sauvai que ma fille ; je la couvris de mon corps ; je reçus toutes les blessures que ces tigres lui destinaient : fuyant avec elle à travers l'incendie et les morts, marquant mon chemin de mon sang, j'arrivai dans ce vallon, où mes mains ont bâti cette cabane, où j'élevai mon Anaïs, ma chère Anaïs, unique et dernière consolation de quatre-vingts ans de malheurs. La voilà celle pour qui seule je tiens à la vie, celle dont les traits, dont les vertus, me rappellent tous les jours Oxane.

En disant ces paroles, le vieillard se jette dans le sein d'Anaïs.

Mais Léo, Léo, qui ne respirait pas depuis la fin du récit de Zoroastre, Léo saisit sa main, qu'il presse dans la sienne ; il le regarde avec des yeux animés et remplis de larmes : Ah ! par pitié, lui dit-il, dans quel lieu, dans quel village avez-vous perdu votre fils? Dans Avia, répond le vieillard, sur le bord du fleuve Aternus. Et cet enfant, continue Léo, ce fils que vous pleurez, ne portait-il pas à son cou une émeraude gravée? Oui, reprend le vieillard surpris : sa mère l'en avait paré; le nom d'Oromaze en caractères persans était écrit...

Embrassez votre fils! s'écrie Léo tombant dans ses bras; je le suis, j'ai ce bonheur. Voici l'émeraude gravée : on m'a trouvé mourant dans Avia; j'ai sur mon sein la marque du poignard dont les Péligniens me frappèrent. Dès le premier jour où je vous ai vu, j'ai senti mon cœur tressaillir; un transport, un sentiment involontaire, m'ont averti que je vous devais la vie.

Il dit. Le vieillard ne peut répondre. Il reconnaît la pierre gravée; il y lit le nom de son dieu; il presse Léo contre son cœur : il l'accable de ses baisers, et son âme, épuisée par sa joie, est prête à l'abandonner.

FIN DU LIVRE NEUVIÈME.

LIVRE DIXIÈME.

Troubles à Rome. Bonheur dont jouit Numa. Léo demande pour son ami la main d'Anaïs à son père. Refus de Zoroastre. Discours de Numa. Il obtient Anaïs. Il est prêt à l'épouser. Arrivée des ambassadeurs romains. Ils lui racontent les malheurs de Rome, la peste qui l'a désolée, la fin de Romulus, et l'élection de Numa. Numa refuse la couronne. Discours d'Anaïs pour la lui faire accepter. Numa reste inflexible.

———

Cependant à Rome tout était dans la consternation et dans le trouble. Les Sabins, au désespoir d'avoir perdu Tatius, d'avoir vu exiler Numa, n'obéissaient qu'avec horreur à l'assassin de leur roi. La mort affreuse de Tatia, qu'ils attribuaient à Hersilie, avait rendu cette princesse l'objet de leur exécration. Plus divisés que jamais avec les Romains, se défiant les uns des autres, ne se cachant pas la haine qu'ils se portaient, à chaque instant ils étaient prêts à s'égorger. Le soupçon, l'inimitié, régnaient dans toutes les familles ; et, sans le prudent Métius, la guerre civile eût embrasé Rome.

Romulus, en proie à cette fureur sombre qui, dans les grands criminels, tient la place du remords, Romulus, pour contenir son peuple, l'accablait de nouveaux impôts, faisait couler le sang des nobles, et ne régnait que par la terreur.

Hersilie, trop digne fille de son père, Hersilie ne se nourrissait plus que des poisons de la jalousie et de la rage. Ne doutant pas qu'une rivale ne possédât le cœur de Numa, elle envoyait chaque jour des émissaires secrets chez tous les peuples de l'Italie, pour découvrir cette rivale, pour s'informer de son amant, pour menacer des armes de son père les rois qui leur donneraient asile, et pour acheter leur tête de ceux qui voudraient la livrer.

Pendant ce temps, le tranquille Numa, caché dans le fond des Apennins, entouré de fidèles amis, pleurait de joie à la reconnaissance de Zoroastre et de Léo; il partageait leurs transports; il voyait l'heureux Zoroastre presser son fils dans ses bras. Ce tendre vieillard ne pouvait se rassasier de voir, d'entendre, d'embrasser Léo. O mon cher fils! lui disait-il, tu m'es donc rendu! c'est toi que je revois! Ah! je ne me trompais pas: le premier jour que tu vins dans ma cabane, mon cœur s'élança vers toi par un attrait irrésistible; ce cœur te reconnut d'abord. Que j'aime à te contempler! que tu es beau! que tu es grand! Viens donc me serrer contre ton sein; viens donc m'appeler ton père:

tu me dois toutes les caresses que tu m'aurais faites depuis ton enfance.

Léo répondait par ses pleurs ; Camille écoutait en silence. Léo la prend par la main, et la présente à Zoroastre : Mon père, lui dit-il, voici mon amie, voici la souveraine de mon âme. Nous avons été long-temps séparés : nous sommes enfin devenus époux. Mais, quelque violent que soit notre amour, si nous avions pu prévoir que je reverrais mon père, ah ! soyez sûr que nous aurions attendu ce moment pour que votre main nous unît. Daignez nous pardonner notre bonheur, et l'augmenter en le confirmant.

Il dit. Camille tombe à genoux ; son cœur palpite, ses yeux sont baissés, sa tête est penchée sur son sein, la rougeur couvre son front ; à peine ose-t-elle jeter un regard timide sur Zoroastre. Elle attend avec inquiétude qu'il l'appelle sa fille. Elle n'a jamais autant désiré de paraître belle, même aux yeux de son cher Léo ; et son silence semble dire au vieillard : Mes traits sont peu de chose, mais mon cœur est digne de vous.

Ma fille, lui dit alors Zoroastre en la relevant, ma félicité surpasse mes peines : je n'avais perdu qu'un enfant, cet heureux jour m'en fait trouver deux.

En prononçant ces paroles, il embrasse la belle

Camille. Cette tendre scène se termine par le récit
des aventures de Léo : le vif intérêt qu'il inspire à
Zoroastre et à sa fille ajoute encore au sentiment
que la nature a mis dans leurs cœurs.

Numa partage la joie commune. Depuis qu'Anaïs
est sœur de Léo, Anaïs lui semble plus belle : chaque jour il lui découvre de nouvelles vertus, sans
cesse il parle d'elle à son ami ; ce nom d'ami, qui
lui était si cher, ne lui semble plus assez doux.

Bientôt Numa convalescent va respirer l'air du
matin, et choisit toujours les lieux où Anaïs conduit son troupeau ; il devient berger pour être avec
elle. Tandis que Camille et son époux vont à la
chasse pour Zoroastre, Numa raconte à leur sœur
l'histoire de sa vie. Il écoute avec délices les réflexions, les conseils d'Anaïs ; il s'étonne de trouver tant de raison, tant de sagesse dans un âge si
tendre ; et chaque jour il acquiert près d'elle plus
de prudence ou plus de vertu. Quelquefois, assem-
blant des roseaux qu'il joint avec de la cire, il en
tire des sons mélodieux, il accompagne avec ce
chalumeau la voix touchante de la bergère ; plus
souvent il répète les chansons, les hymnes qu'elle
lui apprend. Il ne songe point à l'amour ; il éprouve
un sentiment plus délicieux, plus tranquille. Dès
que l'aurore paraît, Numa va joindre Anaïs. Sa
vue ne lui cause point de transports, mais il a be-

soin de sa vue : sa présence ne le trouble point,
mais il n'est heureux que par elle. Loin d'Anaïs,
il n'a plus d'idées ; loin d'Anaïs, il n'existe pas.
Ainsi la tendre Clytie tombe languissante et fanée
en l'absence du dieu de la lumière ; mais dès qu'A-
pollon reparaît, Clytie relève sa tête, la fixe vers
l'astre du jour, le suit dans sa course en tournant
sur sa tige, et ne cesse de le regarder que lorsqu'il
se replonge dans le sein de Thétis.

La modeste Anaïs, qui ne trouve ni dans son
cœur ni dans celui de Numa rien qui puisse l'alar-
mer, se livre au sentiment qui l'entraîne. Elle
chérit son libérateur, celui qui sauva les jours de
son père : la reconnaissance lui en fait un devoir,
les vertus de Numa en font un plaisir. Anaïs aime
à converser avec l'élève de Tullus des merveilles
de la nature, du cours des astres, des peuples
divers, des gouvernemens, des religions, partout
différentes, de la morale, partout la même. Chacun d'eux, attaché à ses dogmes, les explique ou
les défend. Divisés sur le culte, il se réunissent sur
les devoirs : leurs âmes sont d'accord quand leur
raison discute ; et Numa, qui ne peut se lasser
d'admirer la profonde sagesse d'Anaïs, sent augmenter chaque jour le respect qu'il a pour elle.

Léo s'aperçut le premier de ce penchant mutuel : il souhaitait ardemment de voir son ami de-

venir son frère. Aimes-tu ma sœur ? lui dit-il un
jour ; réponds-moi avec franchise. Numa rougit
et se troubla. Pourquoi rougir ? lui dit Léo : les
dieux nous ont donné l'amour pour nous consoler
de nos peines, pour récompenser nos vertus. Si ton
cœur est bien dégagé des indignes liens d'Hersilie,
si tu chéris Anaïs autant que Léo te chérit, je l'ob-
tiendrai pour toi de mon père. Parle, dis-moi seulement : Je rendrai ta sœur heureuse ; et je croirai
cette parole comme l'oracle de nos dieux. Ami, lui
répondit Numa, le nom d'Hersilie me fait encore
trembler, celui d'Anaïs me rassure. Le sentiment
que ta sœur m'inspire ne ressemble en rien à celui
qui me rend si malheureux. Je vois Anaïs tous
les jours, je ne la quitte pas un moment; jamais
je n'ai eu l'idée de lui parler d'amour et d'hymen.
Mais je sens bien, ô mon ami ! que si le bonheur
peut habiter sur la terre, il est réservé à l'époux
de ta sœur.

Il dit. Léo l'embrasse, le prend par la main, et
le conduit vers Zoroastre. Il ne doutait point de
son aveu : il lui demande Anaïs pour son ami,
pour son libérateur, pour celui de tous les mortels
qu'il aime, qu'il estime le plus.

Quelle est sa surprise, quel est son chagrin,
quand Zoroastre, après l'avoir écouté d'un air sévère, lui répond ces tristes paroles :

Mon fils , j'aime Numa, je lui dois la vie ; je bénirais le jour où je pourrais m'acquitter avec lui : mais ma fille est mage ; je suis le chef de sa religion, et la loi que j'ai annoncée nous interdit toute alliance avec les idolâtres. Tu sais que j'ai tout sacrifié pour cette loi sainte : honneurs, richesses, repos, tout lui fut immolé par moi. Voudrais-tu qu'à la fin de ma vie, au moment de recevoir la récompense de tant de maux, je la perdisse en désobéissant aux préceptes que j'enseignai moi-même ?

Vous avez donc enseigné l'ingratitude ? interrompit Léo d'une voix animée.

Non , mon fils , répondit Zoroastre ; mais j'ai prescrit la prudence. Je n'ai pas voulu qu'une mage risquât de renoncer à sa foi en prenant un époux d'une autre secte ; j'ai prévu l'empire de l'amour, le penchant naturel d'un cœur sensible à penser comme l'objet aimé. Ma fille chérirait Numa, ma fille prendrait sa croyance ; elle quitterait notre culte : j'en serais responsable au grand Oromaze. Il m'est assez douloureux que mon fils, le fils de Zoroastre, élevé loin de moi par des idolâtres , suive une autre religion que la mienne : je veux du moins conserver ma fille à ce dieu pour qui j'ai tant souffert ; je veux préserver Anaïs du péril de l'abandonner. Plus Numa est estimable,

plus ce péril serait grand. Ah ! ce ne sont ni les
persécuteurs ni les bourreaux qui peuvent ébranler la foi : c'est l'exemple des vertus dans une
secte différente.

D'ailleurs ma religion est encore en horreur à
toutes les nations du monde ; l'Italie entière dé-
testerait Numa , si Numa devenait l'époux d'une
mage : ma fille en serait peut-être moins aimée...
Pardonne , Numa , je t'offense, je t'afflige ; je te
parais sans doute un fanatique et un ingrat ; mais
je crois ma religion, j'aime ma fille, je ne puis l'exposer à devenir infidèle, ou à t'apporter pour dot
la haine de ta nation.

Zoroastre se tait. Léo demeure immobile , les
yeux attachés à la terre : il s'afflige de ne pouvoir
opposer au vieillard des raisons plus puissantes
que les siennes. Numa , qui l'avait attentivement
écouté, le regarde d'un air serein, et lui répond
ces paroles :

Zoroastre, depuis que je suis né, les dieux que
j'adore ont manifesté pour moi leur puissance : je
les aime , je les crains ; je choisirais de mourir
plutôt que de les abandonner. Mais malheur à moi
si j'étais capable de haïr aucune des religions qui
couvrent la terre ! Les dieux les souffrent ; pourquoi serais-je moins indulgent que les dieux ? Pé-
rissent ces hommes de sang qui, à l'exemple de

Sardanapale, poursuivent le fer à la main ceux qui ne pensent pas comme eux, leur présentent la mort ou leur croyance, et multiplient les martyrs en multipliant les crimes ; tandis qu'avec des bienfaits ils feraient peut-être des prosélytes ! Ce n'est point à nous, misérables humains, à venger la cause du ciel, à nous charger de ses intérêts. Les fourmis d'un champ ne s'égorgent point entre elles pour la gloire du maître du champ ; elles jouissent en paix des biens qu'elles lui doivent. Le premier attribut des dieux c'est la bonté ; leurs vrais ennemis sont les persécuteurs, puisqu'ils leur arrachent leur plus doux plaisir, celui de pardonner à la faiblesse.

Telle est ma piété, Zoroastre ; c'est à toi de juger si la foi de ta fille serait en danger avec moi. Je respecterais ses dogmes, comme elle respecterait les miens : elle adorerait Oromaze, j'adorerais Jupiter. Mais Oromaze et Jupiter nous commandent les mêmes choses : te chérir, honorer ta vieillesse, nous aimer, soulager les infortunés, voilà ce qu'ordonne ton dieu, voilà ce que prescrit le mien. Nos deux cœurs, en leur obéissant, s'uniraient encore davantage, et seraient mêlés l'un dans l'autre, comme deux ruisseaux également purs, dont les sources sont différentes, mais qui ont confondu leurs eaux.

Tu dis que mon hymen avec une mage m'atti-
rerait la haine de ma nation? Je n'ai plus de nation,
je n'ai plus de patrie ; j'ai perdu Tullus et Tatius ;
l'univers se borne pour moi à la cabane de Zoroastre : mon cœur me dit que je n'y serai point
haï. O mon père ! ouvre-moi ton sein, accepte-moi
pour ton fils ; rends-moi en un seul moment tout
ce que les dieux m'ont ôté en tant d'années ; don-
ne-moi ton Anaïs : nous ne serons occupés que de
prolonger tes jours. Nous vivrons en paix dans ce
vallon, où les enfans de ton fils et les miens formeront une colonie qui bénira d'âge en âge le nom
chéri de Zoroastre. Tu vieilliras au milieu de cette
génération naissante, tu seras l'objet de leur tendresse, la cause de leur bonheur. La fille que j'aurai s'appellera Oxane ; ce nom si cher te rendra
plus douces ses caresses. Pères, enfans, époux,
épouses, nous ne vivrons que pour t'aimer ; et
tous les matins tes deux familles réunies viendront
attendre ton réveil avec le même plaisir, avec le
même respect que tes disciples attendent le lever
de l'astre du jour.

En parlant ainsi, Numa tombe à ses genoux.
Zoroastre ému veut pourtant résister encore ; mais
Léo s'écrie : Il a sauvé vos jours ! il a sauvé ceux
d'Anaïs ! Eh bien ! répond le vieillard, qu'Anaïs
soit sa récompense, que Numa devienne mon fils.

A cette parole, Numa jette un cri, et s'élance
au cou de Zoroastre; il ne peut contenir sa joie
ni exprimer sa reconnaissance. Il veut aussi embrasser Léo; mais Léo a déjà couru chercher sa
sœur. Il reparaît avec elle. Voilà ton époux, lui dit
Zoroastre, je te donne à ton libérateur. Dans
huit jours vous serez unis. Puisse le grand Oromaze ne punir que moi seul, s'il n'approuve pas
vos nœuds! En disant ces mots, il serre contre son
cœur la main d'Anaïs et celle de Numa.

Anaïs rougit en baissant les yeux : bientôt elle
confirme par un doux sourire le don que son père
a fait de sa foi. Dès ce moment, l'heureux Numa,
son digne ami, et la belle Camille, ne songent plus
qu'aux préparatifs de cet hyménée.

Déjà Camille et Léo ont été couper des bois
dans la montagne, pour que Numa bâtisse lui-
même la cabane qu'il doit habiter. Elle est auprès
de celle du vieillard : Numa la tourne du côté de
l'orient, pour que sa pieuse épouse puisse tous les
jours, à son réveil, adresser ses vœux à l'astre du
jour. Il la couvre de peaux de bêtes, qui, entrela-
cées avec des branchages, forment un rempart
impénétrable contre le soleil, la pluie et le froid.
Tout ce qu'il peut imaginer de commode et d'a-
gréable est placé dans l'intérieur : Numa l'embellit
avec cette adresse, avec ce goût que l'amour seul

peut donner. Un jardin est contigu à la cabane ;
Numa le dispose de manière que le berceau de
jasmin sauvage sous lequel il vit Anaïs pour la première fois soit au milieu de ce jardin. Il détourne
un bras du ruisseau, qu'il fait serpenter parmi
des fleurs. Des arbres fruitiers, que la nature produit d'elle-même, rendent utile ce verger, et une
haie vive le met à l'abri des chevreuils qui vien-
draient en brouter les jeunes plants.

Anaïs préside au travail ; sa présence anime
Numa. Il voudrait seul terminer l'ouvrage ; mais
Camille et Léo viennent l'aider malgré lui. Tous
comptent avec impatience que les huit jours pres-
crits par Zoroastre doivent expirer le lendemain.
Déjà les travaux sont achevés, déjà Camille a dé-
pouillé les prés voisins de leurs fleurs ; les couronnes sont tressées, la nouvelle cabane est parée de
guirlandes ; le soleil s'est caché dans l'onde : son
retour doit éclairer le bonheur des deux amans ;
quand, vers le soir, à l'heure où, retirés dans la
chaumière de Zoroastre, ils vont tous se placer
autour d'une table frugale, on entend frapper à la
porte. Un pressentiment secret fait frissonner le
sensible Numa.

Léo surpris se lève le premier, prend sa massue, et court à la porte. Ce n'étaient point des ennemis ; c'était un vieillard vénérable accompagné

de deux guerriers : ils demandaient l'hospitalité.
Léo les accueille et les guide.

Mais à peine la lampe qui éclairait la cabane a-
t-elle frappé leur visage, que Numa jette un cri
de surprise, et court embrasser ce vieillard : Est-
ce donc vous, Métius? vous, l'ami de Tatius et de
mon père! vous, le seul appui, la dernière espérance de nos Sabins!

Métius étonné reconnaît à son tour Numa; il
n'en peut croire sa débile vue : O mon maître! lui
dit-il, ô mon ami! je vous trouve enfin, vous que
je cherche par toute l'Italie! Ah! souffrez qu'avant
de vous rendre les hommages que je vous dois,
mes bras tremblans vous serrent encore, et que
mon cœur profite des derniers instans où il m'est
permis de vous appeler mon ami. En disant ces
mots, le fidèle Métius embrasse mille fois Numa.
Ensuite, se retournant vers les deux guerriers qui
le suivent : Volésus et Proculus, leur dit-il, notre
recherche est finie; nous avons trouvé notre roi.
Alors les deux Romains, et Métius lui-même, flé-
chissant le genou devant Numa, lui disent avec
respect : Nous vous saluons, roi de Rome.

Que dites-vous, interrompt Numa en s'efforçant
de les relever : je ne suis point votre roi; je ne
mérite, je ne désire point cet honneur. Vous l'êtes,
reprend Métius; vous l'êtes par le plus beau, par

le plus légitime des droits : le peuple vous a élu
d'une voix unanime. Les Romains et les Sabins,
prêts à s'égorger pour donner un successeur à Romulus, n'ont trouvé que Numa qui convînt aux
deux peuples : votre nom seul a calmé les haines,
a rétabli la concorde. Vous êtes roi, Numa; votre
peuple vous attend.

Numa, surpris et affligé, fait asseoir les ambassadeurs à la table de Zoroastre : il demande à Métius de l'instruire de ces grands événemens. Le
vieux général le satisfait en ces termes :

Nos maux étaient à leur comble. Romulus, en
horreur aux Sabins, haï même de son peuple, Romulus faisait gémir Rome sous le poids d'un
sceptre de fer. Ce n'était plus ce conquérant toujours suivi de la victoire, et qui du moins n'immo-
lait que les ennemis de l'état; c'était un tyran
farouche, dont la politique barbare accablait le
peuple pour le contenir, et, sur le moindre prétexte, faisait couler le sang des patriciens. Telles
sont les suites d'un premier crime : aussitôt que
l'âme en est souillée, toutes les vertus l'abandonnent, tous les vices viennent l'habiter.

Cependant les dieux irrités nous annoncèrent
leur justice par les plus terribles fléaux : la peste
désola Rome. Jamais la contagion ne s'annonça
par des symptômes plus effrayans : un feu dévo-

rant brûle à la fois la poitrine et les entrailles ; les
yeux enflammés et sanglans roulent avec peine dans
leurs orbites ; la bouche ulcérée exhale un souffle
empoisonné ; la langue souillée, épaissie, s'attache
au palais, arrête la respiration ; les nerfs se rai-
dissent, les membres frissonnent, et le froid de
la mort, qui se répand par degrés, ne peut éteindre l'ardeur brûlante dont les os mêmes sont con-
sumés.

Bientôt les maisons ne peuvent suffire pour contenir les tristes victimes : les chemins, les places
publiques, les temples des dieux, en sont remplis.
On voit une foule de moribonds errer demi-nus,
fuyant leurs lits, fuyant leurs pénates, cherchant,
demandant de l'eau. Ils vont se plonger dans le
Tibre, dans les fontaines, dans la terre détrem-
pée. Ils n'écoutent rien, ils boivent : sans étancher
leur soif, ils expirent au milieu des ondes. Les
doux liens de l'amitié, les sentimens de la nature,
tout est en oubli, tout est méconnu : le fils, égaré
par la douleur, refuse d'embrasser son père ; le
frère évite le frère, et craint la contagion du mal ;
la mère mourante, loin de son époux, en proie
aux convulsions du trépas, les yeux tournés, les
dents serrées, éloigne avec ses bras raidis le faible
enfant qui lui tend les mains, qui pleure, et veut
encore aller presser ses mamelles desséchées. La

douleur, la douleur est le seul sentiment qui domine. Partout on souffre, partout on meurt. L'enfance, l'âge mûr, la vieillesse, tout périt, tout tombe. La flamme des bûchers ne s'éteint point; on la renouvelle sans cesse. Quelque nombreux qu'ils soient, ils ne peuvent suffire : on va même jusqu'à se les disputer; et ceux qui les ont élevés sont obligés de livrer des combats pour que leur parent y trouve une place.

Romulus, qui regrettait ses soldats, indiqua, pour apaiser les dieux, un sacrifice solennel au marais de la Chèvre. Tout son peuple, ou plutôt le faible reste de son peuple, s'y rendit. Les sacrificateurs, les prêtres, les citoyens, pâles, décharnés, s'avancent à pas lents vers l'autel. Le soldat, sans cuirasse, s'approche doucement, soutenu sur son javelot; il peut à peine lever la tête vers l'aigle de son bataillon. Les femmes, les vieillards, appuyés sur des bâtons, tiennent leurs enfans par la main; l'enfant tombe et entraîne avec lui son faible soutien. Jeunes, vieux, malades, convalescens, tous se traînent plutôt qu'ils ne marchent : aucun n'a la force d'élever la voix; et ce peuple romain si puissant, ce peuple, l'effroi de l'Italie, ressemble à une troupe de spectres qu'une magicienne de Thessalie a évoqués des enfers.

On fait les libations, on immole les victimes : le

grand-prêtre consulte leurs entrailles, et frémit en les regardant. Il monte sur le trépied sacré ; l'esprit divin le saisit ; une sainte fureur l'agite, ses yeux étincellent, sa bouche écume, il tend les bras, il renverse sa tête, ses cheveux hérissés soulèvent le laurier qui le couronne. Mais c'est en vain qu'il lutte contre un dieu : ce dieu le terrasse, le dompte, le fait céder à son aiguillon. Le pontife haletant prononce alors ces paroles : Peuple ! un crime épouvantable, qui est demeuré impuni, a fait descendre sur vos têtes la colère des immortels. Tant que ce forfait ne sera pas expié, tant que les coupables verront le jour, n'espérez pas que les dieux s'apaisent. La peste ravagera nos murs, tant que le sang de.....

Il allait poursuivre : Romulus lui jette un coup d'œil terrible, et la frayeur éteint sa voix. Mais, à l'instant même, le ciel s'obscurcit, le soleil perd sa lumière, des ténèbres épaisses couvrent la terre, mille tonnerres se font entendre ; il semble que les élémens confondus se font la guerre, et que toute la nature se replonge dans le chaos.

Le peuple tremblant tombe à genoux, prie les dieux, et attend la mort. Mais, au bout de quelques instans, les vents s'apaisent, la nuit se dissipe, le soleil brille sans nuage ; on revoit l'azur des cieux ; le calme revient dans les airs, bientôt il renaît

dans les cœurs. Tous les Romains se regardent
et se retrouvent; Romulus seul a disparu. Ses
gardes, ses courtisans le cherchent en vain. Les
Célères, seuls attachés à un maître qui leur donnait l'impunité, les Célères menacent déjà les
patriciens, qu'ils accusent d'avoir immolé leur
roi. Le peuple sa prépare à défendre les nobles, le
sang est prêt à couler, quand Proculus, que vous
voyez, un des Romains les plus vénérables par son
rang, par sa vieillesse, surtout par son austère
vertu, Proculus s'avance; et, à l'aide d'un mensonge adroit, il calme tous les esprits : Romains,
dit-il, cessez de chercher Romulus. J'ai vu, j'ai vu
de mes yeux son père Mars descendre sur la terre,
et l'enlever dans un char sanglant. Proculus, m'a
dit notre roi, ma gloire est à son comble : j'ai
triomphé; j'ai bâti une ville qui doit être la maîtresse du monde; tous mes devoirs sont remplis;
le dieu des combats m'associe à ses honneurs immortels. Annonce-le aux Romains; dis-leur que
Mars et Romulus guideront toujours leurs armées,
et qu'ils m'invoquent désormais sous le nom de
Quirinus.

Ainsi parle Proculus, et le tumulte s'apaise.
Les Célères n'osent révoquer en doute un récit qui
fait un dieu du roi qu'ils aimaient; le peuple,
content d'avoir perdu son tyran, aime mieux le

placer dans le ciel, que de rechercher et de punir ceux qui en ont délivré la terre.

Mais il fallait élire un successeur à Romulus. Hersilie prétendit vainement à la couronne. Les Sabins, irrités contre elle, déclarèrent qu'ils allaient retourner à Cures si la fille de Romulus montait sur le trône : les Romains eux-mêmes regardaient comme une honte d'être gouvernés par une femme. Rejetée par les deux partis, Hersilie sortit de Rome en menaçant d'y ramener bientôt la guerre; et le peuple s'assembla de nouveau pour se choisir un souverain.

Ce malheureux peuple fut encore sur le point de s'égorger. Les Romains voulaient un Romain, les Sabins demandaient un Sabin. Après la mort de Tatius, disaient ces derniers, nous avons laissé régner tranquillement votre Romulus; il est temps qu'un de nos citoyens vous gouverne. Nous ne sommes pas des peuples vaincus : nous sommes vos amis, vos frères; mais jamais nous ne fûmes vos esclaves. Notre nation est au moins l'égale de la vôtre en noblesse, en courage, en vertu : nous rejetons d'avance tout ce qui peut porter la moindre atteinte aux droits de cette égalité.

Ainsi parlaient les Sabins ; déjà l'on courait aux armes. Les dieux m'inspirèrent dans ce moment : Peuples, m'écriai-je, écoutez ma voix. Vous pré-

tendez tous deux nommer votre monarque , et le
choisir dans votre sein : que chacun de vous cède
à l'autre la moitié des droits qu'il réclame ; que
celle des deux nations qui nommera le souverain
soit obligée de le prendre chez le peuple qui ne
l'aura pas nommé. Romains , choisissez votre
maître, mais que ce maître soit Sabin ; ou que les
Sabins donnent la couronne, mais que ce soit à un
Romain.

Mon avis est adopté. La paix renaît; on s'accorde ; et les Romains sont chargés d'élire un
monarque sabin. Tous, d'une voix unanime, choi-
sissent le juste Numa.

A peine ce nom est prononcé, que les deux
nations, oubliant leur haine, se félicitent mutuellement; tous les citoyens s'embrassent; tous s'é-
crient en pleurant de joie : Il va donc renaître
le siècle d'or, le règne d'Astrée ! Numa va nous
commander.

L'encens fume sur les autels, le sang des victimes ruisselle, tous les temples retentissent d'actions de grâces; on remercie les immortels de tous
les biens dont on jouira. Les dieux les accordent
d'avance : la peste cesse ; un vent salubre apporte
la santé; des rosées bienfaisantes viennent donner
au laboureur l'espoir d'une double moisson : les

dieux, les hommes, le ciel, la terre, tout semble se réjouir du règne de la vertu.

Sur-le-champ l'on vous députe des ambassadeurs : je demande à être du nombre. Nous volons à Cures, où nous espérions vous trouver ; on n'a pu même nous y donner de vos nouvelles. Nous tournons nos pas vers le pays des Marses, où j'avais pensé que vous conduirait votre amitié pour Léo : notre course n'est pas plus heureuse. Enfin nous allions vous chercher dans les montagnes des Rhéates, lieux fameux par votre vaillance et par votre humanité, quand les immortels nous ont conduits ici. Venez, Roi de Rome, deux nations vous attendent : vous êtes leur unique espoir ; chaque moment de délai est un vol fait à notre amour et à la félicité publique.

Métius se tait : Numa le regarde avec un sourire doux et tranquille : Ami, lui répondit-il, le temps des erreurs est passé ; le temps où la vaine ambition, la fausse gloire, l'amour insensé, troublaient ma vie. Le trône aurait pu m'éblouir lorsque, brûlant pour Hersilie, je courais, le fer à la main, la mériter dans les combats ; lorsque, aveuglé par ma passion, je m'efforçais d'acquérir l'affreuse science d'égorger les hommes, et que j'admirais Romulus en proportion du mal que je le voyais faire. Le voile est tombé, mes yeux sont ouverts ; et, grâce aux dieux qui ne m'ont point abandonné, à mes malheurs qui m'ont instruit; grâce à la tendre amitié, au pur amour qui m'animent, mon esprit, mon cœur éclairés n'estiment plus que ce qui est estimable, n'aiment plus que ce qui est digne d'être aimé, la vertu et le repos.

Je remplirais mal le trône de Romulus : son peuple, fier et belliqueux, pouvait à peine être contenu par un roi fils des dieux et grand capitaine. Je ne suis que le fils d'un homme, et je déteste les combats : je déteste cet art perfide de désunir ses voisins pour les vaincre, d'armer le faible contre le fort pour les opprimer tous deux, de regarder comme à soi tout ce dont on peut s'emparer. Non, Métius, c'est un conquérant qu'il vous faut pour maître. Vainement je consacrerais ma vie à la félicité des Romains : ils mépriseraient un roi pacifique qui ne serait occupé que des dieux, des lois et de l'agriculture.

Métius, mon parti est pris : je suis quitte envers ma patrie; j'ai versé mon sang pour elle; j'ai sauvé les Sabins par mon exil : ma tâche est remplie; je ne demande pour toute grâce que la continuité de cet exil. Je ne veux plus rentrer dans Rome, je veux vivre dans ce vallon, cent fois plus beau que le Capitole, entre mon père, mon ami, ma sœur et ma digne épouse. Ici je serai plus

heureux, je serai plus en sûreté que Romulus au
milieu des Célères. J'habiterai cette cabane plus
riante, plus commode que le palais de vos rois :
j'y coulerai des jours purs et paisibles, en honorant
les dieux, en faisant la félicité de mon père, de mon
épouse ; en trouvant la mienne auprès d'eux ; et,
quand la mort viendra me frapper, je n'aurai pas
à répondre devant la divinité du bonheur de plusieurs milliers d'hommes, qu'il est presque impossible à leur semblable de rendre heureux.

Tu en répondras, Numa, interrompit Anaïs
d'une voix ferme; tu en répondras, si ton amour
pour moi, si ton goût pour la retraite, te font
sacrifier deux peuples. Penses-tu donc que le Ciel
t'ait donné tant de vertus pour toi seul? Penses-tu
plaire à Dieu en ne vivant que pour toi? L'Être suprême compte pour rien de vaines méditations ;
il veut une vertu active. L'homme de bien lui rendra compte de chaque jour passé sans faire du bien;
et le Créateur du monde ne peut chérir que ceux
qui travaillent au bonheur du monde.

Tu dis qu'un héros guerrier convient mieux
aux Romains qu'un roi pacifique. Mais plus ce
peuple est belliqueux, plus il a besoin d'un sage
monarque qui modère, contienne sa fougue, et
adoucisse par la justice cette humeur guerrière qui
deviendrait férocité. Ce monarque ne peut être

que toi, Numa : ton respect pour les dieux, ton amour pour la paix, t'imposent le devoir de gouverner le peuple à qui ces vertus sont le plus nécessaires.

Tu crois ne plus rien devoir à ta nation, parce que tu combattis pour elle? Eh! qu'as-tu fait de plus que le dernier de ses soldats? J'en appelle à ton propre cœur : était-ce pour Rome, ou pour Hersilie, que tu exposais tes jours? Quand tu aurais versé ton sang pour ton peuple, tant qu'il t'en reste une seule goutte, cette goutte lui appartient : on n'est jamais quitte envers la patrie; elle l'est toujours avec nous.

Je n'ai plus qu'un mot à te dire : Si le désir de mener une vie obscure auprès d'Anaïs, si ma religion injustement persécutée, sont la cause de ton refus, dès ce moment je renonce à toi. Je me reprocherais toute ma vie d'avoir été un obstacle à la félicité de deux peuples, de les avoir privés du plus beau présent que le Ciel puisse faire à la terre, d'un bon roi. Cette idée empoisonnerait mes jours, et altérerait peut-être l'amour tendre que tu m'as inspiré. Numa, c'est t'en dire assez; je connais mes devoirs et les tiens : si tu refuses d'être utile aux hommes, c'est moi que j'en punirai.

Tel fut le discours d'Anaïs. Zoroastre et Léo se joignirent à elle : Camille seule resta du parti de

Numa. Métius et les ambassadeurs romains se jetèrent à ses genoux en alléguant, en répétant tout ce qui pouvait persuader son esprit ou émouvoir son cœur sensible : ce fut en vain.

Numa, semblable au rocher contre lequel viennent se briser les vagues, Numa demeure inébranlable. Il oppose avec douceur une volonté constante aux prières, aux raisons; et finissant par embrasser le vieux Métius : Mon père, lui dit-il, si tu m'aimes, ne parle plus d'un trône que je crains plus que le tombeau. Je veux mourir dans ce vallon, je veux vivre dans cette cabane. Je suis né libre, je jouirai du droit naturel qu'a tout homme de choisir l'asile où il peut couler le plus doucement ses jours. J'espère que ce n'est point offenser les immortels; mais, si tel était mon malheur, je préférerais encore avoir à les fléchir, à les désarmer pendant le reste de ma vie, plutôt que de ceindre un diadème que je redoute et que je hais. D'après cet aveu, Métius, juge si tes instances sont vaines; elles m'affligent; épargne-les-moi. Viens reposer dans ma cabane, non pas auprès de ton roi, mais auprès de ton ami. Demain, au lever de l'aurore, tu retourneras dire aux Romains que s'ils aiment encore Numa, ils le lui prouvent en lui laissant son heureuse obscurité.

En disant ces mots, il sort de la chaumière de

Zoroastre. Anaïs le rappelle en vain : pour la première fois, Numa ne répondit point à sa voix. Les ambassadeurs désolés allèrent passer la nuit dans sa nouvelle cabane. Camille, après avoir long-temps défendu contre Anaïs le parti que prenait Numa, alla se livrer au sommeil à côté de son cher Léo. Zoroastre et sa fille restèrent ensemble, pour méditer l'exécution d'un projet important.

FIN DU LIVRE DIXIÈME.

LIVRE ONZIÈME.

L'ombre de Tatius apparaît à Numa. Fuite d'Anaïs et de son père. Désespoir de Numa. Il obéit aux dieux et se décide à régner. Léo court à la recherche de sa sœur. Arrivée de Numa dans Rome. Transports de son peuple. Premières actions de Numa. Il va au bois d'Égérie. Entretien avec cette nymphe sur le choix des ministres, sur la guerre, la politique, l'ordre social, les lois et la religion: Gouvernement du Numa.

Numa, retiré au fond de sa cabane, ne put y trouver le sommeil. Tout ce que lui avait dit Anaïs revenait dans sa pensée. Elle m'a menacé, disait-il, de renoncer à moi, si j'oublie pour elle ce que je dois à ma nation, si je me refuse aux volontés des dieux. Quel affreux malheur de déplaire à la fois aux immortels et à ma chère Anaïs ! Mais, si j'accepte la couronne, puis-je signaler les premiers jours de mon règne par mon hymen avec une mage ? Mon projet serait de régner par la religion ; et je commencerais par placer sur mon trône l'ennemi de mon culte ! Mon peuple ne l'y verrait qu'avec horreur : malgré les vertus d'Anaïs, la haine publique serait son partage. Non, je ne

puis l'y exposer ; je ne puis surtout sacrifier mon
amour au vain espoir de bien gouverner Rome.
Jusqu'à présent je n'ai vécu que pour m'immoler
aux autres, il est temps de vivre pour moi.

Au milieu de ces réflexions, le chagrin d'affliger
son peuple, la crainte d'irriter les dieux, venaient
ébranler les résolutions de Numa. Violemment
agité par ces sentimens contraires, entraîné par
son amour, ramené par sa piété, il demeure incertain de ce qu'il doit résoudre : semblable à l'arbre entamé par la hache, prêt à tomber au moindre effort, et dont la chute menace également de
tous les côtés.

L'aurore, sur son char d'opale, ouvrait déjà les
portes du jour, lorsque Numa, fatigué, se laisse
aller au sommeil. A peine se livre-t-il à ce doux
consolateur, que l'ombre d'un vieillard couvert de
lambeaux ensanglantés vient se présenter devant
lui. Numa, saisi de terreur, sentit ses cheveux se
dresser ; mais il reconnaît Tatius, et sa frayeur se
dissipe. O mon père! ô mon roi! lui dit-il, qui
vous fait abandonner l'Élysée? Pourquoi ce vêtement sanglant, qui ne rappelle que trop le crime
de Romulus? Qu'ordonnez-vous? Parlez, ombre
redoutable et chère ; Numa jure de vous obéir.

Marche donc vers Rome, lui dit l'ombre d'une
voix sévère, les dieux t'ordonnent de régner : c'est

pour t'annoncer leurs décrets que j'ai quitté ma sombre demeure. Je n'habite point encore les Champs Élysées : Minos, avant de me récompenser du peu de bien que j'ai fait, me punit du mal que j'ai laissé faire. Je dois rester dans le tartare jusqu'au moment où le peuple romain sera le plus heureux des peuples : Numa, sois mon libérateur.

En disant ces mots, l'ombre disparait. Numa lui tend les bras pour la retenir ; mais il n'embrasse qu'un souffle léger qui se perd aussitôt dans la nuit.

Numa se reveille couvert d'une sueur froide : il se jette à genoux, adore les immortels, fait des libations de vin sur un brasier. Dès que le soleil parait, il court auprès d'Anaïs pour dissiper le trouble qui l'agite.

Mais c'est en vain qu'il cherche, qu'il appelle Anaïs : Anaïs ne répond point. Alarmé de ce silence, Numa pénètre dans l'asile où repose Zoroastre ; il trouve son lit désert. Une tablette seule est restée : Numa la saisit, et lit ces paroles :

ANAÏS A NUMA.

« Je pars ; tu ne me verras plus. Tant que je « serais près de toi, ou tu refuserais un trône que « Dieu te donne pour le bonheur de deux peu-

« ples, et je ne puis accepter ce sacrifice ; ou tu
« monterais sur ce trône en m'y faisant asseoir
« près de toi, et tu déplairais à ton peuple. Pour
« ton intérêt, pour ta gloire, il faut te fuir, Numa,
« te fuir aujourd'hui, le jour même... Mes lar-
« mes baignent ces tablettes. Adieu, Numa; va
« régner ; sois heureux, s'il t'est possible ; mais
« n'oublie point Anaïs. Songe que dans mon obs-
« cur asile je serai sans cesse occupée de toi. J'en-
« tendrai, j'espère, bénir ton nom ; alors je m'ap-
« plaudirai d'avoir acheté de mon infortune la
« gloire dont tu jouiras, le bonheur de ton peuple,
« et la certitude de vivre à jamais dans ton cœur. »

Numa lut deux fois cette lettre sans pouvoir
verser une larme : la surprise, la douleur l'accablent. Il ne pleure point, il ne se plaint pas ; il
considère les tablettes d'un œil sec et égaré : ainsi
l'oiseau qui, revenant porter à ses petits leur pâ-
ture, trouve son nid enlevé, demeure immobile
sur la branche, laisse tomber la nourriture de son
bec, et regarde fixement la place où étaient ses enfans chéris.

Enfin deux ruisseaux de pleurs viennent soulager Numa, les sanglots sortent en foule de son
sein. Anaïs ! Anaïs ! s'écrie-t-il d'une voix lamen-
table, Anaïs ! vous m'avez quitté ! Pensez-vous que
j'y pourrai survivre ? pensez-vous que je ne courrai

pas toute la terre pour retrouver mon Anaïs ? Quoi !
vous m'avez abandonné le jour même de notre hyménée ! vous avez passé devant cette cabane ornée
pour vous recevoir, et vos pas ne se sont point
arrêtés ! et vous avez pu !... Le désespoir s'empare
de moi... Oui, je renonce à la sagesse, à la gloire,
à la vertu, à tout ce qui n'a pu fixer Anaïs. Je vais
détester la vie, puisque je ne vis plus pour elle ;
je ne vais plus être qu'un insensé, puisque Anaïs
emporte ma raison.

En disant ces mots, il tombe, il se roule sur la
poussière. Ses cris attirent Camille et Léo : hélas !
ils ignoraient tous deux le départ de Zoroastre et
de sa fille. Elle est partie ! leur crie Numa aussitôt
qu'il les aperçoit ; elle est partie ! nous ne la verrons plus ! Camille veut l'interroger ; Numa répète : Elle est partie ! Léo regarde les tablettes, et
voit écrits de l'autre côté de tendres adieux que
lui faisait Zoroastre : Tu n'aurais pu te décider,
lui disait-il, entre ton père et ton ami ; ma tendresse a voulu t'éviter ce douloureux combat. J'ai
dû te quitter, mon cher fils ; mais jamais je n'en
aurais eu la force, si je n'étais pas sûr de te rejoindre bientôt.

Numa, qui entend ces derniers mots, s'élance
sur les tablettes ; il lit, il relit ces paroles : elles
calment son désespoir. Léo pleure avec lui, Ca-

mille les console ; et le vieux Métius, qui arrive dans ce moment, serre contre son sein les deux héros, en leur offrant de tout abandonner pour aller à la recherche de Zoroastre.

Numa veut partir à l'instant même. Il ne pense plus à l'empire, il n'est occupé que de rejoindre Anaïs avant qu'elle ait pu s'éloigner. Mais à peine il se met en marche, que la foudre gronde sur sa tête, vient éclater à ses pieds ; et une voix forte comme le tonnerre, sortant d'un nuage enflammé, fait entendre ces paroles : Numa, songe à Tatius.

Numa s'arrête épouvanté ; il rougit d'avoir voulu sacrifier son devoir à son amour ; il tombe à genoux, reste long-temps prosterné sur la terre, demande pardon aux mânes de Tatius, et se relevant avec l'air plus tranquille : Je suis votre roi, dit-il aux ambassadeurs ; conduisez-moi vers mon peuple.

A cette parole, Métius et ses deux compagnons n'osent faire éclater leur joie ; ils voient trop combien il en coûte à Numa pour immoler un sentiment qui lui est plus cher que la vie : ils se félicitent en silence, et se disposent à guider vers Rome celui qu'on y attend comme un dieu sauveur.

Léo, en approuvant son ami, regrette de ne pas le suivre ; il veut courir sur les traces de son père ; il veut aller chercher Anaïs : Camille se dispose à l'accompagner. Léo embrasse mille fois Numa, lui promet, lui jure de le rejoindre quand il aura donné trois mois à la recherche de Zoroastre. Numa, qui dans le même jour perd sa maitresse, et se sépare de son ami, prend tristement le chemin de Rome pour aller occuper un trône qui ne le consolera pas.

Il marche, conduit par les ambassadeurs. Il franchit l'Apennin, trouve un char qui l'attendait sur la frontière, traverse rapidement le territoire de Rome, et en découvre les superbes remparts · ils étaient garnis de deux peuples qui venaient attendre tous les jours l'arrivée de leur roi.

A peine aperçoit-on le char, que mille cris s'élancent jusqu'aux cieux : Le voilà ! le voilà ! notre héros, notre père, le favori des dieux ! le sauveur des Romains ! Femmes, enfans, vieillards, soldats, tous se précipitent aux portes, tous remplissent la campagne, et courent au-devant de Numa. L'un porte dans ses mains des fleurs, l'autre des branches d'olivier : il les lui présentent de loin ; ils les jettent sur son passage ; ils se pressent autour de son char, ils en arrêtent la marche. Romains, Sabins, témoignent la même joie ; leur impatience est égale : les deux nations ont un même cœur.

Numa descend de son char ; et c'est alors que

toutes les bouches le bénissent, que ses mains,
que ses habits sont couverts de mille baisers : Ah!
ne nous quittez plus, disaient-ils, restez toujours
parmi nous; les dieux nous donnent un père, qu'il
soit sans cesse avec ses enfans! Numa pleure et
leur tend les bras : il est trop ému pour répondre;
mais son silence, son air, ses larmes, promettent
à son peuple tout ce qu'il demande. Numa s'avance
lentement, toujours retardé par des transports,
par des acclamations nouvelles : ainsi le meilleur
des rois, environné, pressé par ses sujets, confondu au milieu d'eux, entre dans sa capitale, et
paraît mille fois plus grand qu'un vainqueur entouré d'esclaves, monté sur un char de triomphe.

Arrivé sur la place publique, il est revêtu des
ornemens royaux. On le conduit, on le porte au
Capitole, où il veut remercier les dieux : l'encens
fume, le sang des victimes ruisselle, leurs entrailles consultées n'annoncent que d'heureux augures.

Numa pose son sceptre et sa couronne sur l'autel de Jupiter : Fils de Saturne, s'écrie-t-il, si,
dans cette foule de Romains qui t'offrent avec moi
leurs vœux, il en est un seul qui soit plus enflammé que moi du désir de rendre heureux ce
peuple, fais-le-moi connaître; je lui remets ce diadème. Mais si tu veux que j'en sois possesseur, ô
Jupiter, souviens-toi de ma prière : Que le premier

jour où je violerai la justice, où je n'écouterai pas
le pauvre, où je foulerai aux pieds le malheureux,
ta foudre me précipite de ce trône où je vais monter! Je ne l'accepte qu'à cette condition. Père des
dieux et des hommes, cette grâce me sera plus
chère qu'une victoire sur mes ennemis.

Il dit. Les acclamations redoublent ; le sacrifice
s'achève au milieu des transports d'alégresse.
Numa sort du temple, et douze vautours volant à
sa droite l'accompagnent jusqu'à son palais.

Le nouveau roi fait ouvrir le trésor de Romulus ; il en distribue la moitié au peuple, et réserve
l'autre pour les habitans des campagnes. Il casse,
il détruit à jamais le redoutable corps des Célères :
Je ne veux d'autres gardes, dit-il, que le respect
et l'amour que me porteront mes sujets. Ma dignité m'assure l'un ; c'est à mes vertus à m'attirer
l'autre. Les Célères me sont inutiles ; qu'ils rede-
viennent citoyens. Deux d'entre eux ont assassiné
Tatius ; c'est à vous, Sabins, que je les abandonne.
Puisse ce sang coupable être le seul répandu sous
mon règne par le glaive de ma justice ! puissent
tous mes sujets vertueux m'épargner la plus pénible de mes fonctions !

Après avoir ainsi rempli, dans les premiers instans de son règne, les deux plus grands devoirs
des rois, celui de soulager le pauvre, celui de pu-

nir le coupable, il s'enferme dans son palais plusieurs jours de suite, pour se faire rendre un compte
fidèle de ses forces, de ses richesses, surtout des
impôts qu'il peut supprimer : il médite pendant
long-temps les changemens qu'il croit nécessaires.
Mais, avant de rien entreprendre, il veut aller
dans le bois d'Égérie implorer le secours de Minerve, et pleurer sa chère Anaïs, sans témoin et en
liberté.

Il sort de Rome, laisse sa suite, pénètre seul dans
le bois sacré. Bientôt il arrive au berceau de verdure sous lequel il vit pour la première fois la fille
de Romulus endormie. A peine a-t-il reconnu la
place où était l'amazone, qu'un tremblement le
saisit ; son cœur palpite avec violence, il sent ses
forces défaillir. Il se hâte de fuir ce lieu, qu'il ne
peut fuir sans soupirer encore : tant il est vrai
qu'un premier amour laisse des traces ineffaça-
bles !

A peine s'est-il éloigné du berceau, qu'il s'assied auprès d'un arbre, pour se remettre de son
émotion. Là, recueilli en lui-même, se livrant à
cette douce mélancolie qui fait pleurer sans faire
souffrir, il se rappelle ses premières années : souvenir quelquefois douloureux, mais toujours cher
à un cœur sensible. Numa repasse dans sa mémoire son premier voyage à Rome ; le songe qu'il

eut à la fontaine de Pan ; cette nymphe Égérie qu'il ne pouvait voir, et qui lui enseignait la sagesse ; sa passion pour Hersilie, première cause de ses chagrins ; son amour pour Anaïs dont le nom seul le rassure, pour Anaïs qu'il a perdue, mais dont l'image le suit partout, défend son cœur contre les dangers qui pourraient le menacer encore, et laisse au fond de son âme un souvenir doux, mêlé d'espérance, qui, le consolant de ses peines, l'encourage à la vertu.

Numa, plus tranquille, se lève : il veut reprendre le chemin qui conduit au temple de Minerve ; mais il s'égare, s'enfonce dans le plus épais du bois, et arrive bientôt à une source d'eau vive qui sortait d'un petit tertre ombragé par de hauts peupliers. Jamais troupeau ni berger n'avait troublé l'onde claire de cette fontaine écartée ; jamais nul oiseau, en se désaltérant, nulle branche même tombée, n'en avait ridé la surface. Les arbres qui l'environnaient, serrés les uns contre les autres, formaient à l'entour du tertre un bocage impénétrable ; mille arbrisseaux, mille rosiers sauvages, nés sur le bord de la source, remplissaient les intervalles des troncs d'arbres. Ce lieu silencieux et tranquille semblait consacré au mystère. Tel était sans doute l'endroit de la forêt de Gargaphie où le téméraire Actéon surprit la fille de Latone, ou tel était plus sûrement l'asile où Phœbé descendait du ciel pour prodiguer ses charmes à l'aimable Endymion.

Numa remarque cette retraite; il se propose d'y venir souvent. Parvenu près de la source, il se baisse pour puiser de l'eau dans sa main. Mais au moment où il la porte à sa bouche, une voix lui crie d'un ton sévère : Qui t'a permis, audacieux mortel, de puiser de l'eau dans cette fontaine? Numa interdit laisse tomber cette eau, et répond d'un accent timide : O naïade! pardonnez à mon ignorance; je ne savais pas que cette source vous fût consacrée, j'aurais dû le deviner à la beauté de son onde.

Tu peux t'y désaltérer, répliqua la voix devenue plus douce : Numa, je t'ai toujours chéri, et je t'attends ici depuis long-temps. Souviens-toi de la nymphe Égérie, dont Cérès t'a promis les conseils : c'est ici son asile sacré. Tu m'entendras, Numa, mais tu ne me verras point. Tu ne franchiras jamais l'enceinte de cet épais bocage; tel est la volonté de Cérès. Viens à cette fontaine toutes les fois que tu auras besoin de converser avec moi; viens me communiquer tes lois avant de les établir; viens m'expliquer tes projets, tes craintes, tes espérances. Je te donnerai mes avis, sans te prescrire de les suivre : contente de conseiller, je n'ordonnerai jamais. Tu me consulteras comme déesse : je te parlerai comme amie. Adieu, Numa, je t'attends dans trois jours.

La voix se tait; Numa immobile écoute long-temps encore. Pénétré de reconnaissance et de joie, il tombe à genoux, adore Cérès, remercie cent fois Égérie, lui adresse les vœux les plus tendres, ose l'interroger encore : mais la voix ne répond plus. C'est en vain que Numa prête une oreille attentive, il n'entend dans ce bocage que le bruit doux et léger que font les feuilles agitées par le zéphyr. Il regarde, observe autour de lui; il ne voit que des arbres touffus. Trop religieux pour concevoir seu-lement le désir de pénétrer dans l'enceinte sacrée, il s'éloigne à regret de la fontaine. Certain d'être aidé par les dieux dans le gouvernement de son empire, il retourne à Rome plein d'espérance.

Dès ce moment, il rassemble les points princi-paux de législation qu'il veut soumettre à la nym-phe : ce travail long et pénible le distrait des maux que lui cause l'amour. Numa se flatte quelquefois que le retour d'Anaïs sera peut-être la récompense que les dieux accorderont à ses travaux : cette idée lui rend plus cher encore le bonheur de ses sujets.

Mais les trois jours marqués par la nymphe sont expirés; Numa se rend à la fontaine. Il invoque

Égérie. La voix se fait entendre : Es-tu content de toi, Numa? as-tu déjà fait des heureux? Hélas! répond le monarque, il semble facile d'en faire : dès qu'on est sur le trône, le mal seul devient aisé. J'ai trouvé le compte qu'on m'a rendu de l'administration de mon empire différent de ce que j'ai vu moi-même. Quand j'ai parlé de corriger les abus, on m'a dit qu'ils étaient nécessaires ; on m'a fait craindre des maux plus grands ; ceux qui pourraient m'aider à faire le bien sont intéressés à ce que le mal subsiste. La vérité fuit devant moi ; je suis entouré de trompeurs : la juste défiance qu'ils m'ont inspirée, en me forçant de tout faire moi-même, va rendre longue et pénible l'exécution des meilleurs projets. Peut-être encore le fardeau sera trop pesant pour ma faiblesse ; et le seul avantage que j'aurai sur un mauvais roi sera de gémir le premier du mal que je ne pourrai pas empêcher.

O Numa! lui répond la nymphe, que d'erreurs dans ce peu de paroles! Je reconnais bien dans toi ces hommes passionnés, prêts à tout entreprendre pour obtenir ce qu'ils désirent, et découragés au premier obstacle. S'il était facile de bien régner, où serait la gloire des grands rois? Sans doute on voudra te tromper, sans doute on t'environnera de piéges. La flatterie, la fausse gloire, la ruse, la volupté, habitent auprès du trône : cachées sous un masque trompeur, l'œil ouvert sur le cœur du roi, elles attendent, pour s'en emparer, le premier moment de faiblesse. L'intérêt les tient sans cesse éveillées : si le monarque sommeille un instant, il est vaincu. Mais ces ennemis dangereux ne sont presque plus redoutables aussitôt qu'ils sont reconnus ; et ta première occupation, ton étude la plus importante, c'est d'apprendre à les reconnaître. Ceux qui t'obséderont de plus près, ceux qui trouveront tout facile, qui flatteront tes goûts, qui seront toujours de ton sentiment, voilà tes ennemis, Numa. Chasse-les, non de ta cour, elle deviendrait déserte, mais de ton cœur, de tes conseils : méprise-les, et ne crains pas de le leur témoigner ; tu effraieras peut-être la génération toujours renaissante de ceux qui voudraient leur ressembler.

Mais garde-toi de répandre ce mépris sur tous les hommes ! cette défiance, cette mauvaise opinion de l'humanité entière, serait aussi injuste que fatale ; elle produirait l'indifférence sur le choix de ceux qu'on élève : de là naissent tous les maux. Quoique roi, tu n'es qu'un homme : l'amour des vertus qui t'anime peut animer d'autres êtres semblables à toi. Estime donc les hommes, estime même quelques courtisans : il en est qui aiment la vertu, qui chérissent l'état et leur maître. Ceux-

là ne le disent jamais ; mais le peuple le dit pour
eux : ils ne briguent point les places ; mais la nation les leur donne. Ne crains pas d'être de l'avis
de ton peuple ; ne rougis pas d'aller chercher ceux
qui ne se présentent pas. Ta majesté n'en sera
point dégradée ; tu les élèves sans t'abaisser ; et,
par une seule parole, par une marque d'amitié
qui ne coûte rien à un cœur sensible, tu doubles
leurs talens, tu doubles leurs vertus, surtout par
l'amour qu'ils ont pour toi. Ah ! qu'il est beau
de voir un monarque oublier l'orgueil de son rang
avec ceux qui en soutiennent l'éclat ! Qu'il soit
terrible pour les méchans, sévère pour les flatteurs ; mais que les bons soient ses amis, et que
son affabilité semble dire : Je traite comme mes
égaux tous ceux dont le cœur ressemble à mon
cœur.

Mon plus doux plaisir, lui répondit Numa, sera
d'honorer de tels hommes ; mon premier soin doit
être de les trouver. Mais, aidé même par eux,
puis-je de long-temps faire le bien ? Mon peuple
est accoutumé à chercher sa subsistance dans le
brigandage de la guerre : il est malheureux de son
oisiveté ; elle le rend inquiet, turbulent et féroce.
Ce peuple est composé de deux nations, souvent
opposées, que je ne puis réunir qu'en leur donnant
de sages lois. Ce grand ouvrage demande de lon-

gues méditations : la paix , le repos, me sont nécessaires, et de toutes parts je suis menacé. La
fière Hersilie soulève contre moi l'Italie entière ;
au premier moment elle viendra m'assiéger dans
mes murs. Les peuples vaincus parlent de secouer
le joug. La population est presque détruite ; mes
sujets , accablés d'impôts sous Romulus, ne peuvent plus les payer. La guerre achèvera ma perte;
et, pour éviter cette guerre, pour désunir mes
ennemis, il faut un art qui m'est étranger. Cet
art, qu'on appelle politique , est au-dessus de mon
esprit , répugne même à mon cœur. Que dois-je
faire ? Comment remédier aux maux présens , en
empêchant les maux à venir ?

Numa, lui répondit Égérie, une vérité constante, certaine, que les rois surtout ne doivent
jamais perdre de vue, c'est que la vertu, le courage et l'esprit surmontent tous les obstacles. Tu
possèdes ces trois qualités, il ne faut que les mettre
en usage. Songeons au plus pressant danger.

Avant tout, tu as besoin de la paix ; prépare-
toi donc à la guerre : c'est un précepte aussi ancien que le monde. Romulus a dû te laisser une
bonne armée, des capitaines vaillans et expéri-
mentés : marque-leur de l'estime, des égards ;
honore comme le premier de tous les états celui de
défenseur de la patrie. Moins on aime la guerre ,

Numa, plus il faut chérir les soldats. Affecte de
t'appeler leur compagnon ; prodigue-leur les titres,
les distinctions ; jamais l'argent : les honneurs les
rendront plus braves, les richesses les énerve-
raient ! Souviens-toi de cette armée de Campaniens
que Léo détruisit si facilement ; le luxe seul l'avait
perdue. Pour le bannir de tes troupes, commence
par le bannir de ta cour : l'exemple du maître fait
tout. C'est en agissant qu'on enseigne : sois simple
dans tes habits, sois frugal dans tes repas ; témoigne publiquement du mépris pour la mollesse, tu
verras tous les jeunes Romains affecter les vertus
de leur roi.

Mais ces vertus ne suffiraient pas sans une
exacte discipline. Quelque noble que soit le centurion, qu'il obéisse à son tribun comme le dernier
des soldats ; et que le tribun, à son tour, ne soit
pas moins soumis à son général. Apprends surtout
à tes légions que tout homme qui porte une épée
doit du respect à celui qui n'en a point ; qu'il faut
que le même guerrier soit un lion pour l'ennemi,
un agneau pour le citoyen ; que ce citoyen et lui
sont deux frères dont l'un veille à la garde de la
maison paternelle, tandis que l'autre vaque aux
soins de la famille, et prépare sa nourriture avec
celle de son défenseur.

Telle doit être ton armée : alors, si tu la confies à un général habile, si tes remparts sont en bon état, tes arsénaux bien fournis, tu obtiendras facilement la paix; tu la conserveras sans avoir besoin d'employer la politique, qui n'est jamais que la ressource du faible, ou le prétexte du méchant. Il est toujours incertain d'abuser les hommes par des paroles; il est toujours sûr de leur en imposer par des actions. Qu'un roi soit juste, loyal, incapable d'attaquer, toujours prêt à se défendre; il ne craindra point les embûches de ses voisins les plus perfides. La franchise déconcerte la ruse : c'est le combat du serpent et de l'aigle; le vil reptile a beau se replier, l'oiseau de Jupiter fond sur lui du haut de la nue, le perce de son bec terrible, et, sans être fier de sa victoire, il remonte auprès du maître des dieux.

Sois donc toujours juste envers tes voisins, toujours en état de repousser leurs injustices : loin de troubler ton repos, ils brigueront ton alliance; Rome sera respectée, et tu pourras alors profiter des loisirs d'une paix glorieuse pour donner des lois à ton peuple.

Avant de les établir, tu te feras à toi-même un tableau de l'ordre social, tu le présenteras à tes sujets : dès ce moment, les meilleures lois s'offriront à ton esprit, et seront adoptées par ton peuple avec la même facilité.

Tu te souviendras que les hommes se sont rassemblés librement en société pour se procurer les secours nécessaires à leur sécurité, aux besoins et aux consolations de la vie. Du développement de cette vérité tu verras naître tous les principes de législation.

Une subsistance facile et assurée doit être le premier effet de tes lois : c'est à l'agriculture à la donner. Tu regarderas donc la classe des agriculteurs comme la plus utile ; tu l'honoreras, tu assureras leurs propriétés, tu encourageras leurs mariages ; tu rendras à l'art qui nourrit les hommes la dignité qu'il doit avoir.

L'agriculture ne peut fleurir sans les autres arts ; elle les fait naître et les récompense. Tu les protégeras, tu les appelleras dans ton empire, et tu verras que ces arts faciliteront les travaux champêtres, en occupant, en nourrissant un grand nombre de citoyens.

Lorsque les champs et les coteaux auront donné ce qu'ils peuvent produire, il se trouvera des cultivateurs riches d'un superflu de productions qui manqueront à une autre terre. De là naîtra le commerce, que tu favoriseras, que tu laisseras toujours libre ; mais tu n'oublieras jamais que le commerce, qui fait fleurir les arts, ne peut augmenter qu'en proportion des progrès de l'agriculture.

Quand tu auras établi ces trois bases fondamentales de la prospérité des états, l'agriculture, les arts et le commerce, tu t'occuperas des autres lois, auxquelles seront également soumis tous les ordres des citoyens. Elles seront en petit nombre, pour que chacun de tes sujets puisse les étudier : elles seront fondées sur l'amour de l'humanité, qui est la première, la plus sacrée de toutes les lois, la seule que la nature ait rédigée.

Guidé par cette règle sûre, tu mettras le faible à l'abri des violences de l'homme puissant; tu lui donneras des soutiens pendant sa vie, des vengeurs après sa mort. Tu régleras les droits des époux; tu leur commanderas l'union, la fidélité, la douceur, et tu permettras le divorce. Tu donneras aux pères sur leurs enfans la puissance la plus absolue : ne crains pas qu'ils en abusent; il n'est que trop de fils ingrats, il est bien peu de mauvais pères. Tu accorderas aux patriciens le droit si doux de protéger, de défendre, d'enrichir les plébéiens. Tu puniras le mensonge et l'ingratitude; tu effraieras tous les vices. Enfin tu assureras à tout citoyen l'honneur et le repos; à tout riche, son bien; aux pauvres, des ressources; à l'orphelin, des défenseurs.

O nymphe! interrompit Numa, vous ne me parlez point de la religion : je lui dois mes premiers hommages. Cérès a daigné protéger mon enfance, Cérès me promit les leçons d'Égérie; jugez si je puis l'honorer assez. D'ailleurs, c'est avec la religion que je polirai mon peuple, que j'adoucirai ses mœurs sauvages. La piété attendrit l'âme ; et, pour apprendre aux hommes à s'aimer, il faut d'abord leur faire aimer les dieux. Je veux consacrer de nouveaux pontifs ; je veux donner aux sacrifices l'appareil le plus imposant ; j'instituerai des fêtes dont la pompe auguste attirera les hommes à la religion , les unira davantage entre eux, et rendra frères dans les temples ceux qui ne sont ailleurs que concitoyens.

J'ai encore un projet, ô nymphe! que je tremble de vous avouer; mais puisque vous lisez dans mon âme , vous pardonnerez sans doute au motif si pur qui m'anime, au sentiment douloureux et tendre qui m'inspire ce dessein.

Égérie, je suis pénétré d'un saint respect pour les dieux ; j'aimerais mieux mourir que d'abandonner leur culte, que de les offenser un seul instant. Mais il existe un être, le plus parfait, le plus aimable, le plus vertueux qui soit sur la terre, et il n'adore pas mes dieux. Cet être que j'ai perdu, que je pleure sans cesse, loin de qui je ne peux goûter ni repos ni bonheur, cet être s'appelle Anaïs. Anaïs,

nom chéri qui me fait verser, en le prononçant, des
larmes d'attendrissement et de douleur, Anaïs est
de la religion des mages ; elle adore un seul dieu,
elle honore son emblème dans le soleil et dans le
feu. Le soleil et le feu sont deux de nos divinités ;
Apollon et Vulcain ont droit à mon hommage :
j'élèverai un temple à chacun d'eux. Je veux plus,
c'est un tribut de respect et d'amour qu'il me sera
bien doux de rendre à mon Anaïs ; je veux insti-
tuer quatre prêtresses, dont l'unique emploi sera
d'entretenir le feu sacré sur un autel consacré à
Vesta. Ce feu, toujours renaissant, ce feu pur
et immortel, sera pour mon peuple l'emblème
de la nature ; pour moi, l'emblème de mon amour.
Les quatre vestales seront vierges : il faudra
qu'elles prouvent, pour être admises, que leur vie
est pure et intacte, comme l'était celle d'Anaïs. A
l'exemple d'Anaïs, elles rendront un culte à ce
feu dont elles seront les gardiennes : et en mémoire de cette Anaïs qu'elle représenteront à mes
yeux, je porterai au plus haut degré la vénération, le respect que l'on aura pour elles : je les ferai jouir des honneurs de la royauté. J'espère, ô
nymphe ! que vous me permettrez de rendre ce
tendre hommage à celle que j'adore, à celle à
qui je dois le peu de vertus que je possède, à celle
que je ne verrai peut-être plus, mais dont le sou-

venir si cher ne mourra jamais dans mon cœur.

La nymphe fut quelque temps à répondre : ce silence inquiétait Numa. Il fut bientôt hors de peine. Roi de Rome, lui dit la voix, j'estime ta constance ; j'espère qu'elle sera récompensée. Je ne m'oppose point à ce que tu honores ton Anaïs ; mais je crains que tu n'en fasses trop pour elle, et que tu n'attaches trop d'importance aux cérémonies de la religion. Tu fus élevé dans un temple, Numa ; prends garde de régner en prêtre. Autant la piété élève l'homme qui sait lui donner de justes bornes, autant elle rend petit celui qui la pousse trop loin. Les cœurs tendres y sont sujets , et les malheurs de l'amour rendent ce danger plus grand. Ta raison doit l'éviter : elle doit te dire qu'un roi religieux peut être un grand homme, mais qu'un roi superstitieux ne l'est jamais.

Je suis loin de te prêcher l'ingratitude et l'oubli des dieux. Honore-les, Numa, tu le dois ; mais honore-les en servant les hommes. Laisse à la piété mal éclairée les puériles pratiques qu'elle seule a inventées ; observe de la religion les grands préceptes qu'elle enseigne.

C'est à Cérès surtout que tu veux marquer ta reconnaissance : va parcourir les campagnes, vêtu comme un laboureur ; mêle-toi parmi ceux qui te croiront leur frère ; parle-leur des lois de Numa ;

informe-toi des abus, des suites funestes qu'elles peuvent avoir ; critique-les pour y encourager les autres, et retiens mieux le peu de mal qu'on en pourra dire que les nombreux éloges qu'on en fera.

Visite la chaumière du pauvre ; juge par tes yeux de ses besoins ; caresse l'enfant demi-nu qui pleure auprès de sa mère malade ; console son père affligé : fais-leur espérer des secours du ciel ou du roi ; et, de retour dans ton palais, envoie-leur du pain, des habits, du blé pour ensemencer leur terre.

Voilà le moyen d'honorer Cérès ; voilà ce qui la flattera plus que le sang de mille génisses. Ta piété sera bientôt récompensée : les moissons couvriront la terre ; les villages seront repeuplés ; l'abondance régnera dans les campagnes ; les troupeaux nombreux et mugissans rempliront les vertes prairies ; la plaine retentira de chants de joie ; et les bergers, les laboureurs, riches, tranquilles, heureux par tes soins, ne se livreront jamais au sommeil sans avoir prié les dieux de conserver leur bon roi.

Ainsi parle la nymphe. Numa transporté s'écrie : O ma divinité tutélaire ! ô vous à qui je devrai mon bonheur et le bonheur de tout mon peuple ! par quelle fatalité, par quel arrêt cruel, votre présence m'est-elle interdite ? Vous qui me comblez de bien-

faits, vous qui m'honorez d'un intérêt si tendre, me priverez-vous toujours du plaisir si doux
de contempler ma bienfaitrice? vous couvrirez-
vous sans cesse à mes yeux de ce voile impénétrable?

Numa, répond aussitôt la voix, ne cherche pas
à lever ce voile; tu me perdrais sans retour. Mais
suis mes conseils; mets tout en usage pour assurer
la félicité de ton peuple; et je te promets, oui, je
te jure, par le souverain des cieux, que le jour où
tu seras le plus grand des rois, tu connaîtras, tu
verras Égérie.

Après avoir dit ces mots, la voix ne répond
plus aux questions, aux actions de grâces de
Numa.

Le roi de Rome, impatient de profiter des leçons
de la nymphe, retourne les méditer dans son palais, et, dès le lendemain, il s'occupe de se former
un conseil.

Il le compose des patriciens les plus éclairés,
les plus vertueux; il y joint un nombre égal de
plébéiens : et quand l'ordre de la noblesse lui témoigne sa surprise de se voir ainsi mêlé avec le
peuple : Sénateurs, leur répond Numa, ce mélange
ne vous est pas importun dans les batailles, il m'est
utile dans mon conseil. Ici je compte m'occuper
bien plus du peuple que des nobles : j'ai donc

besoin que les principaux du peuple puissent y défendre ses droits. J'ai besoin que ces sages conseillers, qui n'auront pas vécu à ma cour, me parlent avec la franchise, avec la rudesse même dont un sénateur courtisan n'a pas l'usage; je veux, si mon orgueil ou mes flatteurs me trompent sur le bonheur de mes sujets, que ces plébéiens me disent : Roi de Rome, ne les crois pas, nous connaissons des malheureux.

Aidé par ce conseil, que préside le vieux Métius, Numa prend d'abord des mesures pour éteindre cette haine des Romains et des Sabins, capable seule de détruire le bonheur public. Pour fondre ensemble les deux nations, il divise par tribus tous les habitans de Rome. Dès ce moment, chacune de ces classes, également composée de Romains et de Sabins, quitte l'esprit de parti pour ne connaître que l'amour de la patrie. Le sage Numa, qui oppose ainsi l'intérêt commun à l'orgueil national, voit bientôt les factions s'éteindre, et les deux peuples n'en faire qu'un seul.

Alors il élève un temple à la Concorde, un autre à la Bonne Foi, à la Clémence, à la Justice : il fait honorer le dieu Terme, comme le symbole des propriétés : il dresse un autel à la Bienveillance universelle, cette première des vertus, cette source de toutes les autres.

Dévoré de l'amour de son peuple, toujours levé
dès l'aurore, pour découvrir la source d'un mal
ou méditer un établissement utile, il travaillait
seul jusqu'à l'heure de son conseil. Là, il sou-
mettait aux lumières de ses amis les vues que son
esprit et surtout son cœur lui avaient fournies :
il les discutait en simple sénateur. Mais, quand
sa conviction intime n'était pas ébranlée par les
raisons d'un avis contraire, il les décidait en monarque.

Sans se piquer de posséder le talent d'adminis-
trateur, il avait une maxime qui rarement l'éga-
rait : c'était de se mettre à la place de tous ceux
dont il s'occupait. S'il faisait une loi qui intéressât
les laboureurs, il se supposait laboureur : Que
demanderais-je à mon roi? se disait-il : d'assurer
ma propriété, de protéger mon travail, de me défendre contre l'ennemi et contre le citoyen puissant.
Pour jouir de ces avantages, il est juste que je
donne une partie de la moisson que mes sueurs ont
fait naître; mais il faut qu'il m'en reste assez pour
nourrir ma femme, mes enfans, et pour ensemencer de nouveau ma terre. Quand Numa s'était dit
ces paroles, il commençait son édit. Les laboureurs
en étaient contens.

Si son conseil lui proposait la guerre, il se faisait rendre un compte exact des dépenses qu'elle

coûterait, des avantages qu'elle pourrait produire.
Ensuite il calculait tout ce qu'il pouvait faire avec
ce même argent ; les canaux ouverts, les marais
desséchés, les landes mises en culture : il comparait ces biens certains avec celui d'une victoire
toujours douteuse, et faisait rougir par cette
simple comparaison ceux qui avaient pu balancer. Numa, sans leur reprocher leur erreur, se
contentait d'ajouter : Je ne vous parle pas du
sang humain ; il est d'un prix trop au-dessus
de l'or.

Après avoir employé la plus grande partie du
jour à régler ces grands objets, et à rendre la justice, le roi partageait son frugal repas avec les plus
sages, les plus anciens des sénateurs. Ensuite il
allait porter secrètement des secours à quelque infortuné. Ces dons n'étaient jamais pris sur le trésor
public ; le généreux Numa en était avare, même
pour soulager les malheureux : Ce sont mes plaisirs, disait-il ; l'état ne doit pas les payer. Mais il
employait aux bonnes actions l'argent destiné à
l'entretien des gardes qu'il n'avait point, aux dépenses de sa table qu'il avait réglées, de ses habits
qu'il ne renouvelait pas souvent.

Ainsi les occupations de l'homme sensible le dé-
lassaient des fonctions de roi ; et, tous les soirs,
quitte envers son peuple, quitte envers lui-même,

il allait rendre compte à Égérie de tout ce qu'il avait fait ; il allait chercher dans sa conversation des lumières pour le lendemain.

FIN DU LIVRE ONZIÈME.

LIVRE DOUZIÈME.

Hersilie, accompagnée de plusieurs rois, vient assiéger Numa dans Rome. Arrivée de Camille et de Léo, qui amènent un prisonnier. Expédition nocturne de Léo. Les Marses viennent au secours des Romains. Les deux armées sont en présence. Discours de Numa. Il désarme ses ennemis. Mort d'Hersilie. Paix générale. Numa ferme le temple de Janus. Il retrouve Anaïs, et devient son époux.

Tant de soins, tant de peines pour rendre les Romains heureux, ne soulageaient guère les maux de leur roi. Numa, loin de ce qu'il aimait, était le seul à plaindre dans ses états. Il avait envoyé chez tous les peuples de l'Italie s'informer de Zoroastre et d'Anaïs; nulle part on n'en avait appris de nouvelles : le brave Léo ne revenait point; le temps s'écoulait. Le triste Numa, seul au milieu d'un peuple qui l'adorait, pleurait sa maîtresse, regrettait son ami, et redoutait Hersilie.

Cette fougueuse amazone ne tarda pas à manifester sa fureur. Tout à coup des tourbillons de poussière s'élèvent du côté de Latium. Ces nuages se dissipent, et l'on voit reluire des forêts de lances.

Un bruit sourd, mêlé de cris d'hommes; de hennissemens de chevaux, de retentissement de boucliers, vient en croissant : semblable aux aquilons
fougueux, quand, échappés de leurs antres profonds, précédés d'un long mugissement, suivis des
tempêtes et du ravage, ils arrivent en déracinant
les arbres et les rochers.

Bientôt du haut des murs de Rome se distinguent des milliers de combattans. Les premiers
sont les Rutules, entièrement couverts de fer, armés de longues javelines dont les pointes acérées se
réunissent au premier rang. Serrés les uns contre
les autres, les boucliers pressent les boucliers, les
casques touchent les casques; leurs aigrettes flot-
tantes ressemblent aux épis d'un champ. Le fier
Turnus est à leur tête : Turnus, le digne petit-
fils du héros dont il porte le nom, se réjouit d'aller
combattre les descendans des Troyens. Épris des
charmes d'Hersilie, il s'est engagé, par serment,
à lui livrer Numa prisonnier.

Après eux viennent les Campaniens, faible
troupe, mais nombreuse, guidée par le même roi
que Léo prit dans Auxence. Les Volsques paraissent ensuite, sans autres armes que leurs arcs; ils
sont commandés par le brave Arisbée; Arisbée,
de qui les jeux sont d'attacher ensemble deux colombes, de les faire voler dans les airs, et de cou-

per avec sa flèche, sans blesser les oiseaux, le cordon qui les retient.

Les Hirpins, armés de massues, couverts de peaux de bêtes, s'avancent, sans garder de rang. Jadis vaincus par Romulus, ils n'obtinrent de lui la paix qu'en laissant élever au milieu de leur pays une forteresse imprenable, occupée par les Romains. Brûlant de venger cet outrage, ils ont tenté, mais en vain, de s'emparer de la forteresse; c'est sur Rome même qu'ils veulent se venger. Ce peuple farouche est conduit par un Marse plus farouche encore : le terrible Aulon, le descendant de Cacus, est à leur tête. Aulon brûle pour Hersilie ; jaloux de la gloire de Léo, qu'il croit dans Rome auprès de Numa, il a défendu à ses guerriers d'attaquer ces deux ennemis qu'il se réserve pour lui seul.

Les Vestins ferment la marche. Ces peuples, couverts de boucliers blancs, ne combattent qu'avec la fronde. Leurs cuirasses noires, leurs barbes hérissées inspirent la terreur. Le père de Camille, le vieux Messape est toujours leur roi. Depuis qu'il a perdu sa fille, entièrement livré aux Hirpins ses alliés, il dépend d'eux; et, sans s'intéresser à Hersilie, il la sert dans une guerre qu'elle seule a suscitée.

Au milieu de cette armée, la fille de Romulus

se distingue comme un palmier parmi de jeunes arbustes. La tête couverte d'un casque brillant ceint d'un diadème d'or, elle tient dans sa main droite deux javelots, et porte à son bras gauche ce bouclier, présent de Cérès, gage assuré de la victoire, que Numa laissa dans ses mains. Cette superbe amazone, sur un char traîné par des chevaux noirs, va, vient, vole dans tous les rangs, sourit à l'un, reprend l'autre, encourage le moins hardi, enflamme encore plus le téméraire; et montrant les remparts de Rome : Amis, dit-elle, voilà mon bien, voilà mon héritage; faites-le moi rendre, je vous restitue toutes les conquêtes de mon père. Quant à mon cœur et à ma main, je jure qu'ils seront le prix de la tête de Numa.

Elle dit : le farouche Aulon se plaint qu'une si grande conquête soit trop facile. Turnus sourit de l'orgueil du barbare, lui jette un coup d'œil dédaigneux, et lance sur la princesse un regard d'amour, tandis que le Volsque Arisbée, qui voit avec indifférence les appas de la fière Hersilie, s'applaudit d'être le seul qui ne combatte que pour la gloire.

Cette nombreuse armée s'étend dans la plaine, approche de Rome, et campe non loin des murailles. La consternation se répand dans la ville : les habitans des campagnes, suivis de leurs familles en pleurs, chargés de ce qu'ils ont pu sauver, arrivent de toutes parts ; les vieillards, les femmes remplissent les temples ; les enfans poussent des cris douloureux ; les citoyens cherchent des armes, les soldats craignent d'en manquer ; tout le peuple, alarmé à la vue de tant d'ennemis, n'espère plus que dans son roi.

Numa, qui a tout prévu, devient plus tranquille à l'aspect du danger : il a des vivres, des armes, des troupes braves et nombreuses. Soigneux de ne pas les fatiguer, il leur épargne les gardes inutiles, ménage leurs forces, veille sur leurs besoins, dissipe l'effroi général. Sûr des mesures qu'il a prises, il ne se plaint que de l'absence de Léo, et de ce que les ennemis lui ferment le bois d'Égérie.

Réduit à ses seuls conseils, comme il méditait au milieu de la nuit les moyens de jeter la division parmi ses nombreux adversaires, on vient l'avertir que trois guerriers, arrêtés aux portes de Rome, demandent à être introduits : Numa ordonne qu'on les amène. A peine les a-t-il envisagés, que reconnaissant Léo, il s'élance dans ses bras en poussant un cri de joie : O mon frère ! je te revois ! Où est-elle ? où la trouverai-je ? suis-je condamné à la pleurer toujours ?

Mes recherches ont été vaines, lui répondit Léo après un tendre embrassement ; j'ai parcouru tout

le midi de l'Italie je n'ai pu découvrir les traces
de Zoroastre ni d'Anaïs : mais j'ai appris le danger qui te menace ; j'ai vu les peuples se réunir
pour venir t'assiéger dans Rome, et j'ai volé à ton
secours. L'espoir de te faire des alliés m'a donné
la hardiesse de me présenter chez le peuple marse :
j'ai osé le rassembler.

Citoyens, leur ai-je dit, vous m'avez banni :
mais le désir de vous être utile l'emporte sur le
danger de paraître ici malgré vos lois. Vous êtes
amis ou ennemis des Romains : voici l'instant de
les accabler, ou de vous les attacher pour toujours.
La fille de Romulus, de ce barbare agresseur qui
vint nous attaquer dans nos foyers, soulève tous
les peuples contre Rome, et contre ce juste Numa
qui fut le premier à solliciter pour vous une paix
honorable. En vous joignant à la fille de Romulus,
vous romprez un traité solennel, vous manquerez
à la reconnaissance, à l'honneur ; mais vous ferez
peut-être une guerre utile. Peut-être aussi vous
sera-t-il plus utile encore de demeurer généreux,
de secourir Numa. Ce monarque, sauvé par vous,
vous rendra le pays des Auronces, vous donnera
le droit de citoyens romains, vous regardera comme
des frères. Celui que vous trouvâtes juste et bon
quand vout étiez ses ennemis, que sera-t-il pour
des libérateurs ? Marses, dans cette occasion,

comme presque toujours, le parti de l'honneur se trouve le plus avantageux. Choisissez cependant : joignez-vous à une foule de barbares conduits par la fille de votre plus cruel ennemi, déjà noircie de plusieurs crimes, et qui plonge le poignard dans le sein de sa patrie ; ou bien volez au secours du plus juste, du meilleur des rois, d'un héros qui fut mon vainqueur, et qui défendit vos droits dans le traité de paix qui vous lie encore.

A peine ai-je dit ces paroles, que toute l'assemblée s'est écriée : Marchons au secours de Numa, et que Léo nous commande.

Non, non, leur ai-je dit, peuple sensible, mais inconstant, qui m'aimez et qui m'avez banni, je ne puis être votre chef. Cet honneur doit regarder un Marse : depuis que Numa est roi de Rome, je suis devenu Romain. Mais quand la protection des dieux me fit rompre ce peuplier auquel vous aviez attaché le commandement, l'arbre fut ébranlé par quatre concurrens qui valaient mieux que moi, sans doute. Deux d'entre eux, Liger et Penthée, ont succombé dans les combats ; Aulon commande les Hirpins ; le vieux Sophanor n'est plus : mais il vous reste le vaillant Astor, l'aimable disciple d'Apollon. Astor s'est signalé dès son enfance. Sa jeunesse seule vous fait balancer : mais si sa gloire a devancé son âge, sa jeunesse est un mérite de plus.

Marses, que le brave Astor devienne votre général : Apollon, dont il est l'ami, guidera lui-même
votre armée. Pour moi, mon impatience ne me
permet pas d'attendre le départ de vos guerriers ;
je cours à Rome, annoncer à Numa que les Marses sont toujours le plus généreux des peuples.

Mille cris m'ont interrompu. Le jeune Astor
s'est élancé dans mes bras : je l'ai présenté aux
Marses ; j'ai soutenu le bouclier sur lequel on l'a
proclamé. Certain que ce général allait voler à ta
défense, j'ai précipité mes pas pour arriver avant
lui, pour disputer aux Sabins même le plaisir de
s'exposer pour toi.

A ces mots, Numa se jette de nouveau dans le
sein de son frère ; il ne peut plus s'en arracher.
Mais la belle Camille ôte son casque, et s'approche
du roi de Rome en se plaignant d'être méconnue.
Numa s'écrie, saisit sa main, la couvre de baisers
et de larmes : ses yeux, pleins d'une douce joie,
errent à la fois sur Camille, sur Léo ; quand celui-
ci, faisant avancer un jeune guerrier venu avec
eux, le conduit aux pieds de Numa, à qui cet
étranger présente son épée.

Le roi surpris, l'envisage : ses traits ne lui sont
pas inconnus ; mais il ne peut se rappeler où il a vu
ce jeune homme. Tu as donc oublié, lui dit Léo,
le fils du roi de Campanie, ce jeune Capis, qui

abandonna le commandement de l'armée de son
père pour devenir centurion dans celle de Romulus, et qui depuis fut livré aux Marses comme
otage de la paix. Le roi de Campanie a mal observé
le traité; les Marses t'envoient son fils : c'est un
prisonnier que je t'amène.

C'est un ami, s'écria Numa en tendant la main
au prince de Capoue, et un ami qui me sera cher,
quoique son père se soit joint aux autres rois qui
m'assiègent dans ma capitale.

Alors Léo demande des détails sur cette armée
d'alliés; il brûle d'être au lendemain pour faire
quelque action d'éclat. Mais Numa soupire et baisse
les yeux, en lui rappelant qu'Hersilie est maîtresse
du bouclier sacré qui assure la victoire à son possesseur. Tant que ce bouclier sera dans ses mains,
Numa ne veut point tenter le sort des batailles.
Léo lui-même approuve sa prudence, et termine
cet entretien, qui faisait rougir son ami. Le roi
conduit Camille et son époux dans le plus bel ap-
partement du palais; il remet Capis à ses officiers;
et, plein de joie, il va se livrer au sommeil.

Dans ce moment, l'amitié vient inspirer à Léo
le projet le plus hardi; mais il le cache à Camille;
il craint qu'elle ne veuille en partager les périls.
Aussitôt qu'elle est endormie, Léo se lève d'auprès
d'elle, reprend en silence sa peau de lion, s'arme

de sa massue, et marche d'un pas léger vers une
des portes de Rome : elle s'ouvre devant lui. Seul
dans la campagne, il regarde, il découvre le camp
des ennemis, et les feux déjà presque éteints de
leurs gardes avancées. Il examine par quel côté il
pourra le moins être aperçu ; mais la lune, de son
char brillant, répand une trop grande lumière.
Léo tombe à genoux devant l'astre des nuits.

O Phœbé ! dit-il, je t'invoque ; daigne modérer
ton éclat. Tu ne favoriseras point un dessein coupable : ce n'est pas un amant téméraire qui veut
surprendre l'objet de ses feux ; ce n'est pas même
un guerrier conduit par l'amour de la gloire. Non,
chaste déesse, un sentiment plus noble m'anime ;
c'est la sainte et pure amitié. Je vais reprendre le
bien d'un ami ; je vais réparer la faute que lui fit
commettre l'Amour ; l'Amour, ce dieu cruel, dont
tu te fais gloire d'être l'ennemie. O déesse ! ma
cause est la tienne ; c'est celle de la vertu.

Sa prière est à peine achevée, que la lune, s'en-
veloppant de nuages, cache son disque d'argent.
Encouragé par ce présage, le héros marche vers le
camp. Il parvient aux premières gardes, qui, à sa
taille, à sa massue, le prennent pour un Hirpin.
Léo sait leur langue ; il passe sans obstacles. Il pénètre au milieu du camp, où les soldats, accablés
par le sommeil, par le vin, dorment étendus pêle-

mêle auprès de leurs armes et de leurs chars. Il était facile d'en égorger un grand nombre; mais ils ne se défendraient pas : ce carnage était impossible à Léo.

Léo n'éprouve ni fureur ni crainte : il reconnaît Aulon étendu sur la terre, la tête appuyée sur son bouclier; sa hache énorme était auprès de lui. Un songe funeste l'agitait; sa langue balbutiait les noms de Léo et de Numa, qu'il accompagnait d'imprécations. Par un mouvement involontaire, le héros lève sa massue; mais, la baissant aussitôt, il se contente d'emporter la hache du féroce Aulon.

Enfin il distingue la tente d'Hersilie, si mal gardée par ses défenseurs : il y pénètre d'un pas assuré. La fille de Romulus était livrée au plus profond sommeil. Plus occupé du bouclier que de contempler la princesse, Léo cherche des yeux ce trésor que l'obscurité lui dérobe. Tout à coup la lune sort de derrière les nuages; ses tremblans rayons vont se réfléchir au milieu du bouclier d'or. Léo s'en saisit aussitôt. Chargé de cette précieuse dépouille et de la hache d'Aulon, il reprend le même chemin qu'il a parcouru, traverse une seconde fois le camp, et franchit les dernières gardes sans rien trouver qui l'arrête.

Déjà il est en sûreté; déjà plein de joie, il rend

grâces à Phœbé, à la nuit, à tous les dieux, lorsque des cris et un bruit d'armes se font entendre
derrière lui. Le crépuscule du jour commençait à
poindre. Léo, surpris, écoute, regarde : il voit une
femme armée d'un arc, fuyant devant une troupe
de Rutules qu'elle arrête d'espace en espace, en les
menaçant de sa flèche.

Le cœur de Léo devine que c'est Camille, avant
que ses yeux l'aient reconnue. Il court, il l'appelle,
il la joint. Il remet dans ses mains le bouclier sacré,
il s'élance sur les Rutules, les atteint à la fois de sa
hache et de sa massue, revole à sa bien-aimée, la
rassure, l'environne, l'entraîne vers les murs de
Rome, et retourne encore immoler ceux qui l'approchent de trop près. Ainsi le sanglier, poursuivi
par une troupe de chiens courageux, fuit, et revient
sans cesse blesser celui qui dépasse la meute.

Mais les Rutules intimidés appellent leurs compagnons. Le camp se réveille, on s'arme, on accourt
de toutes parts. Une troupe d'Hirpins s'avance pour
envelopper Léo, tandis qu'un escadron volsque va
lui couper le chemin de Rome. Léo s'arrête : toujours auprès de Camille qui le couvre malgré lui
du bouclier d'or, toujours faisant face à la fois et
aux Rutules et aux Hirpins, il change tout à coup
de route, prend un détour, gagne le Tibre. Les
ennemis, croyant sa perte assurée, jettent des cris

de joie. Ils resserrent le demi-cercle qu'ils forment
autour de lui, ils se rapprochent peu à peu, ils vont
enfin presser les fugitifs entre leurs lances et le
fleuve, quand Léo, parvenu sur le bord, fait voler
d'un bras vigoureux, jusque sur la rive opposée,
sa massue et la hache d'Aulon ; il prend Camille
dans ses bras, jette un coup d'œil fier à ses ennemis immobiles, s'élance au milieu des ondes, et,
malgré leur rapidité, malgré les flèches des Volsques, il aborde, reprend ses armes, et continue
son chemin vers Rome.

A peine est-il hors de danger, que ce héros si
terrible n'est plus que l'amant le plus tendre. Pardonne, ô ma chère Camille ! Pardonne, s'écrie-t-il,
si j'ai pu te cacher un secret : ton amour m'en a
bien puni. J'exposais sans ton aveu des jours qui
ne sont qu'à toi ; tu m'as fait trembler pour les
tiens : mon crime est assez expié. Ingrat, lui répond Camille, tu as pu penser que j'attendrais ton
retour ! tu as pu croire que ma tendresse se con-
tenterait de vaines larmes ! Des soldats moins cruels
que toi m'ont indiqué la trace de tes pas, m'ont
ouvert la même porte par où tu t'étais échappé ; et,
seule, dans les ténèbres, en présence du camp
ennemi, je n'ai senti d'autre crainte que celle de ne
pas te retrouver.

Tels sont les reproches que se font ces tendres

amans : les dangers qu'ils ont courus augmentent,
s'il est possible, le sentiment qui les unit; la conquête du bouclier d'or ajoute à leur félicité. Ils
rentrent dans Rome aux premiers rayons du jour,
et vont attendre le réveil du roi pour lui présenter
le bouclier sacré.

Quels furent les transports de Numa! il ne peut
ni les contenir ni les exprimer. Il embrasse mille
fois Léo, il est aux genoux de Camille : Que ne
vous dois-je pas, leur dit-il, vous sauvez mon trône
et ma gloire! Ah! mon trône est à vous, ainsi que
mon cœur; c'est à vous de régner sur Rome,
comme vous régnez sur Numa.

Il assemble aussitôt son peuple pour lui montrer le bouclier sacré, pour l'instruire de ce qu'a
fait Léo. Il le déclare sur-le-champ général des
troupes romaines. A l'instant où mille acclamations confirment ce digne choix, les sentinelles
des remparts annoncent l'armée des Marses.

Astor, le jeune Astor a trompé l'ennemi : il a
remonté le Tibre, qu'il a passé vers sa source; et,
par une marche savante, il arrive sous les murs de
Rome, du côté de l'Étrurie, le seul dont les assié-
geans ne sont pas maîtres.

Numa fait ouvrir ses portes, et court au-devant
de ses alliés. Astor entre dans la ville à la tête de
dix mille hommes : il n'a pas plus tôt aperçu le roi,

que, s'avançant à sa rencontre, il va lui jurer obéissance et amitié. Le roi l'embrasse avec tendresse ;
le peuple pousse des cris de joie. Tandis que Numa
conduit Astor dans son palais, chaque citoyen
s'empresse de recevoir un guerrier marse et de le
traiter comme un frère.

Cependant Hersilie et Aulon, furieux d'avoir vu
cette armée, de l'autre côté du Tibre, entrer pai-
siblement dans Rome, sans qu'ils aient pu troubler
sa marche ; honteux, humiliés qu'un seul guerrier
soit venu leur ravir, à l'un son bouclier, à l'autre
sa hache ; Hersilie et Aulon, pressés par un égal
désir de vengeance, veulent donner l'assaut, et
crient à la fois : Aux armes ! Les Volsques, les
Hirpins, les Campaniens, les Rutules, les Vestins
obéissent ; toutes les troupes sortent du camp, se
forment par bataillons, et portant de longues
échelles, marchent vers les remparts, précédées
de balistes et de catapultes.

Numa, instruit de cette attaque, ne s'effraie pas
du péril. Aussi tranquille au moment du combat
que lorsqu'il sacrifie aux dieux, il ordonne à Léo
de sortir dans la plaine à la tête des Romains ;
Astor reçoit les mêmes ordres. Numa veut que le
prince de Campanie soit au milieu des bataillons
marses ; il demande que la belle Camille se tienne
au centre des bataillons romains ; il défend surtout

à ses deux généraux de laisser tirer une seule flèche. Ensuite il se revêt de ses ornemens royaux,
ceint sa tête d'un diadème, prend dans sa main
un sceptre, une branche d'olivier; et, précédé
de ses licteurs, il marche au milieu des deux armées.

Les ennemis, surpris de ce spectacle, s'arrêtent
rangés en bataille pour attendre les Romains. Ceux-
ci, arrivés à la portée du trait, forment un front à
peu près égal à celui de leurs adversaires. Déjà, de
part et d'autre, les arcs sont bandés, les glaives
tirés; Tisiphone, au milieu de l'intervalle, agite
ses serpens et attend le signal.

Mais le roi de Rome s'avance, en élevant sur sa
tête le rameau d'olivier. Ses hérauts crient et demandent que l'on écoute Numa. Ses paroles sont
répétées par mille bouches. Malgré les efforts
d'Hersilie et d'Aulon, le roi des Vestins et celui de
Campanie, les chefs des Volsques et des Rutules
s'approchent du monarque Romain. Aulon est
forcé de les suivre; Hersilie elle-même vient entendre, en frémissant de rage, ce que Numa ose
proposer.

Princes, héros qui m'écoutez, leur dit Numa
d'une voix douce, mais assurée, pourquoi me
faites-vous la guerre? Ai-je ravagé vos états? ai-je
enlevé vos femmes ou fait vos filles captives? ai-je

manqué à des traités ? que me voulez-vous ? que demandez-vous ?

Que tu descendes d'un trône usurpé, s'écrie Aulon ; que tu rendes à la fille de Romulus le sceptre de son père. C'est pour elle que nous avons pris les armes ; nous venons la rétablir et la venger.

Aulon, lui répondit Numa, ce diadème que tu veux m'arracher ne fut ni demandé ni désiré par moi. Il m'en coûte assez pour l'avoir accepté : mais les dieux ont parlé, j'ai obéi. Ce peuple m'a fait son souverain : Romulus lui-même n'avait pas d'autre titre. A Rome, le trône appartient à celui que la nation choisit ; il est héréditaire chez les Sabins, qui composent aujourd'hui la moitié du peuple romain. Par une suite de crimes que je ne veux point rappeler ici, je suis le dernier des princes Sabins. Ainsi l'ordre des dieux, le vœu du peuple, le sang, les lois m'appellent au trône. Vous seul comptez pour rien ces droits ; et vous venez m'assiéger dans mes murs, sans m'avoir seulement déclaré la guerre. Loin de m'en plaindre, je vous en remercie : vous avez mis de mon côté la justice, vous m'avez assuré la protection des dieux.

Rois de l'Italie, je vous estime : il dépend de vous que je vous aime ; mais jamais je ne vous craindrai. Vous voyez cette armée de Romains

aussi nombreuse que toutes les vôtres réunies;
vous voyez ces braves Marses qui, venus à mon secours, ont trompé votre vigilance. Voilà de quoi
repousser la force par la force. Je peux perdre
plusieurs batailles, et vous arrêter encore des années devant mes murs : si vous êtes vaincus une
seule fois, il ne vous reste plus de ressource. Ne
pensez pas que les Marses soient les seuls peuples
que je saurai vous opposer; les Étrusques, les
Apuliens, les peuples de la Ligurie vont arriver
dans peu de jours. Attaqués à la fois par tant de
nations réunies, vous ne pourrez leur résister;
vous périrez tous : les Vestins seuls seront épar-
gnés. De tout temps les Marses et les Vestins furent frères; je les regarde comme mes alliés, je
leur jure ici, en votre présence, de ne jamais les
traiter en ennemis.

A ces paroles, Aulon, Turnus, Arisbée, regardent le vieux roi des Vestins : la défiance est
peinte sur leurs visages. Numa, qui a déjà réussi
à mettre la division parmi eux, continue dans ces
termes :

Hélas! je pleurerais le premier sur une victoire
qui causerait la perte de tant de peuples; je bai-
gnerais de mes larmes des lauriers teints de votre
sang. Rois, mes collègues, je ne veux que la paix;
et sans avoir été vaincu, avec la certitude même

de vaincre, je vous la propose avantageuse. Vous,
Hirpins, je vous remets la forteresse que Romulus
fit élever au milieu de votre pays : ce fut une injustice, je mets ma gloire à la réparer. Vous, Volsques
et Rutules, je vous offre mon alliance, et les droits
de citoyens romains. Vous, roi de Campanie, qui
avez oublié si vite votre dernière guerre avec les
Marses, je vais vous remettre votre fils que vos ennemis m'ont livré. Vous, roi des Vestins, qui
pleurez depuis si long-temps une fille que vous
croyez ensevelie dans les ondes, je vais vous rendre
votre Camille. Venez, Camille et Capis, venez embrasser vos pères.

A ces mots, Camille et Capis se jettent dans les
bras du roi des Vestins et du monarque de Capoue.
Ces deux vieillards ne peuvent en croire leurs
yeux : ils versent des larmes de joie, ils tiennent
serrés contre leur cœur les enfans qu'ils n'espéraient plus voir.

Combattez à présent contre moi, leur dit Numa :
déjà ma cause était juste ; j'ai voulu qu'elle le fût
encore plus. Vous n'étiez que des agresseurs, je
vous force d'être des ingrats. Combattez, si vous
le voulez,

Pour toute réponse, les deux rois tombent à
ses pieds et embrassent ses genoux. Le brave
Turnus, le sage Arisbée lui tendent la main, en

criant : La paix ! tous les soldats répètent : La paix !

Aulon seul, Aulon veut parler ; mais Léo se
précipite vers lui : Si la soif du sang te dévore,
lui dit-il, me voici : je te rends ta hache, que j'ai
prise pendant ton sommeil. Aulon, terrassé par
ces paroles et par l'ascendant du magnanime Léo,
Aulon le regarde et se tait. Hâte-toi, lui dit le
héros ; mon cœur frémit à l'idée de tremper mes
mains dans le sang d'un Marse ; renonce à ta patrie, ou accepte ma foi. Mon choix est fait, lui dit
Aulon, et il met sa main dans la sienne.

Dès ce moment, plus d'obstacles à la paix ; des
cris de joie s'élancent de toutes parts ; les deux
armées, quittant leurs rangs, commencent à se
mêler, quand la fougueuse Hersilie, qui jusqu'a-
lors avait espéré dans Aulon, Hersilie, hors d'elle-
même, les yeux ardens, pâle de fureur : Lâches,
s'écrie-t-elle, ingrats, perfides amis qui cédez à de
vaines paroles, qui trahissez la cause des rois, ne
pensez pas me voir complice de votre infamie. Et
toi, Numa, toi que j'abhorre autant que je t'adorai, je ne puis trouver d'expression plus forte, reçois mes funestes adieux. Puisse l'amour te faire
sentir tous les tourmens que tu m'as causés ! Puis-
ses-tu pleurer sur le trône le chagrin de n'y pouvoir placer l'indigne objet que tu me préfères !
Puisse ce peuple romain qui t'a fait roi devenir le

plus terrible ennemi du nom de roi, le poursuivre par toute la terre, après avoir chassé de ses murs toi ou tes indignes successeurs ! Puissent enfin les noires Euménides te persécuter sans relâche, te présenter sans cesse le cadavre de Tatia expirante par mes poisons, et surtout celui d'Hersilie mourante sous le poignard que ta main barbare conduit. En prononçant ces derniers mots, elle enfonce jusqu'à la garde son épée dans son cœur. On accourt, on s'empresse : il n'est plus temps ; elle ne respire plus, et la fureur est encore peinte sur son visage glacé.

Numa la plaint : il donne des ordres pour qu'on lui rende les honneurs funèbres avec le respect dû à son rang. Tandis que le bûcher se prépare, le roi de Rome immole des victimes, jure la paix aux conditions qu'il a offertes, et rentre dans sa capitale, entouré de tous ces rois qu'il a vaincus par la justice.

Numa les conduit au Capitole, où ils font un sacrifice à Jupiter. Là, il propose d'établir une ligue qui assure à jamais la paix et la liberté de l'Italie. Tous ces rois, remplis de respect pour la vertu de Numa, veulent qu'il soit leur seul arbitre. Numa discute les droits de chacun d'eux, compense les sacrifices, en fait lui-même, rédige le traité, et tous le signent avec joie. Ces nouveaux alliés du

roi de Rome se disposent à partir, comblés de ses
dons, certains de sa foi, et pénétrés pour lui de la
plus tendre vénération.

Le monarque de Capoue retourne dans ses états
avec son fils, qui est devenu un héros chez les
Marses. Le roi des Vestins ne peut engager sa fille
à le suivre dans Cingilie : Camille a renoncé au
trône; elle veut demeurer à Rome avec Léo, avec
Numa, et le bonheur dont elle jouit suffit pour
rendre heureux son père. Les Volsques, les Hirpins, les Rutules, satisfaits sur les injustices qu'ils
reprochaient à Romulus, reprennent la route de
leur pays en bénissant le nom de Numa. Les Marses, chargés de présens, remis en possession du
pays des Auronces, retournent à Marubie : Astor
ne quitte pas sans regret son vertueux allié. Enfin
le peuple romain, qui voit finir cette guerre sans
qu'il en coûte le sang d'un seul citoyen, bénit et
adore son roi.

Le sage Numa, qui vient d'assurer la paix à l'I-
talie, se hâte d'aller fermer solennellement le
temple de Janus : sous Romulus, il resta toujours ouvert. Les portes d'airain crient sur leurs
gonds rouillés; l'on ne peut les forcer à se joindre.

Numa tombe à genoux devant la divinité : O
Janus, s'écrie-t-il, toi qui régnas dans l'Italie par

la justice et par la paix, protège mes desseins pacifiques. Ferme ce temple terrible : notre cœur sera l'asile où nous t'adorerons désormais. Je saurai te rendre un nouvel hommage : jusqu'à présent notre année a commencé par le mois consacré à Mars ; je réforme cette année mal calculée à plus d'un égard. J'y ajoute deux mois, et le premier de tous sera le mois de Janus : il est juste que le dieu de la guerre cède le pas au dieu de la paix.

Il dit. Les portes du temple tournent d'elles-mêmes sur leurs gonds, et se ferment avec un bruit épouvantable.

Numa consacre ensuite le bouclier d'or qui assure à jamais aux Romains la victoire sur tous les peuples : il institue, pour le garder, des prêtres qu'il nomme Saliens.

Après ces soins pieux, il se dispose à retourner au bois d'Égérie : il mène avec lui Camille et Léo. Mais la crainte de déplaire à la nymphe lui fait laisser ces tendres amis à quelque distance de la fontaine.

A peine arrivé, il invoque Égérie, il se plaint du long temps qui s'est écoulé depuis qu'il ne l'a entendue, et lui rend compte de tout ce qu'il a fait. Êtes-vous contente ? ajoute-t-il d'un ton timide et modeste. Oui, répond la voix, je le suis ; et, dès ce jour, je te regarde comme le plus grand des rois. Tu as rempli mes espérances ; c'est à moi de remplir mes sermens : connais enfin Égérie.

A ces mots, elle sort du bois, et Numa reconnaît Anaïs. Il reste immobile de surprise : son œil est fixe, sa bouche ouverte, ses bras demeurent tendus. Tout à coup, poussant des sanglots, il tombe aux genoux d'Anaïs ; il fait de vains efforts pour parler, il ne peut que verser des larmes.

Relève-toi, lui dit Anaïs ; je ne suis point la nymphe Égérie, je suis une simple mortelle ; et les honneurs de la divinité me seraient moins chers que le titre de ton amie. Tu m'avais raconté le songe que tu fis à la fontaine de Pan, l'espérance que tu conservais d'être un jour instruit par Égérie ; je résolus avec mon père de réaliser cet espoir. Forcés de nous séparer de toi, pour que tu consentisses à devenir le bienfaiteur de ton peuple, nous vînmes nous cacher dans ce bois, où j'étais bien sûre que tu ne tarderais pas à te rendre. Tous nos projets ont réussi. Je t'ai parlé comme Égérie ; je t'ai donné des conseils qui m'étaient dictés par la profonde sagesse de mon père. Tu as cru entendre la nymphe : cette erreur, utile à ta gloire, a été douce pour mon cœur. Je te voyais à travers ces branchages, quand tu pensais converser avec Égérie ; plus heureuse que toi, j'étais à tes côtés quand tu pleurais ton Anaïs.

Numa l'écoute, hors de lui-même. Il voit bientôt paraître Zoroastre ; il se précipite dans son
sein, il l'embrasse mille fois ; et, s'arrachant de
ses bras, il court chercher Camille et Léo. Elle
est ici ! leur crie-t-il de loin : elle est ici ! Viens,
accours ; ton père, ta sœur t'attendent.

Léo ne peut croire ces paroles ; il se presse pourtant d'arriver. Zoroastre le reçoit dans ses bras,
le serre contre sa poitrine : Mon fils, mon cher fils,
nous sommes rejoints, nous le sommes jusqu'à la
mort. Léo pleure pour toute réponse : l'aimable
Camille embrasse Anaïs. La joie, l'amour, l'amitié,
semblent ôter la raison au tendre père et aux
quatre amans.

Enfin, quand les larmes les ont soulagés, Zoroastre les conduit à sa cabane. C'est ici, leur dit-
il, que nous nous sommes cachés ; ici, nous finirons
nos jours. Numa, je te donne Anaïs, mais le peuple
romain ne connaîtra jamais vos nœuds, jamais
Anaïs n'entrera dans Rome. Chaque jour, sous
prétexte de venir consulter ta nymphe, tu viendras
voir ton épouse ; et la récompense de tes bonnes
actions sera le plaisir de nous les raconter. Ainsi
ma fille demeurera fidèle à sa religion ; le mystère
ajoutera de nouveaux charmes à la félicité de Numa ; et Zoroastre, heureux de ce bonheur, coulera
en paix, au milieu de vous, le peu de jours

qu'Oromaze lui destine encore. Approuves-tu ce projet?

Numa ne lui répond qu'en tombant à ses pieds ; Anaïs sourit en baissant les yeux ; Camille et Léo applaudissent.

Dès le lendemain, l'hymen d'Anaïs et de Numa fut célébré dans cette chaumière, sans pompe, sans fête, sans autres témoins que Zoroastre, que Camille et Léo. L'heureux Numa vint tous les jours à la cabane. La vertueuse Anaïs et son père lui inspirèrent de plus en plus le désir, les moyens d'être le plus juste et le meilleur des rois.

Zoroastre parvint au milieu d'eux à la vieillesse la plus reculée. Léo, général des Romains, se fixa dans Rome avec son épouse, et prit d'elle le surnom de Camillus : ce fut la tige de cette famille de héros dont le plus fameux délivra Rome des Gaulois. Numa, toujours brûlant pour Anaïs, toujours adoré de son épouse, régna quarante-cinq années. Pendant ce long espace de temps, jamais ennemi ne parut sur le territoire de Rome, jamais le temple de Janus ne fut ouvert ; et, dans les états de Numa, il n'y eut pas un seul homme malheureux par l'oppression ou par de mauvaises lois.

FIN DU LIVRE DOUZIÈME ET DERNIER.

TABLE DES SOMMAIRES.

LIVRE PREMIER.

LIVRE II.

LIVRE III.

LIVRE IV.

LIVRE V.

LIVRE VI.

LIVRE X.

LIVRE XI.

LIVRE XII.

IMPRIMERIE DE MOQUET ET COMP.,
Rue de la Harpe, 90.

BIBLIOTHÈQUE ANGLAISE,

COLLECTION DES MEILLEURS ROMANS MODERNES.

100 vol. in-8°, caractères neufs, beau pap. satiné, à 2 f. 25 c. le v.

ŒUVRES COMPLÈTES

DU

CAPITAINE MARRYAT,

TRADUCTION DE M. ALBERT-MONTÉMONT,

TRADUCTEUR DE WALTER SCOTT.

24 vol. in-8°, pap. fin satiné, à 2 fr. 25 c.

La popularité toujours croissante des œuvres de Walter Scott a fait naître en France le goût de la littérature anglaise. Cependant peu d'ouvrages jusqu'ici sont traduits en français, et ceux qui le sont, ont été portés par les différents éditeurs à des prix si élevés, que cela équivalait, pour ainsi dire, à une prohibition.

Nous avons pensé à satisfaire un désir souvent manifesté par les nombreux possesseurs de Walter Scott, et nous nous sommes occupés depuis plusieurs années d'une vaste entreprise qui doit remplir entièrement la lacune que nous venons de signaler.

Nous nous proposons de publier successivement les

meilleurs ouvrages de MARRYAT, MORIER, BULWER, WASHINGTON IRVING, JAMES, CAMPBELL et ROGERS, LADY BURY, THÉODORE HOOK, etc.

Il ne nous appartient pas d'apprécier le mérite de tous les auteurs du jour ; nous avons donc dû nous borner à traduire pour ainsi dire textuellement les ouvrages des littérateurs anglais qui obtiennent dans leur patrie l'honneur d'un grand nombre d'éditions, et en les reproduisant dans notre langue, nous nous sommes imposé la plus grande exactitude, nous nous sommes fait une loi de ne rien retrancher, de ne rien ajouter.

Le titre général de *Bibliothèque anglaise*, que nous donnons à notre entreprise, indique assez son importance. Au reste, nous comptons publier la traduction de tout ce qu'il y a de mieux dans la littérature anglaise moderne, et afin de n'éprouver aucun retard, nous avons attendu pour commencer l'impression, qu'une grande partie de nos traductions fût prête, ce qui nous permettra de publier dans notre collection les ouvrages remarquables qui paraîtront à l'avenir, en même temps que l'original sera mis en vente en Angleterre.

La grande vogue dont jouissent en Angleterre les différents ouvrages du CAPITAINE MARRYAT, regardé chez nos voisins comme supérieur à Cooper et rival de Walter Scott, et les demandes de cet auteur qui nous ont été adressées par les nombreux souscripteurs à notre édition de Walter Scott, nous ont dé-

terminés à commencer notre entreprise par les œuvres de ce célèbre écrivain.

Les différents ouvrages de cet auteur sont déjà
connus de tous les gens lettrés : *Pierre Simple*,
l'Officier de marine, *Japhet à la recherche d'un
père*, *Jacob fidèle*, *Snarley Yow* ou *le chien du
diable*, *le Pacha à mille contes*, *King's own* ou *il est
au roi*, *Newton Forster* ou *la marine marchande*,
Rattlin le marin et les trois cutters, *M. le Midship-
man aisé et le pirate*, *le Vieux commodore*, sont aujourd'hui recherchés par tous les lecteurs, et sans
aucun doute le Capitaine Marryat prendra place
dans toutes les bibliothèques à côté de Walter Scott.

CONDITIONS DE LA SOUSCRIPTION.

La Bibliothèque anglaise formera environ 100 volumes in-8, imprimés
en caractères neufs, sur beau papier, semblables aux premières pages de ce
prospectus.

On pourra souscrire pour la collection entière ou pour chaque auteur séparément.

Les souscripteurs auront le droit de renoncer à leur souscription en pré-
venant l'éditeur un mois à l'avance.

Les premières livraisons se composeront des œuvres du capitaine Marryat,
qui formeront environ 24 volumes.

Il paraîtra un volume le 1er et le 15 de chaque mois, à partir du 1er décembre 1837.

Le prix de chaque volume est fixé pour les souscripteurs à 2 fr. 25 c. pour
Paris, et à 2 fr. 50 c. pour les départements. Tous les ouvrages d'un auteur
se vendront séparément à raison de 2 fr. 50 c. par volume.

Les souscriptions qui seront adressées directement à l'éditeur, seront expédiées *franco* : pour Paris à la mise en vente de chaque volume ; pour les
départements, tous les trois mois, afin de former un paquet de six volumes.

On ne paiera qu'en recevant.

ON SOUSCRIT A PARIS,
CHEZ MÉNARD, LIBRAIRE-ÉDITEUR,

PLACE SORBONNE, 3.

Et chez tous les libraires des départements.

IMPRIMERIE DE MOQUET ET COMP.ie
RUE DE LA HARPE, 90.

OEUVRES DE WALTER SCOTT,

TRADUCTION DE M. ALBERT-MONTÉMONT.

Nouvelle édition, revue et corrigée d'après la dernière publiée à Edimbourg.

30 volumes in-octavo, papier satiné.

1 fr. 80 c. le volume, ou 54 francs l'ouvrage complet.

Conditions de la souscription.

On souscrit pour l'ouvrage complet formant 30 volumes in-8. — Il paraît un volume le 1er et le 15 de chaque mois depuis le 15 février 1837. — Le prix de chaque volume est fixé à 1 fr. 80 c. — Tous les ouvrages se vendent séparément. — 20 volumes sont en vente (1er décembre 1837); ils sont indiqués par une * dans la note ci-après. — Les souscriptions des départements qui seront adressées directement à M. MÉNARD, seront expédiées *franco* en deux envois : le premier de suite, le second le 1er mai 1838.

Cette édition renferme les ouvrages suivants :

Tome 1er Waverley. — * 2 Guy-Mannering. — * 3 L'Antiquaire. — * 4 Rob Roy. — * 5 Kenilworth. — * 6 Le Nain noir, etc. — * 7 Le Vieillard des tombeaux ou les Presbytériens d'Ecosse. — * 8 Ivanhoé. — 9 La Prison. — 10 La Fiancée de Lammermoor, et Une Légende de Montrose. — * 11 Le Monastère. — * 12 L'Abbé. — *13 Le Jour de la Saint-Valentin. — 14 Woodstock. — * 15 Quentin Durward. — * 16 Le Pirate. — * 17 Les chroniques de la Canongate. — 18 Peveril du Picq. — * 19 Le Talisman. — 20 Les Fiancés. — 21 Les Aventures de Nigel. — * 22 Redgauntlet. — * 23 Anne de Geierstein. — 24 Démonologie. — * 25 Robert comte de Paris. — * 26 Le château dangereux, et les eaux de St. Ronan. — 27 et 28 Romans Poétiques, *contenant :* Marmion, le Lai du dernier Ménestrel, la Dame du lac, Rokeby, le lord des Iles, etc. — * 29 et 30 Histoire d'Ecosse.

ŒUVRES COMPLÈTES DE VOLTAIRE,

AVEC PRÉFACES, AVERTISSEMENTS, NOTES, ETC.,

PAR M. BEUCHOT,

Bibliothécaire de la Chambre des Députés.

70 volumes in-8o avec couvertures imprimées et 80 belles vignettes.

PRIX 160 FRANCS.

CRÉDIT. Les personnes dont la position sociale est un gage de solvabilité, et qui s'adresseront directement à M. MÉNARD, pourront recevoir immédiatement l'ouvrage complet en souscrivant l'engagement de payer dix francs chaque mois, ce qui divisera la somme totale en seize paiements mensuels.

ŒUVRES COMPLÈTES DE FLORIAN.

NOUVELLE EDITION.

12 vol. in-octavo, papier satiné avec un portrait et 24 belles gravures.

La publication est faite en 15 livraisons. La livraison se compose d'un volume de texte ou de 8 vignettes. Il paraît une livraison le 1er et le 15 de chaque mois, depuis le 1er novembre 1837.

Le prix de chaque livraison est fixé à 2 fr. 25 c. pour Paris, et à 2 f. 50 c. pour les départements.

Les souscriptions qui seront adressées directement à M. MÉNARD seront expédiées *franco* : pour Paris, à la mise en vente de chaque livraison ; pour les départements, en deux envois, à trois mois de distance. On ne paiera qu'en recevant.

CONDITIONS DE LA SOUSCRIPTION.

Les OEuvres complètes de Florian formeront 12 volumes in-octavo, ornés d'un portrait et de 24 gravures. — La publication sera faite en 15 livraisons. — Chaque livraison se composera d'un volume de texte ou de 8 vignettes. — Il paraît une livraison le 1er et le 15 de chaque mois depuis le 1er novembre 1837. — Le prix de chaque livraison est fixé à 2 fr. 25 c. pour Paris, et à 2 fr. 50 c. pour les départements.

Les souscriptions qui seront adressées directement à M. Ménard seront expédiées *franco*: pour Paris, à la mise en vente de chaque livraison; pour les départements, en deux envois, à trois mois de distance. On ne paiera qu'en recevant.

BIBLIOTHÈQUE ANGLAISE,
collection des meilleurs romans modernes.
100 volumes in-octavo, à 2 francs 25 c. le volume.

Conditions de la souscription:

La Bibliothèque anglaise formera environ 100 volumes in-8, imprimés en caractères neufs, sur beau papier. — On pourra souscrire pour la collection entière ou pour chaque auteur séparément. — Les premières livraisons se composeront des œuvres du capitaine Marryat, qui formeront environ 24 volumes.

Il paraît un volume le 1er et le 15 de chaque mois, depuis le 1er décembre 1837. — Le prix de chaque volume est fixé, pour les souscripteurs, à 2 fr. 25 c. pour Paris, et à 2 fr. 50 c. pour les départements. Tous les ouvrages d'un auteur se vendront séparément à raison de 2 fr. 50 c. par volume.

Les souscriptions qui seront adressées directement à l'éditeur, seront expédiées *franco:* pour Paris, à la mise en vente de chaque volume; pour les départements, tous les trois mois, afin de former un paquet de six volumes. On ne paiera qu'en recevant.

ŒUVRES DE WALTER SCOTT,
TRADUCTION DE M. ALBERT MONTÉMONT.
Nouvelle édition, revue et corrigée d'après la dernière publiée à Édimbourg.
30 volumes in-octavo, papier satiné.

1 fr. 80 le volume, ou 54 fr. l'ouvrage complet.

On souscrit pour l'ouvrage complet, formant trente volumes in-8. — Il paraît un volume le 1er et le 15 de chaque mois, depuis le 15 février 1837. — Le prix de chaque volume est fixé à 1 fr. 80 c. — Tous les ouvrages se vendent séparément. — 22 volumes sont en vente (1er janvier 1838). — Les souscriptions des départements qui seront adressées directement à M. Ménard, seront expédiées *franco* en deux envois: le premier de suite, le second le 1er mai 1838.

ŒUVRES COMPLÈTES DE VOLTAIRE,
AVEC PRÉFACES, AVERTISSEMENTS, NOTES, ETC.;
PAR M. BEUCHOT,
Bibliothécaire de la Chambre des Députés.
70 volumes in-octavo avec 80 belles vignettes.

CRÉDIT. — Les personnes dont la position sociale est un gage de solvabilité, et qui s'adresseront directement à M. Ménard, pourront recevoir immédiatement l'ouvrage complet en souscrivant l'engagement de payer dix francs chaque mois, ce qui divisera la somme totale en seize paiements mensuels.

www.ingramcontent.com/pod-product-compliance
Lightning Source LLC
Chambersburg PA
CBHW050145030726
47505CB00005B/1244